M.C. BEATON

Hamish Macbeth vergeht das Grinsen

Weitere Titel der Autorin:

Hamish-Macbeth-Reihe

Hamish Macbeth fischt im Trüben | Hamish Macbeth geht auf die Pirsch | Hamish Macbeth und das Skelett im Moor | Hamish Macbeth spuckt Gift und Galle | Hamish Macbeth und das tote Flittchen | Hamish Macbeth ist reif für die Insel | Hamish Macbeth und der tote Witzbold | Hamish Macbeth hat ein Date mit dem Tod | Hamish Macbeth riecht Ärger | Hamish Macbeth lässt sich nicht um den Finger wickeln | Hamish Macbeth kämpft um seine Ehre

Agatha-Raisin-Reihe

Agatha Raisin und der tote Richter | Agatha Raisin und der tote Tierarzt | Agatha Raisin und die tote Gärtnerin | Agatha Raisin und die Tote im Feld | Agatha Raisin und der tote Ehemann | Agatha Raisin und die tote Urlauberin | Agatha Raisin und der Tote im Wasser | Agatha Raisin und der tote Friseur | Agatha Raisin und die tote Hexe | Agatha Raisin und der tote Gutsherr | Agatha Raisin und die tote Geliebte | Agatha Raisin und die ertrunkene Braut | Agatha Raisin und der tote Kaplan | Agatha Raisin und das Geisterhaus | Agatha Raisin und der tote Auftragskiller | Agatha Raisin und der tote Göttergatte | Agatha Raisin und die Tote am Strand | Agatha Raisin und die tote Witwe | Agatha Raisin und das tödliche Kirchenfest | Agatha Raisin und die tote Rivalin

Titel auch als Hörbuch erhältlich

Über die Autorin

M. C. Beaton ist eines der zahlreichen Pseudonyme der schottischen Autorin Marion Chesney. Nachdem sie lange Zeit als Theaterkritikerin und Journalistin für verschiedene britische Zeitungen tätig war, beschloss sie, sich ganz der Schriftstellerei zu widmen. Mit ihren Krimi-Reihen um die englische Detektivin Agatha Raisin und den schottischen Dorfpolizisten Hamish Macbeth feierte sie große Erfolge in über 17 Ländern. Sie starb Ende 2019 im Alter von 83 Jahren.

M.C. BEATON

Hamish Macbeth

Hamish vergeht das Grinsen

Kriminalroman

Aus dem Englischen von
Sabine Schilasky

lübbe

Dieser Titel ist auch als Hörbuch und E-Book erschienen

Die Bastei Lübbe AG verfolgt eine nachhaltige Buchproduktion. Wir verwenden Papiere aus nachhaltiger Forstwirtschaft und verzichten darauf, Bücher einzeln in Folie zu verpacken. Wir stellen unsere Bücher in Deutschland und Europa (EU) her und arbeiten mit den Druckereien kontinuierlich an einer positiven Ökobilanz.

FSC
www.fsc.org
MIX
Papier | Fördert gute Waldnutzung
FSC® C014496

Vollständige Taschenbuchausgabe

Deutsche Erstausgabe

Titel der englischen Originalausgabe: »Death of a Dentist«
Dieses Werk wurde vermittelt durch die Literarische Agentur Thomas Schlück GmbH, 30161 Hannover.

Textredaktion: Dorothee Cabras, Grevenbroich
Titelillustration: © Arndt Drechsler, Leipzig
Umschlaggestaltung: Kirstin Osenau
Satz: two-up, Düsseldorf
Gesetzt aus der Garamond
Druck und Verarbeitung: GGP Media GmbH, Pößneck
Printed in Germany
ISBN 978-3-404-18860-4

1 3 5 4 2

Sie finden uns im Internet unter luebbe.de
Bitte beachten Sie auch: lesejury.de

In Liebe für Jane Sybilla Crosland

Kapitel 1

Noch nie gab's einen Philosophen,
der Zahnweh ohn' Jammer ertrug.
WILLIAM SHAKESPEARE

Es war ein kühler Herbsttag in den schottischen Highlands, als Police Constable Hamish Macbeth in der Hölle erwachte.

Seine ganze eine Kieferseite tat bestialisch weh.

Zahnschmerzen. Die Sorte Zahnschmerzen, die so schlimm war, dass sich unmöglich sagen ließ, welcher Zahn betroffen war, weil sie alle wehtaten.

Sein Zahnarzt war in Inverness, und Hamish hatte das Gefühl, dass er die weite Fahrt dorthin nicht aushalten würde. Lochdubh, das Dorf, in dem sich seine Polizeiwache befand, hatte keine Zahnarztpraxis. Die nächste war in Braikie, einer zwanzig Meilen entfernten Kleinstadt. Und der dortige Zahnarzt war Frederick Gilchrist.

Das Problem war, dass Hamish Macbeth noch alle seine Zähne besaß und sie auch behalten wollte; Mr. Gilchrist jedoch stand in dem Ruf, Zähne lieber auszureißen, als sie zu retten. Was den Einheimischen hier sehr recht war, denn ihnen war es bis heute lieber, sich die Zähne ziehen zu lassen und »schöne« Gebisse zu bekommen. Und dieser Tage, da jede zahnärztliche Behandlung ein kleines Vermögen kostete, war Gilchrist auch noch billig.

Eine Touristin hatte sich im Sommer bitterlich beklagt, Gilchrist hätte ihr den australischen Kontinentalgraben verpasst. Australische Zahnärzte standen in dem unverdienten Ruf, ihren Bohrer über so viele Zähne wie möglich gleiten zu lassen, um sich auf diese Weise lukrative Stammkunden zu verschaffen. Und obwohl Mr. Gilchrist Schotte war, hieß es allgemein, dass er diese vermeintliche australische Übeltat beging.

Mrs. Harrison, eine Witwe aus dem Ort, unterstellte ihm obendrein, sie sexuell belästigt zu haben, als sie betäubt gewesen war. Andererseits war Mrs. Harrison eine seltsame Frau, die grundsätzlich zu denken schien, dass alle Männer hinter ihr her waren. Deshalb wurde ihre Beschuldigung nicht sehr ernst genommen. Und da sie es nicht der Polizei meldete, sondern nur jedem erzählte, der ihr zuhörte, gab es für Hamish keinen Grund, der Sache nachzugehen.

Doch die Schmerzen waren so übel, dass er sich kaum angezogen hatte, als er beschloss, einen Zahn zu opfern.

Er wählte Gilchrists Nummer. Die Sprechstundenhilfe, Maggie Bane, meldete sich und teilte Hamish auf dessen verzweifelten Hilferuf mit, er müsse vorbeikommen und abwarten, ob er drangenommen werden könnte. Mr. Gilchrist sei sehr beschäftigt. »Kommen Sie um drei, vielleicht nimmt er Sie dazwischen.«

Hinterher ging Hamish ins Bad und suchte in dem Hängeschrank nach Aspirin, fand aber keines. Verärgert knallte er die Schranktür zu. Darauf krachte der Schrank von der Wand aufs Waschbecken, sodass ein Riss im Porzellan entstand, ehe große Glasscherben von der Spiegeltür auf den Fußboden hagelten.

Durch einen Nebel von Schmerz blickte Hamish auf seine Uhr. Acht Uhr morgens. Gütiger Gott, bis zum Nachmittag würde er nicht *überleben*. In seiner alten Polizeiuniform und gekrümmt vor Pein verließ der schlaksige Constable die Wache und eilte am Wasser entlang zu Dr. Brodies Haus.

Angela, die Arztfrau, öffnete ihm im Morgenmantel. »Oh, Hamish, Sie sind aber früh«, rief sie.

»Ich brauche Hilfe«, stöhnte er. »Ich sterbe!«

»Kommen Sie rein. Er ist in der Küche.«

Dr. Brodie saß in einem Kamelhaarmorgenmantel am Küchentisch und blickte auf, als Hamish hereinkam, einen Marmeladentoast halb zum Mund erhoben. »Hamish! Sie sehen aus wie der Tod auf Stelzen!«

»Sie müssen mir ganz schnell etwas geben«, stammelte Hamish Macbeth und packte Dr. Brodies Arm. »Ich habe mörderische Schmerzen. Ich habe Zahnweh!«

»Sie wirken eher, als hätten Sie Rinderwahnsinn«, erwiderte Dr. Brodie und befreite seinen Arm aus dem Griff. »Ach, setzen Sie sich hin, und ich hole meine Tasche.«

Hamish sackte auf einen Stuhl und hielt sich die Wange. Eine von Angelas Katzen sprang auf den Tisch, beäugte den Besucher interessiert und begann dann, Milch aus dem Krug zu schlecken.

Dr. Brodie kehrte mit seiner Tasche zurück, öffnete sie und nahm eine kleine Taschenlampe heraus. »Jetzt den Mund weit auf, Hamish. Welcher Zahn ist es?«

»Wie es sich anfühlt, sind es alle«, antwortete Hamish, öffnete den Mund und zeigte zu seinem linken Unterkiefer.

Dr. Brodie leuchtete ihm in den Mund. »Ah ja, böse.«

»Was?«, fragte Hamish.

»Sie haben da einen Abszess. Der untere Backenzahn. Puh! Ich glaube nicht, dass ein Zahnarzt da viel machen kann, ehe die Entzündung raus ist. Ich spritze Ihnen ein Antibiotikum. Dafür muss ich in die Praxis. Bleiben Sie hier. Angela gibt Ihnen einen Kaffee. Ich muss mich anziehen.«

»Wohin spritzen Sie das Mittel?«

»In den Hintern.«

»Dann komme ich mit Ihnen.«

»Warum?«

Hamish wurde rot. »Ich will nicht, dass Ihre Frau meinen nackten Hintern sieht.«

Dr. Brodie lachte. »Bin ich froh, dass es doch noch

eine Frau im Dorf gibt, der Sie Ihren Allerwertesten nicht zeigen wollen!«

Als er nach oben ging, um sich anzuziehen, wimmerte Hamish: »Keinen Kaffee, Angela. Ich habe so schreckliche Schmerzen, dass ich nichts essen oder trinken kann.«

»Sie sind eine Memme, Hamish Macbeth«, sagte Angela, auf deren schmalem Gesicht ein amüsiertes Grinsen erschien.

»Frauen!«, murrte Hamish. »Das ganze Gerede von mütterlichen Gefühlen und weiblichem Feingefühl ist nichts als ein Mythos.«

»Wenn der Abszess so schlimm ist, warum haben Sie es so weit kommen lassen?«

»Ich hatte nur ein kleines Ziepen ab und zu«, murmelte Hamish. »Und ich dachte, das käme von einer Erkältung.«

Wieder lächelte Angela, setzte sich an den Tisch und packte die Katze im Nacken, um sie herunterzuheben. Dann goss sie sich Milch in ihren Kaffee und nahm ein Buch auf. Bevor sie zu lesen begann, sagte sie: »Sicher ist Ihnen nicht nach Reden zumute.«

Hamish blickte sie verdrossen an und hielt sich weiter die Wange. Schließlich kam Dr. Brodie zurück. »Gehen wir in die Praxis, Hamish, und ersparen Ihnen das Rotwerden.«

Schweigend gingen sie am Wasser entlang. Es war ein kalter, windstiller Tag. Rauch stieg pfeilgerade aus den Schornsteinen der Cottages in die klare Luft auf. Ein Reiher segelte träge über Loch Lochdubh. Das Dorf Lochdubh in Sutherland – der nördlichsten Grafschaft auf dem britischen Festland – lag verträumt im blassen Sonnenlicht, während in dem traurigen Constable ein wahres Schmerzgewitter tobte.

Sobald sie in der Praxis waren, gab Dr. Brodie ihm die Spritze, schrieb ihm noch ein Rezept für antibiotische Tabletten und wies ihn an, nach Hause zu gehen und sich hinzulegen.

Hamish erzählte ihm von seinem Termin bei Gilchrist.

»Den sagen Sie lieber ab«, sagte Dr. Brodie, »solange der Abszess noch so übel ist. Und überhaupt sollten Sie nicht zu Frederick Gilchrist gehen. Er wird den Zahn ziehen, und das muss heutzutage nicht mehr sein. In Inverness sind Sie besser aufgehoben. Über Gilchrist kursieren einige furchtbare Geschichten.«

Hamish schleppte sich zurück zur Polizeiwache. Unterwegs kaufte er Aspirin bei Patel, der den Dorfladen betrieb. Das Antibiotikum musste er später besorgen. Zu Hause nahm er drei Aspirin-Tabletten, die er mit einem Glas Whisky herunterspülte. Dann zog er sich langsam aus, stieg zurück ins Bett und wünschte sich, der Schmerz würde nachlassen. Um sich abzulenken, fing er an, über Gilchrist und alle Gerüchte über den Mann nachzudenken, und darüber schlief er ein.

Zwei Stunden später wachte er auf. Der Schmerz war beinahe weg, doch Hamish traute sich nicht aufzustehen, weil er fürchtete, dass es dann wieder übler werden würde.

Er verschränkte die Hände unter dem Kopf und starrte an die Zimmerdecke.

Ihm fehlte sein Hund Towser, der unerwartet gestorben war. Towser hätte nun am Fußende gelegen und mit dem Schwanz gewedelt, und Hamish hätte das Gefühl gehabt, zumindest ein Wesen auf der großen weiten Welt interessierte sich für sein Leid.

Priscilla Halburton-Smythe, die einstige Liebe seines Lebens, war zu Freunden nach London gereist, und bisher war keine andere Frau aufgetaucht, um die Lücke zu füllen, die sie hinterlassen hatte. Sie waren einmal inoffiziell verlobt gewesen, aber das hatte Hamish wegen Priscillas seltsamer Kälte beendet, die sie jedes Mal an den Tag legte, wenn er mit ihr schlafen wollte. Er vermisste sie, versuchte sich jedoch einzureden, dass Priscilla zu vermissen schlicht zur Gewohnheit geworden war.

Abermals schweiften seine Gedanken zu Gilchrist ab, und seine Highlander-Neugier auf den Zahnarzt war nun endgültig geweckt. Hamish war dem Mann nie begegnet. Er würde anrufen und sagen, dass er heute nicht kommen könne, und einen neuen Termin ausmachen. Falls Gilchrist auch bloß andeutete, den Zahn ziehen zu wollen, würde Hamish vom Zahnarztstuhl springen und nach Inverness fahren. Doch auf diese Weise könnte er den Zahnarzt einmal sehen und sich eine eigene Meinung bilden.

Es war allzu leicht, in den schottischen Highlands seinen Ruf zu verlieren. Hier, wo alles zu einer gewaltigen

Geschichte aufgebauscht und mit jedem Erzählen noch ein bisschen mehr ausgeschmückt wurde.

Das Bürotelefon läutete schrill. Vorsichtig stand Hamish auf. Der Besitzer eines Hotels fünfzehn Meilen entfernt an der Straße nach Lairg rief an und meldete, dass vergangene Nacht bei ihm eingebrochen worden war.

Hamish versprach, so bald wie möglich bei ihm zu sein, zog sich wieder an, stieg in den Land Rover der Polizei und fuhr zum *Scotsman Hotel*, in dem der Einbruch stattgefunden hatte. Er rechnete mit Vandalismus, eingeschlagenen Fensterscheiben, einer verwüsteten Bar. Doch es stellte sich heraus, dass der Einbruch sehr professionell durchgeführt worden war. Der Safe im Büro war aufgebrochen und die Einnahmen einer ganzen Woche gestohlen worden.

Der Tresor sah schwer und massiv aus, und die Tür war unbeschädigt.

»Wie sind die an das Geld gekommen?«, fragte Hamish, schob seine spitze Mütze auf dem feuerroten Haar nach hinten und kratzte sich am Kopf.

Der Manager, Brian Macbean, nickte zwei Männern zu, die den Safe umdrehten.

»Ach du Schreck«, sagte Hamish. Die Rückwand des Safes war eine schlichte Sperrholzplatte, die einfach durchgesägt worden war.

Hamish zückte sein Notizbuch. »Können wir uns setzen, Mr. Macbean? Ich müsste mir Notizen machen. Danach rufe ich in Strathbane an und lasse ein Team der Spurensicherung schicken. Wie viel war in dem Safe?«

»Zweihundertfünfzigtausend Pfund.«

»Wieso um alles in der Welt bewahren Sie hier solch eine Summe auf?«

»Das ist der große Preis beim Bingo am Samstag. Mann, da kommen Leute von überall in den Highlands hierher.«

»Also hat jemand davon gewusst und auch von der Rückseite des Safes.«

Macbean, ein bulliger, untersetzter Mann mit schütterem Haar, sah finster drein. »Über den großen Bingo-Abend haben alle Regionalzeitungen berichtet, klar.«

»Aber warum Bargeld?«, fragte Hamish verwundert. »Ein Scheck hätte es doch auch getan.«

»Das war ja der Reiz. Es war alles in Zwanzig-Pfund-Scheinen. Sämtliche Pressefotografen sollten kommen. Es hätte ein tolles Foto gegeben, ein Gewinner mit all den Geldscheinen.«

Hamish leckte seine Bleistiftspitze an. »Warum die Holzrückwand bei dem Safe?«

»Ich brauchte einen, und den hier habe ich bei einer Auktion in Inverness ergattert. Ich dachte, der tut es für meine Zwecke.«

»Und wahrscheinlich haben Sie den Eigentümern des Hotels den Preis für einen richtigen Tresor berechnet.«

Macbean blickte verlegen zu Boden und schwieg.

Geduldig ging Hamish mit ihm durch, wann genau der Diebstahl bemerkt worden war, und sagte dann: »Wer hat von der Holzrückwand des Safes gewusst?«

»Der Barkeeper, Johnny King, und einer der Kellner, Peter Sampson. Sie hatten mir geholfen, ihn von Inverness herzutransportieren.«

»Was ist mit Ihrer Familie?«

»Na ja, natürlich wissen sie es. Meine Frau Agnes und meine Tochter Darleen.«

Hamish überlegte, ob er irgendwelchen Tratsch über Macbeans Familie gehört hatte, doch ihm fiel nichts ein. »Ich muss mit dem Barkeeper und dem Kellner sprechen«, erklärte er. »Und danach rede ich mit Ihrer Frau und Ihrer Tochter.«

»Was? Halten Sie meine Familie da raus!«

»Seien Sie nicht dumm, Macbean. Sie könnten etwas gesehen oder gehört haben. Wie alt ist Darleen?«

»Zweiundzwanzig.«

»Und wo ist sie jetzt?«

»Drüben beim Zahnarzt in Braikie, mit ihrer Mutter.«

Gilchrist schon wieder, dachte Hamish. Gleichzeitig wurde ihm zu seinem Erstaunen bewusst, dass der höllische Schmerz in seinem Zahn verschwunden war.

»Wie kann sich ein Hotel in den Highlands leisten, solch einen gewaltigen Geldpreis auszurufen?«

»Wir veranstalten das ganze Jahr über Bingo-Abende mit kleinen Preisen, und der Erlös wird zur Bank gebracht. Ich habe das Preisgeld Mitte der Woche von der Bank geholt.«

»Ich benutze kurz das Telefon dort und rufe die Polizeizentrale in Strathbane an«, entschied Hamish. »Dann schaue ich mich mal um.«

Detective Chief Inspector Blair sagte, er sei mit einer Drogensache beschäftigt und werde seinen Handlanger Jimmy Anderson mit dem Team der Spurensicherung schicken.

Hamish untersuchte das Büro. Abgesehen von dem klaffenden Loch in der Rückseite des Safes gab es keine sichtbaren Einbruchsspuren, soweit er erkennen konnte. »Und Sie haben es heute Morgen entdeckt?«, fragte er Macbean. »Was war hier gestern Abend los?«

»Da war bei uns ein Ceilidh mit Musik und so.«

»Wie viele Leute?«

»Ungefähr hundert. Aber das Büro war abgeschlossen.«

Hamish schaute sich die Tür genauer an. Sie war aus Holz mit einer Milchglasscheibe und einem einfachen Schloss, das leicht zu knacken war.

Der Barkeeper und der Kellner wurden gerufen. Hamish befragte beide eingehend. Sie hatten in der vergangenen Nacht bis ein Uhr gearbeitet und waren dann direkt zu Bett gegangen. Der Barkeeper, Johnny King, war ein finster aussehender Mann in den Dreißigern mit Zopf und einer langen Narbe im hageren Gesicht. Peter Sampson, der Kellner, war ein kleiner junger Mann von etwa zwanzig Jahren.

Nachdem er die beiden befragt hatte, wanderte Hamish zu den öffentlichen Räumen. Das Hotel war ein klassisches Beispiel für die Häuser der deprimierenderen

Sorte in den Highlands: jede Menge Kiefernholz und Plastik mit einst bunten Teppichen, die dem Aussehen nach dringend shampooniert werden mussten. An den Fenstern hingen karierte Vorhänge, und die Wände waren mit Plastikbreitschwertern und Plastikschilden sowie schlechten Gemälden bedrückender historischer Ereignisse wie der Schlacht von Culloden und dem Massaker von Glencoe geschmückt.

Der Künstler hatte Bonnie Prince Charlie nicht gemocht, denn er hatte ihn mit einem feigen Ausdruck in dem bleichen Gesicht dargestellt, als er aus der Schlacht von Culloden floh. Und die Campbells waren auch nicht sein Fall gewesen, so wild und böse, wie er sie gemalt hatte, als sie die Macdonalds von Glencoe massakrierten.

»Was macht die Polizei hier?«, erklang eine schrille Stimme hinter ihm.

Hamish drehte sich um. Eine kleine blonde Frau mittleren Alters stand da und funkelte ihn wütend an. Ihr Haar war auf lauter pinke Lockenwickler aufgedreht, und eine Zigarette klemmte zwischen ihren schmalen, orange geschminkten Lippen. Neben ihr stand ein großes, schlecht gelauntes Mädchen in einem sehr kurzen Minirock, hohen schwarzen Wildlederstiefeln, einer Wildlederjacke mit Fransen und einer lila Bluse. Ihr Make-up war kalkweiß, ihr Lippenstift violett und das schwarze Haar stachelig gegelt.

»Mrs. Macbean?«

»Ja, was geht Sie das an?«

»Der Safe im Büro wurde letzte Nacht aufgebrochen, Mrs. Macbean«, erklärte Hamish ruhig.

»Das Bingo-Geld! Ist es weg?«

»Ja, alles weg.«

»Cool«, sagte Darleen. Ihre Augen wirkten wie tot. Entweder Valium oder schiere Dummheit, dachte Hamish.

»Wo ist er?«, fragte Mrs. Macbean.

»Im Büro«, antwortete Hamish und wandte sich ab, als er draußen Wagen vorfahren hörte.

Auf Detective Jimmy Andersons Gesicht, das an das eines Fuchses erinnerte, erstrahlte ein Grinsen, sowie er Hamish sah. »Wenn das nicht unser Mr. Tod persönlich ist«, bemerkte er munter. »Wo ist die Leiche? Wenn der große Hamish Macbeth vor Ort ist, muss es eine Leiche geben.«

»Nein, keine Leiche. Der Safe wurde aufgebrochen, wie ich schon am Telefon gesagt habe. Ich vermute, dass es jemand aus dem Hotel war.«

»Kann sein. Aber wie kommen Sie darauf, Hamish?«

»Ist nur so ein Gefühl.«

»Der Seher von Lochdubh«, witzelte Jimmy. »Mann, ich könnte morden für ein Glas. Besteht die Chance, dass die hier die Bar öffnen?«

»Im Dienst sollten Sie nicht mal dran denken, etwas zu trinken«, erwiderte Hamish verkniffen.

»Och, solche Sachen kommen doch nur im Fernsehen vor.«

»Und in der Dienstvorschrift.«

»Würden Sie was auf die Dienstvorschriften geben, brächten Sie mal diese scheußliche Uniform auf Vordermann. Ihre Hose glänzt so übel, dass ich mich darin spiegeln kann.«

»Wollen wir uns jetzt dem Fall widmen?«, fragte Hamish verärgert, »oder bleiben wir den ganzen Tag hier stehen und beleidigen uns gegenseitig?«

»Na gut, wo ist die Leiche?« Jimmy seufzte.

»Falls Sie den Safe meinen, der befindet sich im Büro. Bevor Sie da reingehen, Jimmy: Gibt es irgendwelchen Klatsch über Macbean?«

»Nicht, dass ich wüsste. Somat Enterprises, ein Glasgower Unternehmen, dem der Laden hier gehört, hat den Mann vor zwei Jahren eingestellt. Das Essen ist mies, die Getränke sind suspekt, aber die Leute kommen zum Bingo und zum Tanzen her. Sie wissen ja, wie das ist, Hamish: In Sutherland ist nicht gerade der Bär los. Keine Konkurrenz. Na, gehen Sie mal vor.«

Macbean stand vor dem Büro in der Eingangshalle. Durch die offene Tür sah man drinnen die Kollegen der Spurensicherung alles auf Fingerabdrücke überprüfen.

»Verdammt«, murmelte Hamish. »Zwei der Männer haben den Safe umgedreht. Ihre Fingerabdrücke werden auf dem Ding sein.«

»Ich gebe ihnen Bescheid«, erklärte Jimmy.

»Du dämlicher Idiot!«, schrie Mrs. Macbean plötzlich ihren Mann an. Ein pinker Lockenwickler hatte sich gelöst und fiel auf den Teppich. »Ich hatte dir gesagt, dass dieser Safe lächerlich ist. Aber du musstest ja wieder alles billig haben.«

»Halt die Klappe«, knurrte Macbean. »Geh dich lieber zurechtmachen. Mit diesen Lockenwicklern siehst du zum Davonlaufen aus.«

Ein gemeines Ziehen fuhr durch Hamishs Zahn. »Warten Sie kurz, Mrs. Macbean. Sie waren bei dem Zahnarzt in Braikie?«

»Ja.«

»Wie ist Gilchrist so?«

Sie sah Hamish verwundert an. »Ich bin heute nicht bei ihm drin gewesen. Darleen war die mit den Zahnschmerzen.«

Hamish drehte sich fragend zu der jungen Frau um, die an der Wand lehnte und die langen lila Fingernägel studierte.

»Darleen?«

Auf einmal öffnete sie den Mund und zeigte zu ihrer vorderen Zahnreihe unten, in der eine Lücke klaffte.

»Hat er den Zahn gezogen?«

»Ganz richtig.«

»Konnte der nicht gerettet werden?«

»Wozu?«

»Weil man Zähne heutzutage retten kann.«

Darleen unterdrückte ein Gähnen. »Was Sie nicht sagen, Sherlock.«

»Was quasseln Sie hier über einen lausigen Zahnarzt,

statt herauszufinden, wer meinen Safe geplündert hat?«, beschwerte sich Macbean.

»Ich arbeite noch an etwas anderem«, antwortete Hamish.

Jimmy Anderson kam aus dem Büro. »Okay, ich befrage Sie einzeln. Sie werden nicht mehr gebraucht, Hamish. Fahren Sie zurück zu Ihren Schafbadlisten oder was immer Sie sonst Aufregendes in Lochdubh machen.«

Es widerstrebte Hamish zu gehen. In dem Hotel roch es förmlich nach Schummeleien. »Ich tippe meine Notizen für Sie ab«, sagte er steif zu Jimmy Anderson.

»Nicht nötig«, entgegnete Jimmy heiter. »Wann macht die Bar auf?«

Hamish fuhr zurück nach Lochdubh, allerdings nicht direkt zur Wache, sondern zunächst zum *Tommel Castle Hotel* gleich außerhalb des Dorfes. Das Hotel gehörte Colonel Halburton-Smythe, Priscillas Vater. Der Gutsherr hatte das Haus der Familie auf Hamishs Vorschlag hin in ein Hotel umgewandelt, als ihm ein Bankrott gedroht hatte. Der Betrieb florierte, anfangs dank Priscillas Bemühungen, dann unter dem kompetenten Management von Mr. Johnson.

Im Hotel ging Hamish durch zum Büro, wo Mr. Johnson saß und auf die Tastatur eines Computers eintippte. Hamish zog sich einen Stuhl an den Schreibtisch und setzte sich ihm gegenüber hin. »Nehmen Sie sich einen Kaffee, Hamish«, sagte der Manager und nickte zur Kaffeemaschine in der Ecke.

Hamish stand auf, goss sich einen Becher Kaffee ein und setzte sich wieder.

»Das wär's.« Mr. Johnson seufzte. »Mir fehlt Priscilla. Sie ist viel schneller und besser mit der Buchhaltung. Was führt Sie her, Hamish, oder sind Sie nur auf einen Gratiskaffee aus?«

»Drüben beim *Scotsman* wurde eingebrochen.«

»Junkies aus Inverness?«

»Nein, der Safe wurde ausgeräumt. In dem war das Bingo-Preisgeld. Zweihundertfünfzigtausend Pfund.«

»Haben sie den Safe gesprengt?«

»Nein, Macbean hatte ihn billig in einer Auktion in Inverness gekauft. Die Rückwand war aus Holz.«

»Ah, an den erinnere ich mich. Ich war auch auf der Auktion. Dieser Safe wurde von einer Firma gebaut, von der keiner je gehört hat. Ich konnte das mit der Holzrückwand gar nicht glauben.«

»Und was erzählt man sich so über Macbean?«

»Ein sauertöpfischer Mann mit einem Flittchen von Frau und einer Null von Tochter. Er ist vor circa zwei Jahren hergekommen. Somat Enterprises scheint ihm freie Hand zu lassen. Das Unternehmen gehört einem Schotten mit griechischen Wurzeln. Er besitzt eine Menge billiger Restaurants und schäbiger Hotels. Solange der *Scotsman* Plus macht, scheint sich der Eigentümer nicht einzumischen. Macbean könnte einiges von den Gewinnen für sich abzweigen, aber dafür müsste er klüger sein, als er ist, denn Somat hat ein Team von sehr scharfen Revisoren, die regelmäßig alle Bücher prüfen. Das mit dem Bingo-Abend hat Macbean sich ausgedacht, und es ist ein Riesenerfolg. Haben Sie gewusst, dass der Colonel sogar auf die blödsinnige Idee gekommen war, so etwas hier auch zu veranstalten? Die Leute kommen her, weil sie angeln, jagen und das stilvolle Landleben genießen wollen. Die wollen keinen Haufen Bauern, der hier herumtrampelt.«

»Was ist mit den Angestellten?«

»Weiß ich nicht. Ihnen ist ja bekannt, wie schwierig es ist, hier oben Personal zu finden. Da sieht keiner allzu sorgfältig auf die Referenzen.«

»Tja, damit habe ich jetzt nichts mehr zu tun.« Hamish trank von seinem Kaffee und verzog das Gesicht, als die heiße Flüssigkeit auf seinen schlimmen Zahn traf. »Jimmy Anderson hat übernommen. Es wird eine langwierige Geschichte – Macbeans Vergangenheit zu überprüfen, die der Angestellten und Macbeans Bankkonto.«

»Ist es nicht sonst eher Blair, der Sie bei allen Fällen außen vor haben will?«

»Ja, schon, aber es geht das Gerücht, dass Blairs Leber ein bisschen angegriffen ist, und Jimmy Anderson durchläuft einen Persönlichkeitswandel, wenn er eine Beförderung riecht.« Wieder verzog er das Gesicht.

»Zahnschmerzen?«

»Ich habe einen Abszess. Dr. Brodie hat mir ein Antibiotikum gespritzt. Ich wollte zu Gilchrist gehen. Oh, da muss ich noch absagen.«

»Von dem Schlachter würde ich mich fernhalten, Hamish. Da hat es einen kleinen Skandal gegeben. Jock Mackay drüben in Braikie bekam einen Zahn gezogen, und Gilchrist hat ihm dabei den Kiefer gebrochen. Jock hatte teilweise zusammengewachsene Wurzeln, und der Zahn hätte zersägt und dann Stück für Stück rausgenommen werden müssen. Wie sich herausstellte, hatte Gilchrist ihn nicht mal vorher geröntgt. Die Leute haben ihm geraten zu klagen, aber Sie kennen das ja. Viele von denen wurden noch in dem Glauben erzogen, dass Ärzte, Anwälte und Zahnärzte kleine Götter sind. Anscheinend begreifen sie nicht, dass die genau wie der Schlachter oder der Bäcker sind. Bekommt man schlechtes Fleisch von einem Metzger, sucht man sich einen anderen. Doch bei einem miserablen Arzt oder Zahnarzt bleiben sie bis zum bitteren Ende.«

»Darf ich Ihr Telefon benutzen? Vielleicht fahre ich morgen mal hin, da ich jetzt einen Vorwand habe. Wie sieht Gilchrist aus?«

»Irgendwie sehr weiß. Breites weißes Gesicht, große weiße Hände wie ungebratene Schweinswürste, sehr blasse Augen, dichtes weißes Haar, weiße Augenbrauen und weißer Kittel.«

»Alter?«

»In den Fünfzigern, schätze ich. Nach allem, was man so hört, ein Weiberheld. Benutzen Sie ruhig das Telefon, aber bitten Sie nur um ein Check-up, sonst erwartet der Mann Sie mit der Zange und zieht Ihnen sämtliche Zähne.«

Hamish wählte die Nummer des Zahnarztes. Maggie Bane meldete sich, der Hamish bisher genauso wenig persönlich begegnet war wie ihrem Chef, obwohl er ihren Namen kannte und von ihr gehört hatte. Ihre Stimme am Telefon war scharf und bestimmt, und er stellte sich eine nicht mehr ganz junge Frau mit strenger Dauerwelle, blitzender Brille und knochiger Figur vor. »Hier ist Mr. Macbeth«, begann er und war entsetzt, wie verlegen er klang. »Ich komme heute doch nicht. Und ich konnte nicht früher anrufen, weil ich mit einem Fall beschäftigt war.«

»Wir haben hier genug zu tun«, antwortete Maggie, »auch ohne uns mit Leuten abzuplagen, die ihre Termine absagen. Ich wünschte, die würden mal die Wahrheit sagen, zugeben, dass sie Angst haben!«

»Ich habe keine Angst!«, entgegnete Hamish beleidigt. »Hören Sie mal, ich habe einen Abszess am Zahn, und der Arzt meint, das Antibiotikum muss erst wirken, ehe ich zum Zahnarzt gehe.«

Maggies Worte troffen vor Sarkasmus, als sie erwiderte: »Ach, und wann soll das sein?«

Hamish holte tief Luft. Auf einmal war er wild entschlossen, sich diesen Zahnarzt mit dem schaurigen Ruf und dessen schreckliche Helferin anzusehen. »Morgen«, antwortete er.

»Eine Miss Nessie Currie hat ihren Termin um drei abgesagt. Den können Sie haben.«

»Danke.« Hamish knallte den Hörer auf.

Nessie Currie und ihre Schwester Jessie waren die beiden alten Dorfjungfern von Lochdubh. Es waren einzig ihr Hang zum Tratschen und ihre Art, sich überall einzumischen, die sie zu diesem Schicksal verdammt hatten, dabei galt in einem Land wie Schottland manche Frau als glücklich, die der Ehe entkommen war – ein Überbleibsel aus den Zeiten, in denen das Eheleben häusliche Sklaverei und eine Reihe Kinder bedeutet hatte.

Hamish entschied, bei Nessie vorbeizuschauen.

Nessie und Jessie arbeiteten in ihrem kleinen Vorgarten, wo die schmalen Blumenbeete um ein Rasenquadrat herum strammstanden. Wie bei vielen Highland-Häusern gab es auch hier neben der Pforte einen Vogelbeerbaum, der voller roter Früchte hing. Er sollte Elfen, Hexen und böse Geister draußen halten.

»Hier kommt Hamish Macbeth«, sagte Jessie. »Hamish Macbeth.« Sie hatte die leidige Angewohnheit, alles zu wiederholen.

Nessie richtete sich auf, streifte die Gartenhandschuhe ab und sah zu ihm – zumindest glaubte er es, denn die Sonne spiegelte sich in ihren Brillengläsern, sodass er nicht sicher sein konnte. »Wir haben von dem Einbruch drüben im *Scotsman* gehört«, sagte sie. »Wieso sind Sie nicht da?«

»Nicht da?«, wiederholte Jessie, die ein Unkraut ausrupfte.

»Ich arbeite dran. Warum haben Sie Ihren Zahnarzttermin abgesagt, Nessie?«

»Das ist kein Verbrechen.«

»Kein Verbrechen«, ertönte der kleine griechische Tragödienchor aus dem Blumenbeet.

»Nur so aus Neugier«, antwortete Hamish gereizt, und ihm entging nicht, dass sein Highland-Akzent mal wieder stärker wurde, wie immer, wenn er verärgert oder gekränkt war.

»Ich weiß nicht, was Sie das angeht, aber Tatsache ist, dass Mr. Gilchrist den Ruf hat, ein Frauenheld zu sein, und ich hätte betäubt werden müssen. Weiß der Himmel, was er dann mit mir angestellt hätte!«

»Mit ihr angestellt«, kam das prompte, leise Echo von Jessie.

Hamish musterte die alte, flachbrüstige Nessie und dachte, dieser Gilchrist müsste einen sagenhaften Ruf haben.

Er tippte sich an die Mütze und ging davon. Die Sonne stand schräg über dem Loch, und bald würde die frühe nordische Nacht beginnen. Auf einmal fühlte sich Hamish einsam und wünschte, er könnte mit Priscilla reden. Gleich danach folgte ein starker Wunsch nach einer Zigarette, obwohl er schon vor einigen Jahren das Rauchen aufgegeben hatte.

»Sie sehen aber ziemlich betrübt aus«, bemerkte Angela, die Frau des Arztes, die vor ihm stehen blieb. »Tut der Zahn noch weh?«

»Nein, im Moment ist es gut. Ich wünsche mir nur, Priscilla wäre wieder zurück. Wir bereden Dinge immer miteinander. Und noch dazu hätte ich gern eine Zigarette.«

Angela lächelte, was ihr schmales Gesicht zum Leuchten brachte. »Wie kommt es, Hamish, dass alles, was Sie gehen lassen, fortan Ihre Krallenzeichnungen trägt?«

»Ich habe ja losgelassen«, antwortete Hamish gereizt. »Ich dachte nur …«

»Und ich denke, dass Sie einen Tee und einige Scones vertragen können. Kommen Sie mit. Ich bin auf dem Weg nach Hause.«

Als Hamish neben ihr herging, fiel ihm schlagartig wieder ein, dass Angelas selbst gebackene Scones gewöhnlich steinhart waren, und prompt meldete sich sein schlimmer Zahn aus lauter Angst wieder.

Die Scones, die Angela ihm auf den Küchentisch stellte, sahen fluffig und buttrig aus. »Ein Geschenk von Mrs. Wellington«, erklärte sie.

Hamish strahlte. Mrs. Wellington war die Pfarrersfrau und eine gute Köchin.

Er aß zwei dick mit Butter bestrichene Scones und trank zwei Tassen Tee. Die Katastrophe schlug zu, als Angela ein Glas Brombeermarmelade dazustellte und ihn drängte, die zu probieren. Hamish butterte sich noch einen Scone, löffelte üppig Marmelade darauf und versenkte die Zähne hinein. Ein glühender Schmerz schoss ihm direkt bis unter die Schädeldecke, und er schrie auf.

»Oh, der Zahn muss richtig wehtun«, konstatierte

Angela. »Liegt wohl an der Marmelade. Brombeeren sind sehr säurehaltig. Hier.« Sie kramte in einer Küchenschublade und holte eine Handvoll neuer Zahnbürsten heraus, von denen sie ihm eine gab. »Gehen Sie ins Bad und spülen Sie sich gründlich den Mund aus. Dann kommen Sie wieder, und ich gebe Ihnen ein paar Aspirin.«

Hamish schnappte sich die Zahnbürste und lief in das lange, schmale Bad. Zwei Katzen schliefen in der Wanne, und eine lag zusammengerollt auf dem Toilettendeckel. Hamish riss die Plastikhülle von der Zahnbürste, schrubbte sich die Zähne und fand Mundwasser in dem Badschrank, mit dem er sich den Mund spülte. Bis er wieder in die Küche zurückkehrte, war der Schmerz zu einem dumpfen Druck abgeschwollen. Dankbar schluckte er zwei Aspirin.

»Ich hätte gedacht, dass Sie drüben im *Scotsman Hotel* sind«, sagte Angela.

Die Katzen waren Hamish aus dem Bad gefolgt. Eine von ihnen begann, sich liebevoll die Krallen an seiner Hose zu wetzen, und er widerstand dem Impuls, sie zu verscheuchen. Angela hing sehr an ihren Katzen, und Hamish mochte Angela sehr.

»Jimmy Anderson hat den Fall, also bin ich raus. Blairs Leber sorgt für Ärger, daher macht Jimmy sich Hoffnungen auf Ruhm und Reichtum.«

Angela umfing einen Becher Tee mit ihren schmalen Fingern. »Mich überrascht, dass Sie nicht schon früher zu dem Hotel gerufen wurden.«

»Warum?«

»Ich sollte Ihnen das wohl nicht erzählen, doch ich habe Gerüchte gehört, dass Macbean seine Frau schlägt.«

»Ist nicht wahr!«

»Ich glaube schon. Vor zwei Wochen waren ihre Wangen grün und blau geschlagen, als hätte er ihr mehrere Ohrfeigen verpasst.«

Hamish lehnte sich auf seinem Stuhl zurück und verschränkte die Hände hinter dem Kopf. »Das ist ja ein Ding. Eine geprügelte Frau und zweihundertfünfzigtausend Pfund, die aus dem Safe verschwunden sind. Mit denen könnte sie weit weg von ihm kommen.«

»Geprügelte Ehefrauen haben gewöhnlich nicht den Mut zu gehen. Es sei denn, es gibt einen anderen Mann.«

Hamish dachte an die säuerliche Mrs. Macbean mit den schmalen geschminkten Lippen und den pinken Lockenwicklern und seufzte. »Nein, ich glaube nicht, dass sie damit zu tun hat. Danke für den Tee und alles, Angela. Ich gehe lieber zurück zur Wache.«

Dort wartete Jimmy Anderson auf ihn. »Haben Sie Ihre Notizen zu dem Einbruch schon abgetippt?«

»Die wollten Sie doch nicht.«

»Tja, jetzt will ich sie.« Jimmy folgte ihm ins Haus und weiter durch ins Büro. »Haben Sie Whisky da?«

Da Jimmy wieder der Alte zu sein schien, antwortete Hamish: »Ja, in der untersten Schublade ist eine Flasche. Ich hole Ihnen ein Glas.«

»Was ist mit Ihnen?«

»Nein, ich will nichts.« Hamish schüttelte sich. »Ich habe Zahnschmerzen.«

»Lassen Sie sich alle Zähne ziehen, Hamish. Das habe ich auch gemacht. Ich habe ein tolles Gebiss, das der Zahnarzt sogar ein bisschen fleckig wie von Nikotin gemacht hat, damit es echt aussieht.« Er bleckte seine scheußlichen künstlichen Zähne.

Hamish holte ein Glas und schenkte Jimmy großzügig ein. »Also, was ist mit dem Einbruch?«

Jimmy Anderson wirkte mürrisch. »Nichts. Wir warten auf die Berichte zu Macbean und den Angestellten, ob einer von denen schon mal straffällig geworden ist.«

»Wie ich gehört habe, schlägt Macbean seine Frau.«

»Wir sind hier in den Highlands, Mann. Was sollen die denn sonst an den langen Winterabenden machen?«

Hamish erwiderte nichts darauf. »Ich dachte nur, ich erzähle es Ihnen, was sehr nett von mir ist, bedenkt man, dass Sie mich so barsch weggeschickt haben. Sie haben einen Anfall von Blairitis.«

»Sie halten besser Augen und Ohren offen, Hamish, sonst mischt sich der Idiot Blair doch noch ein.«

»Ich sehe, was ich tun kann.«

»Vielleicht fahren Sie lieber morgen noch mal hin.«

Und Hamish wäre zweifellos am nächsten Morgen direkt wieder zum *Scotsman Hotel* gefahren, wäre da nicht eine andere Sache gewesen. Nachdem er seine Notizen für Jimmy abgetippt hatte, stellte er fest, dass seine eine

Gesichtshälfte brannte und pochte vor Schmerz. Deshalb beschloss er, als Erstes zu Gilchrist zu fahren und ihn zu bitten, den Zahn zu ziehen. Der Zahnarzt musste ihn irgendwie dazwischenschieben, denn jeder Mensch hielt nur ein begrenztes Maß an Schmerzen aus.

Er stieg in den Land Rover und fuhr die schmale Landstraße entlang nach Braikie. Das Wetter war milder geworden, was bedeutete, dass ein feiner Nieselregen die Windschutzscheibe benetzte und die Wolken tief über den Bergen von Sutherland hingen.

Braikie war einer dieser kleinen schottischen Orte, in denen die dunkelgrauen Mauern der Häuser den Calvinismus auszudünsten schienen. Es gab eine Hauptstraße mit einem Hotel am einen und einer düster wirkenden Kirche am anderen Ende. In kleinen Läden wurden unförmige Kleider oder Fertiggerichte wie Fischstäbchen und Ähnliches verkauft. Die Polizeiwache war geschlossen worden, weil es vor einiger Zeit geheißen hatte, Braikie sei nahe genug, um in Hamish Macbeths Zuständigkeitsbereich aufgenommen zu werden. Er war allerdings kaum dort und hatte auch keinen Grund dazu. Braikie war ein trüber Ort, an dem jedoch, soweit Hamish sich erinnerte, noch nie ein Verbrechen begangen worden war.

Er fragte einen Einheimischen nach der Zahnarztpraxis und erfuhr, dass sie gleich neben der Kirche lag. Sie befand sich über einem Textilgeschäft, in dessen Fenster schäbige Kleider zu exorbitanten Preisen angeboten wurden. Die Scheibe war von innen mit gelbem Zellophan bedeckt, um die kostbare Ware vor Sonnenlicht zu schützen, obwohl es an diesem regnerischen Tag minütlich dunkler wurde.

Zur Zahnarztpraxis führte eine Treppe seitlich des Ladens. Langsam stieg Hamish hinauf und hielt sich die Wange, auch wenn der Schmerz auf die wundersame Weise verschwunden war, wie es Zahnschmerzen taten, sobald man sich einem Zahnarztstuhl näherte.

Oben blieb Hamish stehen und neigte den Kopf zur Seite. Es war still. Von drinnen war keinerlei Geräusch zu hören.

Vor ihm befand sich eine Milchglastür, auf der Gilchrists Name stand. Es war die einzige Tür hier.

Mit einem kleinen Seufzer öffnete Hamish sie. Das Wartezimmer war leer, der Empfangstresen nicht besetzt. Die Stille war bedrückend. In einer Ecke stand ein Aquarium, doch die Fische darin waren tot und trieben mit den Bäuchen nach oben im Wasser. Ein Tisch mit sehr alten Ausgaben von *Scottish Field* stand in der Mitte. Harte Stühle reihten sich an den Wänden.

Wieder schoss Schmerz durch Hamishs Zahn, und er unterdrückte ein Stöhnen, als er die Tür zum Sprechzimmer öffnete.

Ein Mann saß mit dem Rücken zu Hamish im Zahnarztstuhl. »Hallo?«, sagte Hamish verwundert. »Wo ist der Zahnarzt?«

Stille.

Er schritt auf den Stuhl zu.

Am weißen Haar und dem weißen Kittel erkannte er, dass er Mr. Gilchrist vor sich hatte.

Doch sein Gesicht war nicht weiß. Es war verzerrt und hatte eine entsetzliche Farbe.

Hamish fühlte nach einem Puls am Handgelenk, dann am Hals.

Mr. Gilchrist war tot.

Kapitel 2

Mein Name ist Tod:
Ich bin der letzte beste Freund.
ROBERT SOUTHEY

Einen Moment lang stand Hamish geschockt da. Dann wurde die schwere Stille gebrochen, fast als hätte der ganze kleine Ort darauf gewartet, dass Hamish die Leiche fand.

Ein Hund bellte unten auf der Straße und wurde von seinem hörbar wütenden Halter zur Ordnung gerufen; ein alter Wagen stotterte und knatterte vorbei, und hohe Absätze klackerten auf der Steintreppe draußen.

Hamish hörte, wie die Eingangstür geöffnet wurde und das Absatz-Stakkato näher kam. Er öffnete die Tür des Sprechzimmers. Eine schöne junge Frau hängte gerade ihren Mantel an einen Garderobenständer in der Ecke. Sie hatte schimmerndes pechschwarzes Haar, einen hellen, klaren Teint und große blaue Augen. Die Frau war von mittlerer Statur mit reichlich Kurven und sagenhaften Beinen.

»Was wollen Sie?«, fragte sie, und die Stimme passte kein bisschen zu dem Gesicht und der Figur. Sie gehörte indes ohne jeden Zweifel zu der Sprechstundenhilfe Maggie Bane. »Wer sind Sie?«, fügte sie hinzu. Hamish war nicht in Uniform.

»Hamish Macbeth.«

»Tja, Mr. Macbeth, um diese Zeit trinkt Mr. Gilchrist seinen Kaffee und mag es nicht, wenn er dabei gestört wird.«

»Er ist tot.«

Sie schien ihn nicht zu hören, nahm einen weißen Kittel von dem Garderobenständer und zog ihn an. »Jedenfalls«, fuhr sie fort, »ist Ihr Termin heute Nachmittag um drei, nicht um elf Uhr heute Morgen.«

»Er ist tot!«, wiederholte Hamish lauter. »Mr. Gilchrist ist tot, und für mich sieht es aus, als wäre er vergiftet worden.«

Die großen blauen Augen weiteten sich. Plötzlich stürzte die Frau an ihm vorbei ins Behandlungszimmer. Dort starrte sie die Leiche an. Miss Bane gab keinen Laut von sich und sah aus, als würde sie sich womöglich nie wieder bewegen.

»Miss Bane!«, sagte Hamish streng. »Ich bin Polizist. Fassen Sie nichts an. Ich muss in der Zentrale anrufen.«

Er nahm sie bei den Schultern und führte sie zurück

zu ihrem Empfangstresen. »Setzen Sie sich, und rühren Sie sich nicht vom Fleck«, befahl er.

Benommen ließ Miss Bane sich auf den Stuhl sinken und blickte blind geradeaus.

Hamish rief in Strathbane an und wurde zu Detective Chief Inspector Blair durchgestellt, der sich Hamishs Beschreibung des Leichenfunds anhörte.

»Ich bin gleich da«, sagte Blair in einem breiten Glasgower Akzent. »War ja klar, dass Sie wieder eine Leiche finden. Als hätte ich nicht so schon genug zu tun!«

Hamish legte auf und wandte sich zu Maggie Bane um. »Meinen Sie, Sie können mir einige Fragen beantworten, Miss Bane?«

Sie blieb vollkommen reglos.

»Miss Bane?«

Nun sah sie ihn mit ihren blauen Augen an. »Ich kann das nicht glauben«, flüsterte sie. »Ich hatte ihm seinen Kaffee gebracht und bin einkaufen gegangen. Oh, da kommt seine nächste Patientin.«

Rasch ging Hamish zur Tür. Draußen stand eine Frau mit einem kleinen Kind an der Hand. »Leider hat es einen Unfall gegeben«, erklärte er. »Ich bin Police Officer. Geben Sie mir Ihren Namen und Ihre Adresse, und wir melden uns bei Ihnen.«

Ihre erschrockenen Fragen beantwortete er, so gut er konnte, und schrieb sich ihre persönlichen Daten auf. Dann eilte er zurück ins Sprechzimmer, wo die Leiche auf dem Stuhl lag, um nach der Kaffeetasse zu sehen. Er fand sie drüben bei einem Edelstahlwaschbecken. Tasse und Untertasse waren abgewaschen worden.

Hamish kehrte zu Maggie zurück. »Spült Ihr Chef seine Tasse und Untertasse immer selbst, wenn er seinen Kaffee getrunken hat?«

»Nein«, antwortete sie zittrig. »Normalerweise lässt er sie stehen, und ich wasche sie für ihn ab und stelle sie wieder in den Schrank.«

»Seit wann arbeiten Sie hier?«

»Seit fünf Jahren.«

»Ich brauche Ihre private Anschrift und Telefonnummer, Miss Bane. Jetzt gerade möchte ich Sie nicht mit zu vielen Fragen belästigen. Wann hat Mr. Gilchrist heute angefangen zu arbeiten?«

»Um neun.«

»Und Sie?«

»Auch um neun.«

»Und war er guter Dinge? Keine Anzeichen von Depression oder Verzweiflung?«

»Was? Oh, meinen Sie, ob er Selbstmord begangen haben könnte? Nein. Er war wie immer.«

Hamish ging zur Eingangstür, öffnete sie und hängte ein *Geschlossen*-Schild an den Türknauf außen. »Bevor die Leute aus Strathbane hier sind, brauche ich Ihr Terminbuch. Wer hatte den ersten Termin heute?«

»Jemand aus Lochdubh.« Sie zog das Buch vor. Nun wirkte sie unnatürlich ruhig. »Mr. Archibald Maclean.«

»Und wie lange war er im Behandlungszimmer?«

»Gar nicht. Er ist nicht gekommen.«

»Wen hatte Mr. Gilchrist vor seiner Kaffeepause behandelt?«

»Eine Mrs. Harrison.«

»Mrs. Harrison, die außerhalb von Lochdubh an der Strecke nach Braikie wohnt?«

»Ja, die.«

»Aber sie hatte doch das Gerücht verbreitet, dass sich Mr. Gilchrist an ihr vergriffen hätte.«

»Sie ist verrückt. Dauernd hängt sie hier rum.«

Verwundert kratzte Hamish sich am Kopf. »Mr. Gilchrist muss gewusst haben, was sie über ihn herumerzählt. Warum in aller Welt hat er sie dann noch behandelt?«

»Sie war eine gut zahlende Kundin.«

»Also, gehen wir Ihre eigenen Bewegungen durch. Als Sie um neun herkamen, war Mr. Gilchrist wie immer. Mr. Maclean ist nicht erschienen. Die Nächste war Mrs. Harrison. Was hat sie machen lassen?«

»Ihr musste ein Zahn gezogen werden.«

»Wie lange war sie bei ihm im Behandlungszimmer?«

»Eine halbe Stunde.«

»Und danach war Kaffeepause. Haben Sie ihm den Kaffee gebracht?«

»Ja, um zehn. Ich habe ihm gesagt, dass ich weggehe, einige Sachen besorgen.«

»Zeigen Sie mir, wo die Kaffeesachen aufbewahrt werden.«

Sie stand auf und ging zu einem niedrigen Schrank neben dem Aquarium mit den toten Fischen.

»Warum sind diese Fische tot?«, fragte Hamish.

»Weiß ich nicht. Ich habe alles genau nach Anweisung gemacht, aber sie sind vor einer Woche gestorben.«

Hamish blickte in das trübe Wasser. »Sie hätten einen Filter haben und das Aquarium regelmäßig reinigen müssen.«

»Ich wollte die nicht.« Maggie hockte sich neben den Schrank. »Es war Mr. Gilchrists Idee. Als sie gestorben sind, hat er gesagt, ich soll das Aquarium sauber machen und die toten Fische wegwerfen, doch ich habe ihm geantwortet, darum soll er sich selbst kümmern.«

»Und damit war er einverstanden?«

»Was spielt das noch für eine Rolle?«, fragte Maggie in diesem scharfen, hässlichen Ton. »Er liegt tot nebenan.«

»Darauf kommen wir später zurück.« Hamish bückte sich zu dem Schrank. »Da sind also die Kaffeesachen.« Im Schrank befanden sich ein Glas mit Instantkaffee, drei Tassen und Untertassen, zwei Teelöffel, eine Schale mit Würfelzucker und eine Packung Milch. »Ich fasse lieber nichts an, bis die Spurensicherung hier war«, sagte er.

Zu gern wäre er gegangen und hätte herumgefragt, ob jemand nach zehn Uhr beim Betreten der Praxis gesehen worden war. Aber er wollte Maggie Bane nicht allein lassen. »Wie viele Würfel Zucker hat Mr. Gilchrist in seinen Kaffee genommen?«

»Sechs.«

»Sechs! Dahinten steht noch eine Kekspackung«, sagte er mit Blick in den Schrank. »Hatte er welche von denen gegessen?«

»Eigentlich nimmt er zwei zu seinem Kaffee, aber heute Morgen hat er gesagt, er will keine Kekse.«

»Hat er verraten, warum nicht?«

Maggie Bane stand auf, und plötzlich begann sie zu weinen.

Langsam richtete Hamish sich auf. »Am besten setzen Sie sich wieder hin«, sagte er, obwohl er nicht umhinkonnte, sich zu fragen, ob die Tränen echt waren. Maggies hässliche Stimme raubte der Frau alles Feminine und Weiche.

Wieder ging Hamish ins Behandlungszimmer und betrachtete den Toten. Wenn er vergiftet worden war, was Hamish stark annahm, hatte der Mörder in der Praxis gewartet, bis Gilchrist tot war, hatte dann die Tasse und Untertasse genommen und beides abgewaschen. Hamish schüttelte den Kopf. War Gilchrist nach seinem Tod auf den Zahnarztstuhl gesetzt worden? Sicher würde ein vergifteter Mann sich winden, sich übergeben und zur Tür gelangen wollen, um Hilfe zu holen.

Moment mal, dachte Hamish. Er selbst war um kurz nach elf hier gewesen, und als er nach einem Puls gefühlt hatte, war der Körper noch warm gewesen.

Er kehrte zum Empfang zurück. Maggie hatte aufgehört zu weinen und sich eine Zigarette angesteckt.

»Sie sind rausgegangen, um einige Sachen einzukaufen«, sagte Hamish, »und Sie waren erst nach elf wieder hier. Eine lange Kaffeepause. Gehen Sie oft in der Zeit weg?«

»Nein, so gut wie nie.«

»Und dauert die Kaffeepause immer eine Stunde?«

»Nein, eine halbe Stunde.«

»Warum sind Sie länger weg gewesen?«

»Es waren keine weiteren Patienten früher eingetragen, bis diese Frau mit ihrem Kind gekommen ist, Mrs. Albert mit dem kleinen Jamie.«

»Aber mir haben Sie am Telefon erzählt, dass keine Termine frei wären.«

»Das ist das Geschäft«, erwiderte sie mürrisch. »Mr. Gilchrist wollte nicht, dass seine Patienten denken, er wäre nicht vollständig ausgebucht.«

Polizeisirenen waren von der Straße zu hören. »Das sind die Leute aus der Zentrale«, sagte Hamish.

Der korpulente Blair kam herein, dessen feistes Gesicht permanent einen hämischen Ausdruck hatte, begleitet von seinen Untergebenen, den Detectives Anderson und MacNab, sowie dem Team der Spurensicherung, einem Gerichtsmediziner und einem Fotografen. Hamish schilderte schnell, was er vorgefunden hatte, und schlug vor, sich umzuhören, ob jemand etwas gesehen hatte.

»Ja, in Ordnung«, knurrte Blair. »Wir wollen ja nicht, dass Sie hier die Profis stören.«

Hamish ging hinaus zum Treppenabsatz. Von hier

führte noch eine Treppe einen Stock höher. Oben lehnte sich ein Mann übers Geländer und schaute nach unten.

»Was ist denn los?«, fragte er.

Hamish begab sich zu ihm nach oben. »Es hat einen Unfall gegeben. Ich bin Polizist.«

»Ja, ich kenne Sie. Sie sind dieser Hamish Macbeth aus Lochdubh.«

Der Mann war alt, klein und gebeugt und trug eine eigenartige Kombination aus Pyjama, Bademantel und Tweed-Schirmmütze.

»Kommen Sie rein«, sagte er, als Hamish oben war.

Hamish folgte ihm in eine kleine, ordentliche Wohnung. »Wie heißen Sie?«

»Fred Sutherland.«

»Gut, Mr. Sutherland, die Situation ist folgende: Mr. Gilchrist wurde tot aufgefunden.«

»Ermordet?«

»Wissen wir noch nicht. Haben Sie zwischen zehn und elf irgendwelche merkwürdigen Geräusche von unten gehört?«

»Nein, bloß die üblichen Zahnarztgeräusche.«

»Aber er hatte in der Stunde keine Patienten. Und was meinen Sie mit ›Zahnarztgeräusche‹?«

»Bloß den verfluchten Bohrer. Ich habe ein Gebiss. Schon seit Jahren. Doch ich sage Ihnen was, Junge: Jedes Mal, wenn der Bohrer angeht, tun mir die falschen Zähne weh.«

»Ich komme gleich wieder.« Hamish stürmte aus der

Wohnung und die Treppe hinunter. Im Sprechzimmer wimmelte es von Polizei. Hamish drängte sich zu dem Pathologen durch. »Haben Sie sich seine Zähne angesehen?«

Der große, immerfort traurig wirkende Mann blickte überrascht auf. »Er ist Zahnarzt. Er sieht sich die Zähne anderer an.«

»Schauen Sie einfach nach«, bat Hamish, »ehe die Leichenstarre einsetzt.«

»Ich wollte gerade den Mund untersuchen.« Der Pathologe drückte die Lippen des Toten auseinander und leuchtete mit einer kleinen Taschenlampe in den Mund- und Rachenraum. Dann sah er verblüfft wieder zu Hamish auf. »Woher haben Sie das gewusst?«

»Was gewusst?«, rief Blair.

»In jeden Zahn wurde ein Loch gebohrt.«

»Nach dem Tod?«, fragte Hamish.

»Weiß ich nicht«, antwortete der Pathologe langsam. »Das Gesicht ist verfärbt, ja, doch ich würde Anzeichen von einem Kampf oder Gewalt erwarten.«

»Woher haben Sie …?«, begann Blair.

Doch Hamish beachtete ihn nicht. »Da ist noch etwas. Wenn er mit irgendetwas vergiftet wurde, hätte er sich doch sicher gewunden. Könnte jemand ihn nach dem Tod vom Boden aufgehoben, in den Stuhl gesetzt und die Zähne angebohrt haben?«

»Möglich wär's.«

Blair unterbrach sie. »Woher haben Sie von den angebohrten Zähnen gewusst?«

»Ein Mann, der über der Praxis wohnt, hat den Bohrer gehört, als Gilchrist angeblich keine Patienten hatte.«

»Es könnte doch jemand unangemeldet hergekommen sein.«

»Ja, aber ich hatte das Gefühl, dass der Mann verhasst war.«

»Ich gehe mal zu dem Nachbarn nach oben und rede selbst mit ihm.« Blair verschwand.

Hamish begab sich nach unten zu dem Textilgeschäft. Eine Glocke über der Tür bimmelte, als er sie öffnete, und eine kleine, betuliche Frau kam ihm entgegen.

»Ich bin Polizist«, erklärte Hamish.

»Was ist das für ein Aufruhr da oben?«

»Mr. Gilchrist ist tot.«

Sie war eine gepflegte Frau mittleren Alters mit strengen Zügen und weißem, dauergewelltem Haar. »Oh nein! Kann ich irgendwie helfen? War es eine Herzattacke?«

»Nein. Wie heißen Sie?«

»Mrs. Elsie Edwardson.«

»Und Ihnen gehört dieses Geschäft?«

»Ja.«

»Haben Sie bemerkt, dass jemand nach oben zur Praxis gegangen ist, sagen wir, zwischen zehn und elf?«

»Ist es Mord?«

»Das wissen wir noch nicht.«

»Hm, lassen Sie mich überlegen. Du meine Güte, das ist aber ganz schön aufregend für uns alle.« Ihre Augen blitzten. »Gewöhnlich passiert in Braikie nichts. Es weiß ja nicht mal jemand, wo Braikie liegt. Ich war mal im Urlaub in Scarborough, und die Leute da hatten nicht bloß noch nie von Braikie gehört, ihnen sagte nicht einmal die Grafschaft Sutherland etwas. Diese Sprechstundenhilfe, das miesgelaunte Mädchen, Maggie Bane, die habe ich weggehen gesehen. Aber ich weiß nicht mehr, um welche Zeit genau das gewesen ist.«

»Ist jemand nach oben gegangen?«

Sie schüttelte den Kopf. »Ich habe die meiste Zeit hinten Ware ausgezeichnet.«

»Und haben Sie irgendwelche seltsamen Geräusche von oben gehört?«

»Nein, soweit ich mich erinnere, nicht.«

Ein blendend weißes Licht erhellte das Schaufenster. »Huch, was ist das denn?«, rief Mrs. Edwardson.

»Ich glaube, das Fernsehen ist angekommen.«

»Oh, wie aufregend! Mein kleiner Laden im Fernsehen! Ich gehe lieber mal, ein bisschen mehr Lippenstift auftragen.« Mrs. Edwardsons Gesicht rötete sich, und sie wirkte auf einmal glücklich. »Das ist eine wunderbare Werbung für mein Geschäft!«

Hamish blickte zu dem deprimierenden Schaufenster und dachte insgeheim, nicht einmal ein Auftritt der Queen in einem dieser Kleider könnte helfen, sie zu verkaufen.

»Wir reden gewiss wieder mit Ihnen«, erwiderte er, doch Mrs. Edwardson hatte bereits ihren Taschenspiegel hervorgeholt und malte sich die Lippen nach.

Hamish setzte seine Befragungen in den Geschäften zu beiden Seiten fort, hin und wieder verfolgt von der Lokalpresse, deren Reporter ihn alle kannten. Ein Zahnarzt, der unter solch grausigen Umständen zu Tode gekommen war, würde bald auch die überregionale Presse herlocken, gefolgt von der ausländischen. Detective Chief Inspector Blair würde sich unter Druck gesetzt fühlen, und ein Blair unter Druck war kein schöner Anblick.

Schließlich kehrte Hamish in die Praxis zurück. Blair erzählte Maggie Bane gerade, sie müsse zur Befragung mit nach Strathbane kommen. Offensichtlich hielt er sie für die Hauptverdächtige. Hamish berichtete, dass er keinen Erfolg gehabt hatte. Blair brummelte und befahl ihm, im Ort herumzugehen und zu sehen, was er über Gilchrist in Erfahrung bringen konnte.

»War er verheiratet?«, wollte Hamish wissen.

»War er. Er wurde aber vor zehn Jahren geschieden.«

»Und wo ist die Ex-Frau?«

»Lebt unten in Inverness.«

»Wie heißt sie?«

»Das geht Sie gar nichts an!«, blaffte Blair. »Jetzt ziehen Sie schon los und versuchen Sie mal, sich nützlich zu machen.«

Als Hamish wieder nach unten ging, kam ihm Jimmy Anderson entgegen.

»Die Presse macht mich wahnsinnig!«, beschwerte er sich.

»Augenblick.« Hamish fing Anderson am Arm ab, als

er an ihm vorbei nach oben wollte. »Wie heißt die Ex-Frau?«

»Jeannie Gilchrist.«

»Und wo in Inverness finde ich sie?«

»Die findet die Polizei von Inverness.«

»Also kein Whisky mehr für Sie, Jimmy.«

»Ach, wenn es Sie so brennend interessiert, die Adresse lautet Anstruther Road Nummer 851.«

»Danke.«

»Hamish!«, rief Jimmy ihm nach. »Wagen Sie sich nicht mal in die Nähe der Frau, sonst lässt Blair Sie feuern!«

Hamish winkte ihm nur und ging zu seinem Dienstwagen. Er wollte ohnehin dringend nach Inverness, weil sein Zahn wieder schmerzte. Dort würde er seinen Zahnarzt aufsuchen und hinterher mal bei Mrs. Gilchrist vorbeifahren. Mehrere Kamerablitze leuchteten ihm ins Gesicht, als er wegfuhr. Ihm war nicht neu, dass die Presse eine enervierende Angewohnheit hatte, alles und jeden zu fotografieren. Lauter Fotos, die nie benutzt wurden.

Auf dem langen Weg nach Inverness schaltete er die Sirene ein, damit er das Tempolimit übertreten konnte, und überlegte, dass es nett wäre, einer dieser Privatdetektive wie in den Romanen oder Filmen zu sein, vor deren Wissen sich ganz Scotland Yard verneigte, weil er stets über alles Bescheid wusste. Doch er war bloß ein Highland-Polizist, ein kleines Rädchen im Getriebe einer Mordermittlung. Blair würde den Bericht des Gerichtsmediziners und sämtliche Aussagen bekommen, die Hamish dann mittels Whisky aus Jimmy Anderson herauskitzeln musste.

In Inverness begab Hamish sich geradewegs zu seinem Zahnarzt, einem Mr. Murchison, und flehte die Sprechstundenhilfe am Empfang an, ihn unangemeldet dranzunehmen, weil die Schmerzen so schlimm seien, dass er zu sterben glaubte.

»Das sagen alle«, antwortete sie herzlos. »Setzen Sie sich ins Wartezimmer, und ich sehe mal, ob er Sie dazwischenschieben kann.«

»Sagen Sie ihm, dass ich nicht viel Zeit habe«, erwiderte Hamish, gerissen wie er war, denn im Wartezimmer hockten sechs Leute. »Mr. Gilchrist, der Zahnarzt drüben in Braikie, ist gerade ermordet worden. Und ich bin mitten in der Ermittlung.«

»Oh mein Gott, wie furchtbar! Warten Sie hier.«

Sie ging ins Behandlungszimmer. Wenig später kam sie wieder zurück. »Mr. Murchison nimmt Sie jetzt gleich dran. Er ist eben fertig geworden.«

Ein Mann kam aus dem Raum, der sich die Wange hielt. Hamish ging hinein und scherte sich nicht um die bösen Blicke der anderen Wartenden.

»Was höre ich da?«, begann Mr. Murchison.

»Es ist dieser Zahn hier.« Hamish öffnete den Mund.

»Ich meine den Mord.«

»Hören Sie, Mr. Murchison, machen Sie, dass der Schmerz aufhört, und ich berichte Ihnen alles.«

»Na gut. Setzen Sie sich.«

Eine halbe Stunde später, nach Abszessdrainage, Bohren im kranken Zahn und Auffüllen des Lochs, sagte Mr. Murchison: »Jetzt erzählen Sie mal.« Und Hamish gab sein Bestes, obwohl seine eine Gesichtshälfte noch betäubt war.

»Das wundert mich nicht«, bemerkte Mr. Murchison hinterher. »Ich habe schon mit einigen seiner ehemaligen Patienten zu tun gehabt, und solch eine üble Arbeit ist mir bisher nirgends sonst untergekommen. Erst kürzlich hatte ich mich mit einigen Kollegen zusammengesetzt. Ich wollte ihn bei der Ärztekammer melden.«

»Aber wissen Sie von jemandem, der ihn genug gehasst haben könnte, um ihn zu ermorden?«

»Nein, von keinem. Sie wissen doch, wie das ist. Die Leute sagen: ›Ich bringe das Schwein um‹, machen das jedoch nie.«

»Jemand hat ihn aber ermordet«, gab Hamish zurück.

Er beglich seine Rechnung am Empfang, beklagte sich bitterlich über den Preis und fragte sich, ob der National Health Service dieser Tage überhaupt noch für irgendetwas aufkam. Dann verließ er die Praxis und fuhr zur Anstruther Road auf der Loch-Ness-Seite von Inverness. Er bog eben in die Straße ein, als er einen Streifenwagen erblickte. Rasch setzte Hamish zurück um die Ecke. Er stieg aus und ging zu Fuß in die Anstruther Road, wo er gemächlich auf und ab schlenderte, bis er einen Polizisten und dessen Kollegin aus dem Haus von Mrs. Gilchrist kommen, in ihren Wagen steigen und wegfahren sah.

Hamish ging zu dem gepflegten viktorianischen Einzelhaus und läutete an der Tür mit einer Buntglasscheibe in der oberen Hälfte.

Ihn überraschte, wer ihm öffnete. Die Frau sah sehr jung aus. Sie trug ein blaues T-Shirt und eine Jeans und hatte ihr schwarzes Haar zu einem Pferdeschwanz zurückgebunden. Ihre Züge waren zart, fast elfengleich.

»Ich bin Police Constable Macbeth«, erklärte Hamish. »Ist Mrs. Gilchrist zu Hause?«

»Ich bin Mrs. Gilchrist.«

»Oh, Sie sehen sehr jung aus«, platzte es aus ihm heraus.

Sie lächelte strahlend. »Ich bin eben von der Polizei befragt worden.«

»Ich bin aus Lochdubh«, erklärte Hamish, »und ich komme direkt aus Braikie.«

»Treten Sie lieber ein, aber …« Sie beäugte ihn misstrauisch.

»Aber was?«

»Haben Sie getrunken?«

»Nein! Warum …? Ach so, ich bin eben beim Zahnarzt in Inverness gewesen, deshalb lalle ich wohl ein wenig. Mein Gesicht ist noch halb betäubt.«

»Ah, ich dachte, Sie klingen betrunken. Dann kommen Sie rein.«

Charmant wie Mrs. Gilchrist ohne Frage war, entging Hamish nicht, dass sie der mögliche Mord an ihrem Ex-Mann vollkommen kaltließ.

Das Wohnzimmer war in dem Stil gestaltet, den Hamish insgeheim für »Schottische Moderne« hielt: naturbelassenes Kiefernholz, haufenweise Grünpflanzen und Drucke von modernen Künstlern an den Wänden.

»Ich nehme an, Mrs. Gilchrist«, begann Hamish, »dass die Nachricht vom Tod Ihres Mannes ein ziemlicher Schock für Sie ist.«

»Eigentlich nicht. Ich schätze, der Schock kommt später.«

»Hatten Sie die Scheidung eingereicht, oder war er es?«

»Ich hatte die Scheidung eingereicht.«

»Und warum?«

»Ich mochte ihn nicht«, antwortete sie gelassen.

»Warum nicht?«

Sie sah ein wenig verärgert aus, was ihrem hübschen Gesicht nicht gut bekam. »Das passiert. Kleinigkeiten, die zu nerven anfangen und sich dann summieren.«

»Was zum Beispiel?«

»Ich verstehe nicht, was das mit dem möglichen Mord an ihm zu tun hat.«

Hamish seufzte. »Ich versuche, mir ein Bild von Ihrem Mann zu machen.«

Nun stieß sie gleichfalls einen Seufzer aus. »Okay, ich bemühe mich. Ich hatte in der Gemeindeverwaltung gearbeitet, als ich ihn kennenlernte. Er hatte Fragen zur Gemeindesteuer. Dann hat er mich einfach so zum Essen eingeladen. Er kam mir wie eine sehr starke Persönlichkeit vor, wie jemand, der genau wusste, was er tat und wohin er wollte, und ich war es leid, Single zu sein. Er war viel älter als ich, fünfzehn Jahre, doch das machte ihn erst recht interessant. Wenige Wochen später haben wir geheiratet. Nach und nach wurde mir klar, was für ein launischer, arroganter Mann er war. Was ging mir besonders auf die Nerven?«

Sie schien einen Moment nachzudenken. »Oh, dass er beim Frühstück laut die Zeitung vorlas, sich über Politik aufregte und erklärte, wie viel besser er alles hinbekommen würde. Dass ihm nicht passte, wie ich mich anzog – er mochte kurze Röcke, hohe Absätze, knappe Blusen, solche Sachen. Ich habe ihm gesagt, dass ich anziehe, was mir gefällt, und da fing der verbale Missbrauch an. Ich begann, mich demoralisiert zu fühlen. Zum Glück hatte ich meinen Job behalten. Also bin ich hergezogen, und als die zwei Jahre Trennungszeit vorbei waren, habe ich mich scheiden lassen.«

»Wie alt war er?«

»Fünfzig.«

»Ist er vorher schon mal verheiratet gewesen?«

»Ja, ich glaube schon. Aber verraten hat er solche Dinge nie. Ich hatte nur das Gefühl, dass ich nicht seine erste Frau war.«

»Woher kam er ursprünglich?«

»Dumfries.«

Hamish blickte sie nachdenklich an. »Aber mal angenommen, dass es sich als Mord erweist, wovon ich sicher ausgehe, erschrickt oder schockiert Sie das nicht?«

»Sie müssen bedenken, dass ich ihn am Ende gehasst

habe wie die Pest«, erwiderte sie ruhig. »Es liegt nahe, dass irgendeine andere Frau genauso empfunden hat.«

»Ja, nur bezweifle ich, dass sie stark genug wäre, ihm beim Sterben zuzusehen, ihn dann in den Zahnarztstuhl zu heben, alle seine Zähne anzubohren und …«

»Was?«

»Oh nein, ich dachte, die Polizei hätte es Ihnen schon erzählt. Jedenfalls scheint es so gewesen zu sein.«

»Da muss ein Verrückter frei herumlaufen.«

»Ein verrückter und sehr kaltblütiger Mensch, ja. Ich glaube, die Praxis wurde hinterher geputzt.«

»Macht es Ihnen etwas aus zu gehen?«, fragte sie plötzlich. »Ich glaube, im Moment ertrage ich nicht mehr.«

Hamish ging zur Tür. Dort drehte er sich noch einmal um. »Wo waren Sie heute Morgen? Müssten Sie nicht bei der Arbeit sein?«

»Ich habe mir den Tag freigenommen. Frauenprobleme. Mein Job ist nicht schlecht, aber langweilig. Nein, ich habe keine Zeugen, doch ich bin heute noch nicht aus dem Haus gegangen.«

Als er wegfuhr, holte Hamish das volle Ausmaß des seltsamen Mordes ein. Es gab so viele Fragen, auf die er gern Antworten hätte. Warum war Maggie Bane so lange fort gewesen? Was wäre gewesen, wenn jemand wie er mit Zahnschmerzen ohne Termin vorbeigekommen wäre? Aber da war das *Geschlossen*-Schild. Hamish hatte es selbst nach draußen gehängt. Verdammt! Was, wenn der Mörder es genauso gemacht hatte?

Er fuhr nach Braikie, parkte am Ortsrand und machte sich zu Fuß auf den Weg zur Praxis. Ein Polizist aus Strathbane kam ihm entgegen. »Blair ist ausgeflippt, weil er Sie nirgends finden konnte.«

»Ich habe überall hier herumgefragt«, erwiderte Hamish. »Und er will mich doch sonst nie bei einem Fall dabeihaben.«

»Tja, jetzt hat er gesagt, wenn ich Sie sehe, soll ich Ihnen ausrichten, Sie müssten sofort nach Strathbane kommen. Und Sie sollen Ihre Uniform anziehen.«

Hamish fuhr nach Lochdubh, zog sich seine Polizeiuniform an und machte sich ein Sandwich und einen Kaffee, ehe er sich in Richtung Strathbane begab. Er mochte Blair nicht. Er konnte dessen Wutausbrüche, die Prahlerei und die Art, willkürlich Menschen eines Mordes zu beschuldigen, nicht leiden. Doch wenn es um alltägliche Straftaten in Strathbane ging, war Blair ohne Frage gut in seinem Job. Er hielt stets Augen und Ohren offen und kannte sämtliche Strolche in der Stadt.

Der Land Rover erreichte einen heidebewachsenen Hügelkamm, und dort unten lag Strathbane wie die Stadt der schaurigen Nacht aus dem Langgedicht von James Thomson. Rissige schwarze Wolken jagten über den Himmel, und ein wässriger Sonnenstrahl erhellte die Fenster der hässlichen Wohnblocks am Stadtrand.

Hamish verstand nicht, warum solche Wucherungen die Landschaft Sutherlands verschandeln mussten. In den 1950er-Jahren hatte es hier viel Industrie gegeben –

Papiermühlen, Ziegeleien, Elektronikfabriken, und die Wohnsilos waren hochgezogen worden, um die Arbeiter aus Glasgow und Edinburgh zu beherbergen, die hergezogen waren. Doch die brachten ihr Faible für Streiks mit nach Norden, und schrittweise hatten die nachfolgenden Generationen beschlossen, lieber von Sozialhilfe zu leben und nicht mal vorzugaukeln, sie würden arbeiten. Die Fabriken schlossen, der Wind von Sutherland peitschte durch die eingeschlagenen Fenster, und Weidenröschen wuchsen auf den verlassenen Fabrikhöfen. Es war wie in einem dieser Science-Fiction-Filme über das einundzwanzigste Jahrhundert, in denen Anarchie herrschte und Gangs durch die Straßen zogen. Als Letztes verschwand die Fischindustrie, in den Ruin getrieben von der hiesigen Lethargie und den strengen Fangquoten der EU, an die sich nur die Briten zu halten schienen. Und dann waren da die Drogen. Die waren wie eine Pest über die neuen Autobahnen, die man durch die Berge gezogen hatte, nach Norden gewandert.

Hamishs Kiefer fing an zu schmerzen von der Behandlung beim Zahnarzt. Auf einmal wünschte er, er hätte Mrs. Gilchrist gebeten, seinen Besuch nicht gegenüber der Polizei von Inverness zu erwähnen, denn sollte Blair davon erfahren, würde er es als einen Fall von Befehlsverweigerung werten.

Hamish betrat das düstere Gebäude, in dem der Geruch des Polizeikantinenessens immerfort in der abgestandenen Luft hing.

Er öffnete die Tür zum Büro der Kriminalpolizei und linste durch den Nebel von Zigarettenqualm. Jimmy Anderson war allein, paffte eine Zigarette und hatte die Füße auf den Schreibtisch gelegt.

»Oh Mann, Hamish, Sie stecken richtig tief im Schlamassel«, rief er ihm zu.

»Wo ist Blair?«

»Der befragt noch Maggie Bane, seine Hauptverdächtige.«

Hamish setzte sich ihm gegenüber hin. »Kann ich mir kurz Ihren Computer leihen? Ich fange lieber meinen Bericht an.«

»Bedienen Sie sich. Wo sind Sie gewesen?«

»Ich bin durch Braikie gelaufen, habe mich umgehört, und danach bin ich nach Lochdubh gefahren, um mir die Uniform anzuziehen«, antwortete Hamish, schaltete den Computer ein und begann, seinen Bericht zum Fund von Gilchrists Leiche zu tippen.

»Wie es aussieht, hatten Sie in einer Sache recht«, sagte Jimmy lakonisch. »Sie schätzen, dass das Gift in seinem Kaffee war, er sich gewunden und erbrochen hat und auf den Boden gefallen ist. Da waren Flecken von Erbrochenem hinten auf seinem Kittel, als hätte er sich in seiner eigenen Kotze auf dem Boden gewälzt. Jemand hat ihn gesäubert, so gut es ging, ihn in den Stuhl gehievt und seine Zähne angebohrt und dann eiskalt den Boden gewischt. In den Rissen im Linoleum waren ebenfalls Spuren von Erbrochenem.«

Hamish hielt mit den Fingern über der Tastatur inne. »Warum sollte sich jemand so viel Mühe machen?«

»Was meinen Sie?«

»Ich meine, jeder, der halbwegs bei Verstand ist, wird gewusst haben, dass wir die angebohrten Zähne und die Reste von Erbrochenem auf dem Boden ohnehin finden.«

»Der Mörder könnte einen unglaublichen Hass auf ihn gehabt haben. Vielleicht sogar so sehr, dass ihm egal war, ob er gestört werden würde oder nicht.«

Hamish schüttelte den Kopf. »Es hätte eine ruhige Hand gebraucht, ein sauberes Loch in jeden einzelnen Zahn zu bohren. Jemand, der rasend wütend ist, hätte eher alle seine Zähne zertrümmert und danach die Praxis verwüstet.«

»Könnte sein. Doch wie viel Kraft für all das nötig war! Damit fällt Maggie Bane aus, würde ich sagen.«

»Es sei denn«, entgegnete Hamish, »sie hatte einen Komplizen.«

Kapitel 3

Kühn und aufrecht stand der Kaledonier da,
alt war sein Hammel und sein Rotwein klar;
Port soll er trinken, war der Engländer Gebot –
Er trank das Gift, und sein Geist war tot.

John Home

Hamish tippte eifrig an seinem Bericht. Er erinnerte sich noch gut an die Tage, als Computer für ihn ein dunkles Mysterium gewesen waren. Jetzt ging ihm die Arbeit daran leicht von der Hand.

Die Tür flog auf, und Blair kam hereingestampft. Er beugte sich über ihn. »Wo sind Sie gewesen?«

»Ich habe die Leute im Ort befragt«, antwortete Hamish, »und dann bin ich mich umziehen gefahren, bevor ich hergekommen bin.« Der Drucker spie die letzte Seite seines Berichts aus. Hamish stapelte die Blätter zusammen und reichte sie Blair. »Hier ist mein Bericht.«

Blair nahm ihn und funkelte Hamish wütend an. »Stehen Sie auf, wenn ein Vorgesetzter mit Ihnen redet, Mann!«

Brav erhob Hamish Macbeth sich.

Auf einmal stöhnte Blair und sank auf einen Stuhl. »Ach, setzen Sie sich, Macbeth«, brummte er. »Und stehen Sie da nicht so nutzlos wie immer rum.«

Hamish nahm wieder Platz. Jimmy lachte leise.

»Wo ist Maggie Bane?«, fragte Hamish.

»Die musste ich nach Hause schicken«, antwortete Blair verärgert. »Ich schwöre, das Mädchen hat was damit zu tun, doch sie bleibt bei ihrer Geschichte.«

»Sie hat mir erzählt, dass sie einkaufen war, aber sie hatte keine Taschen bei sich, als sie in die Praxis zurückgekehrt ist«, merkte Hamish an.

»Oh, dafür hat sie eine Erklärung. Sie sagt, sie hat die Sachen zu sich nach Hause gebracht. Wir haben in den Läden nachgefragt, in denen sie eingekauft haben will, und es passt alles. Sie war im Supermarkt, hat zwei Filme in der Videothek ausgeliehen und ihre Bücher in der Bücherei getauscht. Ist alles bestätigt.«

»Aber warum heute Morgen?«, fragte Hamish. »Hat sie sich häufiger eine Stunde zwischendurch freigenommen?«

»Sie bleibt bei ihrer Geschichte, dass in der Praxis nichts los war und sie das genutzt hat. Sie sagt, dass sie Gilchrist um Erlaubnis gebeten hatte und er es in Ordnung fand. Ach, wen wir alles befragen müssen! Wir müssen mit all seinen Patienten reden. Diese Mrs. Harrison war vorhin nicht zu Hause. Sie können sich nützlich machen und Ihre Aussage besorgen. Auch die von diesem Fischer, Archie Maclean.«

»Ich dachte, die Kriminalpolizei nimmt die Aussagen bei einer Mordermittlung auf«, erwiderte Hamish.

Was durchaus zutraf, doch obwohl Blair ihn beleidigte, wo er konnte, schätzte er insgeheim die Intelligenz des schlaksigen Highlanders. Blairs eigene reichte gerade mal so weit, sich Hamish zunutze zu machen und es aussehen zu lassen, als stammten dessen Erkenntnisse von ihm selbst.

»War Gilchrist zufällig verschuldet?«, erkundigte sich Hamish, nachdem Blairs Antwort auf seine vorherige Frage bloß ein Rülpser gewesen war.

»Der wurde doch nicht beklaut!«, donnerte der Detective Chief Inspector, dessen Akzent wieder schärfer wurde, weil er sich aufregte. »Wieso fragen Sie?«

»Ist nur so ein Gedanke«, sagte Hamish und ging zur Tür.

Der Abend senkte sich über das hässliche Strathbane, als Hamish Macbeth das Polizeigebäude verließ. Die orangefarbenen Straßenlaternen befleckten den Highland-Himmel, an dem schmutzige Möwen kreischend dahinsegelten. Die Vögel schienen nie zu schlafen.

Als er an einer roten Ampel hielt, kam ein verkniffen dreinblickender Jugendlicher angetorkelt und versetzte dem Land Rover einen fiesen Tritt.

Die Ampel wurde grün, und Hamish fuhr weiter. Wollte er jeden Halbstarken in Strathbane verhaften, der nach einem Polizeiwagen trat oder ihn bespuckte, bliebe ihm keine Zeit mehr für anderes.

Der unberechenbare Sutherland-Wind hatte sich gelegt, und schon jetzt begann Frost auf der Straße zu glitzern. In Lochdubh fuhr Hamish direkt hinaus zur Strecke nach Braikie, wo Mrs. Harrison wohnte. Sie dürfte inzwischen von dem Mord gehört haben. Der hatte sich hier gewiss schon von Sutherland bis Caithness, Inverness und Ross and Cromarty herumgesprochen.

Hamish hielt vor dem kleinen, niedrigen Bauernhaus an. Im Haus brannte Licht, und ein alter Vauxhall parkte davor. Wie es aussah, war Mrs. Harrison zu Hause. Hamish hatte bereits eine Hand an der Pforte, da zögerte er. Bei dem Ruf, der Mrs. Harrison vorauseilte, hätten sie lieber eine Polizistin herschicken sollen.

Doch er zuckte mit den Schultern, ging zur niedrigen Tür und klingelte. Plötzlich wurde die Haustür aufgerissen, und eine kleine Frau blickte zu ihm auf. Ihr Haar war in einem dumpfen, leblosen Schwarz gefärbt und ihre faltige Haut gelblich. Die sehr dunkelbraunen Augen blitzten über schweren Tränensäcken. Ihre Mundwinkel waren nach unten gebogen. Sie trug ein Kleid, das aussah, als hätte sie es bei Mrs. Edwardson gekauft, und darüber eine dicke Strickjacke.

»Die Polizei, oder? Wird auch Zeit, dass Sie kommen«, sagte sie. »Warum sind Sie nicht in Zivil?«

»Weil ich Polizist bin. Können wir reingehen?«

»Nein, können wir nicht. Ich muss an meinen Ruf denken.«

Frost glitzerte an den Zweigen des Vogelbeerbaums neben der Tür. Eigentlich pflanzt man die, um Hexen und Elfen fernzuhalten, dachte Hamish. Das hatte hier nicht ganz geklappt.

»Dann müssen Sie mit zur Wache kommen«, entgegnete er streng. »Sie sollten die Polizei nicht bei ihren Ermittlungen behindern.«

»Ich bin zu alt, um zu dieser Zeit noch auf dem Land herumzufahren. Sie können reinkommen.«

Hamish folgte ihr in ein Wohnzimmer mit Kochnische. Ein Torffeuer brannte in einem altmodischen schwarzen Herd an der einen Wand. In der Mitte stand ein Tisch mit einer Plastikdecke, umgeben von vier Stühlen. An der Wand gegenüber dem Herd befand sich eine Eichenanrichte, auf der sich Fotografien in Silberrahmen reihten. Ein Bild des amerikanischen Baptistenpastors und Wanderpredigers Billy Graham hing über der Anrichte. Es lagen keine Teppiche auf dem Steinfußboden.

Hamish nahm seine spitze Mütze ab, legte sie auf den Tisch und holte sein Notizbuch hervor. »Also, Mrs. Harrison«, begann er, »dürfte ich Ihren vollen Namen erfahren?«

»Mrs. Mabel Harrison.«

»Alter?«

»Geht Sie nichts an, junger Mann.«

»Ich brauche Ihr Alter.«

»Ich wüsste nicht, wozu. Ach, meinetwegen, fünfzig.«

Wohl eher siebzig, dachte Hamish und gab es vorerst auf. »Sie sind heute Morgen bei Mr. Gilchrist gewesen und haben sich einen Zahn ziehen lassen. Warum sind Sie zu diesem Zahnarzt gegangen? Wenn ich es richtig verstanden habe, hatten Sie einmal den Verdacht geäußert, dass er Sie sexuell belästigt hatte.«

Sie sah ihn geziert an. »Er hat mich nicht richtig belästigt. Aber er war wahnsinnig verliebt in mich.«

»Hat er Ihnen Avancen gemacht?«

»Da war mal eine Zeit, da wusste ich, dass er mich um eine Verabredung bitten wollte, doch *sie* ist reingekommen, hat sich hingesetzt und wollte nicht wieder verschwinden.«

»Maggie Bane?«

»Die nennt sich ›Krankenschwester‹, dabei ist sie bloß Sprechstundenhilfe. Sie ist eifersüchtig auf mich.«

Warum habe ich mir diesen Beruf ausgesucht?, fragte Hamish sich unglücklich. Warum sitze ich hier in dieser kalten Küche und höre einer Irren zu?

»Wie war Mr. Gilchrist?«

»Was meinen Sie?«

»Wirkte er besorgt, ängstlich, gehetzt, irgendwas in der Richtung?«

»Nein, er war wie immer.«

»Ich glaube, ich verstehe weder Sie noch den Zahnarzt«, sagte Hamish. »Sie haben herumerzählt, dass er sich an Ihnen vergangen hatte, wie ganz Lochdubh weiß. Er muss davon gehört haben. Warum sind Sie weiter bei ihm in Behandlung gewesen, und weshalb hat er Sie immer noch behandelt?«

»Verstehen Sie die Sprache, die ich spreche, nicht?«, entgegnete sie schnippisch. »Habe ich Ihnen doch schon gesagt: Er war verliebt in mich.«

»Angenommen, das stimmt, ist Ihnen an seinem Verhalten nichts Eigenartiges aufgefallen?«

»Nein, er war wie immer, und sie hat dagesessen und eine Zeitschrift gelesen.«

»Im Behandlungszimmer?«

»Ja, die ganze Zeit, die ich da war. Eifersüchtiges Flittchen.«

»Und hat Maggie Bane irgendwas zu Mr. Gilchrist gesagt oder er zu ihr?«

»Nein … Warten Sie. Er war gerade fertig, da hat er zu ihr gesagt: ›Sie können sich freinehmen, wenn Mrs. Harrison gegangen ist.‹«

»Und das war alles?«

»Abgesehen von dem Üblichen, den Mund weit aufmachen und so.«

Hamish schlug sein Notizbuch zu. »Wahrscheinlich kommt ein Detective, um noch eine Aussage aufzunehmen. Verlassen Sie das Land nicht.«

»Wozu sagen Sie denn, ich soll das Land nicht verlassen?«

»Wollte ich immer schon mal«, murmelte Hamish und

fragte sich unweigerlich, ob er manchmal genauso gestört war wie Mrs. Harrison.

»Kommen Sie einfach wieder, wenn Sie sonst noch etwas wissen wollen.« Sie lächelte ihm zu, und Hamish wich zur Tür zurück. Sie hatte so gut wie keine Zähne mehr. Hatten die anderen alle gezogen werden müssen, oder hatte die verliebte alte Schabracke Zahnschmerzen als Vorwand genutzt, den habgierigen Zahnarzt zu sehen? Zähneziehen machte weniger Arbeit als Füllungen, und der Zahnarzt konnte dem National Health Service mehr für einen gezogenen Zahn berechnen als für einen ausgebesserten.

An der Tür drehte er sich um. »Eines noch. Sind Sie verwitwet?«

»Mein Bill ist fast auf den Tag genau vor zwanzig Jahren gestorben.« Sie ging zur Anrichte, nahm ein Foto auf und reichte es ihm. »Das sind Bill und ich im Urlaub in Butlins Ferienpark in Ayr.«

Ein gut aussehender junger Mann mit einem hübschen Mädchen am Arm blickte in die Kamera. Es war schwer zu glauben, dass Mrs. Harrison jemals so attraktiv gewesen war wie die junge Frau auf dem Bild. »Woran ist Ihr Mann gestorben?«, hakte er nach und gab ihr die Aufnahme zurück.

»An einem Herzinfarkt.«

»Tja, na, ich gehe mal lieber.«

Er setzte die Mütze auf, tippte sie an und floh hinaus in den Abend. An der Pforte blieb er einen Moment stehen und atmete die kalte, frische Luft tief ein. Interessant an Mrs. Harrisons Aussage war, dass der Zahnarzt Maggie gesagt hatte, sie könne sich freinehmen. Natürlich war es harmlos, selbst wenn sie um Erlaubnis gebeten hatte. Dennoch …

Nachdenklich fuhr Hamish zurück nach Lochdubh, parkte den Wagen vor der Wache und ging hinunter zum Hafen, wo sich die Fischer anschickten, mit ihren Booten in See zu stechen. Archie Maclean war womöglich der einzige Fischer, der aus lauter Furcht vor seiner Frau einen engen Anzug, Hemd und Krawatte unter dem Overall trug.

»Ah, Sie sind's, Hamish«, sagte er finster. »Dachte mir schon, dass Sie kommen. Ist es wegen dem Zahnarzt?«

»Ja, warum hatten Sie den Termin abgesagt, Archie?«

»Ach, die Schmerzen waren doch nicht mehr so schlimm.«

»Warum Gilchrist, Archie? Ich meine, der Mann scheint keinen sehr guten Ruf zu haben.«

»Er ist billig«, antwortete der Fischer. »Mann, die Preise, die sie heutzutage verlangen! Ich erinnere mich noch, wie National Health für alles aufgekommen ist.«

Hamish zückte sein Notizbuch und schrieb auf, wo Archie zur Tatzeit gewesen war. Wie sich herausstellte, hatte er mit circa fünfzig anderen Einheimischen in der Bar von Lochdubh gesessen.

»Es heißt, jemand hat ihm alle Zähne angebohrt«, bemerkte Archie.

»Wo haben Sie das gehört? War es in den Nachrichten?«

»Nein, aber Nessie Currie sagt, Mrs. Wellington, die drüben in Braikie einkaufen gewesen ist, hat es ihr erzählt.«

Die Highland-Buschtrommeln sind wahrlich fleißig gewesen, dachte Hamish. »Waren Sie vorher schon mal bei Gilchrist?«

»Nee, ich hatte jahrelang keinen Ärger. Wie gesagt, mir hat jemand erzählt, dass er billig ist.«

»Dann mal los, Archie. Ach so, noch eine Frage.«

»Ja?«

»Sind Sie da draußen unter dem Overall die ganze Zeit in Schlips und Kragen?«

Archie grinste. »Das verfluchte Zeug kommt runter, sowie die Frau mich nicht mehr durchs Fernglas sehen kann.«

Hamish lachte und wanderte zurück zur Wache. Auf einmal hatte er einen Bärenhunger. In der Vorratskammer herrschte gähnende Leere bis auf wenige Dosen Lachs und Bohnen. Er beschloss, zum italienischen Restaurant im Dorf zu gehen, das von dem ehemaligen Polizisten Willie Lamont geführt wurde. Als Hamish für kurze Zeit zum Sergeant befördert worden war, hatte Willie als Constable für ihn gearbeitet. Dann hatte Willie eine Verwandte des Restaurantbesitzers geheiratet und überglücklich in die Gastronomie gewechselt. Der Mann war ein Sauberkeitsfanatiker, und obwohl das *Napoli*, wie das Restaurant hieß, ausgezeichnetes Essen bot, roch es dort durchgängig recht stark nach Desinfektionsmitteln.

Hamish betrat das Lokal und wählte einen Tisch am Fenster, an dem er gewöhnlich mit Priscilla saß, wenn sie hier essen gingen. Es waren nur wenige Gäste da. Und wieder einmal befiel Hamish ein Gefühl von Einsamkeit.

Willie kam an seinen Tisch. »Was hätten Sie gern, Hamish?«

»Nur Spaghetti und einen Salat. Wie geht es Lucia?« Lucia war Willies schöne Frau.

»Ihr geht es bestens.«

Die Eingangstür wurde geöffnet, und eine junge Frau mit einem Rucksack auf den Schultern kam herein. Willie runzelte die Stirn. Er mochte keine Wanderer, weil er fand, sie würden das Niveau des Lokals senken. Hamish wusste es und sagte eilig: »Jetzt schikanieren Sie sie nicht, Willie. Hier ist es doch heute Abend ruhig.«

»Ja, Miss?«, fragte Willie. »Seien Sie vorsichtig mit dem Rucksack. Ich möchte nicht, dass Sie damit Sachen von den Tischen stoßen. Am besten lassen Sie ihn draußen.«

»Und wenn jemand ihn stiehlt?«, erwiderte die junge Frau.

»Hier drinnen sitzt die Polizei.«

»Aber mein Rucksack wäre draußen«, wandte sie vernünftigerweise ein.

»Ich fürchte, alle Tische sind reserviert«, sagte Willie.

Hamish stand auf. »In dem Fall biete ich Ihnen gern

an, sich zu mir zu setzen, Miss«, erklärte er und warf Willie einen strengen Blick zu.

Anscheinend beruhigte die Uniform sie, denn sie bedankte sich und nahm das Angebot an. Hamish half ihr, den Rucksack abzunehmen und auf den Boden im Erkerfenster zu stellen. Dann nahm sie ihre Wollmütze ab. Unmengen schimmernder brauner Locken ergossen sich über ihre Schultern. »Gibt es hier eine Toilette? Ich möchte den hier ausziehen. Der ist ziemlich warm.« Sie zeigte zu dem einteiligen roten Skianzug, den sie trug.

»Da drüben in der Ecke«, antwortete Hamish.

Er wartete, bis sie verschwunden war, dann schaute er zur Küchentür hinein und rief: »Willie!«

Willie Lamont kam und wischte sich die Hände an der Schürze ab.

»Stornieren Sie meine Bestellung.«

»Gehen Sie?«

»Nein, ich möchte abwarten, was die Frau bestellt, weil ich sie vielleicht einlade.«

»Und Sie, die Sie Priscilla Halburton-Smythe haben könnten, geben sich mit einer gewöhnlichen Tramperin ab!«

»Im Ernst, Willie! Sie waren doch früher als Polizist nicht solch ein Snob.« Hamish ging zurück an seinen Tisch.

Als die junge Frau mit dem Skianzug über dem Arm zurückkehrte, stand Hamish respektvoll auf.

Ihm entging nicht, dass sie sich geschminkt hatte. Sie

hatte große graue Augen und wunderschönes Haar. Ihr Mund war klein, weich und hübsch geformt. Und nun trug sie eine maßgeschneiderte Bluse, eine schwarze enge Hose und eine goldene Armbanduhr.

»Sie sind sehr freundlich, Officer«, sagte sie mit einer wohlklingenden Stimme. »Ich bin mir sicher, dass diese anderen Tische nicht reserviert sind. Der überhebliche Kellner mag nur keine Rucksacktouristen.«

»Achten Sie nicht auf ihn. Willie ist der hiesige Sonderling. Und Sie müssen mich nicht ›Officer‹ nennen. Ich bin nicht im Dienst.« Er streckte ihr seine Hand hin. »Ich bin Hamish – Hamish Macbeth.«

Sie schüttelte ihm die Hand. »Ich bin Sarah Hudson.«

»Sie sind offensichtlich Engländerin, Miss Hudson …«

»Sarah.«

»Sarah. Was führt Sie in die Highlands?«

»Ich wollte mal weg aus London – so weit wie möglich. Und ich bin einfach losgezogen.«

Willie kam mit den Speisekarten. Er schien ein wenig erschrocken ob Sarahs neuer Erscheinung zu sein. »Tatsächlich, Miss, habe ich eben gesehen, dass wir doch noch einen freien Tisch haben.«

»Miss Hudson ist mein Gast«, erklärte Hamish bestimmt.

»Oh, das ist sehr freundlich von Ihnen«, sagte Sarah, »aber ich kann unmöglich …«

»Ich bestehe darauf«, fiel Hamish ihr ins Wort. Sie sahen in die Karten. »Ich denke, wir nehmen eine Flasche

Wein, Willie. Den Valpolicella, falls es Ihnen recht ist, Sarah?«

»Wunderbar. Und ich möchte eigentlich nur eine große Portion Spaghetti Bolognese, ein bisschen Knoblauchbrot und einen grünen Salat.«

»Für mich das Gleiche, Willie«, orderte Hamish.

»Darf ich rauchen?«, fragte Sarah.

»Oh ja«, antwortete Willie. »Ich bringe Ihnen einen Aschenbecher.« Sieh mal einer an, dachte Hamish, hatte Willie doch kürzlich erst vergeblich versucht, ein Rauchverbot im Restaurant durchzusetzen.

»Was machen die Verbrechen hier so?«, fragte Sarah, als Willie gegangen war.

Ihre Wimpern sind wirklich unglaublich lang, dachte Hamish. Und ihm wurde bewusst, dass er sie anstarrte, weshalb er rasch antwortete: »Die sind ziemlich übel.«

Sie lachte. »Ich dachte, diese Gegend ist berühmt für ihre niedrige Verbrechensrate.«

»Heute hatten wir einen Mord.«

»Im Dorf?«

»Nein, aber in der Nähe. In einem Ort namens Braikie, ungefähr zwanzig Meilen nördlich.«

»Wer wurde ermordet?«

»Der Zahnarzt«, antwortete Willie, der mit einer Flasche Wein am Tisch erschien. »Das ist furchtbar.«

»Schenken Sie einfach den Wein ein«, befahl Hamish verärgert, »und ich erzähle Miss Hudson alles. Schließlich sind Sie nicht mehr bei der Polizei.«

»Ich wollte ehrlich nicht permanent sein«, beteuerte Willie auf seine einmalige Art, aus lauter Nervosität Fremdwörter zu verdrehen.

»Penetrant«, korrigierte Hamish ihn und trank einen Schluck Wein. »Ja, den nehmen wir.«

Als Willie wieder gegangen war – und nachdem er Sarah einen großen Aschenbecher hingestellt hatte –, steckte sie sich eine Zigarette an. Hamish kämpfte mit dem Impuls, ebenfalls um eine zu bitten. »Also«, sagte sie. »Erzählen Sie mir von dem Zahnarzt.«

Und Hamish berichtete ihr alles über seine Zahnschmerzen, die Fahrt zur Praxis, wo er die Leiche gefunden hatte, und die angebohrten Zähne. Alles, was er wusste.

»Wie bizarr!«, bemerkte Sarah, als er fertig war. »Das ist alles sehr seltsam. Doch hätte nicht jeder in die Praxis gehen können? Und warum ist die Sprechstundenhilfe so lange weg gewesen? Für mich klingt es, als hätte er einen Besuch erwartet, von dem sie nichts mitbekommen sollte. Bestimmt hat er ihr deshalb gesagt, sie soll länger Pause machen.«

»Dann hätte sie doch wissen müssen, wer es war und warum sie länger aus der Praxis verschwinden sollte«, wandte Hamish ein. »Andernfalls hätte sie erwähnt, wie ungewöhnlich es war, oder nicht? Stattdessen bleibt sie bei ihrer Geschichte, dass wenig los war und sie viel zu besorgen hatte.«

»Ah, hier kommt unser Essen.« Sie drückte ihre Zigarette aus. Für eine kurze Weile aßen sie schweigend.

Dann fragte Hamish: »Gibt es einen bestimmten Grund, weshalb Sie in Lochdubh sind, oder wandern Sie einfach durch die Highlands?«

»Nein, ich wollte auf jeden Fall herkommen. Eine Londoner Freundin hat mir erzählt, dass es hier sehr hübsch ist. Ich arbeite bei einer Anlageberatung in der City. Eigentlich reise ich im Urlaub ins Ausland, doch in diesem Jahr – nun ja, ich habe ein bisschen Ärger gehabt, und da war mir nach gesunder Bewegung.«

»Wie heißt die Freundin?«

»Priscilla Halburton-Smythe.«

Hamishs armes Herz setzte für einen Schlag aus. »Hat sie mich erwähnt?«

»Nein, aber dass ihre Familie hier ein Hotel hat. Ich habe gesagt, dass ich mit dem Rucksack unterwegs wäre, deshalb suche ich mir lieber ein Bed and Breakfast. Können Sie mir eines empfehlen?«

»Im Dorf gibt es mehrere, aber die nehmen im Winter meistens keine Gäste auf. Das *Tommel Castle Hotel* ist in dieser Jahreszeit nicht sehr teuer, und dort hätten Sie es bequem. Ich kann Sie nach dem Essen hinfahren, wenn Sie wollen.«

»Ich glaube, das mache ich. Ich bin inzwischen schon ewig gewandert und kann ein wenig Komfort gebrauchen. Außerdem hat man in einem Bed and Breakfast nicht sehr viel Privatsphäre. Im letzten, in dem ich gewohnt habe, wimmelte es von kreischenden Kindern.« Sie lächelte, und es war ein solch herrliches Lächeln, dass der stechende Schmerz, den die Erwähnung von Priscilla Hamish versetzt hatte, verschwand wie schottischer Nebel in warmem Sonnenschein.

»Also, erzählen Sie mir mehr von diesem Mord«, fuhr sie fort. »Sicher ist die Presse schon in Scharen angereist.«

»Ja, und sie wird noch ein bisschen bleiben. Hier ist schon länger nichts mehr passiert. Und jetzt gab es gleich zwei spektakuläre Ereignisse hintereinander. Erst wurden zweihundertfünfzigtausend Pfund aus dem Safe im *Scotsman Hotel* gestohlen, und nun das.«

»Ein Sündenpfuhl im hohen Norden!«

»Ja, könnte man sagen. Moment mal … da ist noch etwas.«

»Was?«

»Die Frau und die Tochter des Managers des *Scotsman*, Macbean, waren gestern bei dem Zahnarzt. Verdammt, ich sollte da heute noch mal hinfahren, hatte es aber durch den Mord komplett vergessen.«

»Glauben Sie, da könnte es einen Zusammenhang geben?«

»Nein, doch Macbeans Tochter kann etwas gehört oder gesehen haben.«

»Genau wie einer der anderen Patienten. Sie müssten sich nur die Namen und Adressen geben lassen und sie einen nach dem anderen durchgehen.«

»Das wird die Zentrale in Strathbane erledigen. Ich darf lediglich Leute befragen, wenn es mir von oben befohlen wird.« Und Gott bewahre, dass Blair von seinem

Ausflug nach Inverness erfuhr! »Ich fahre gleich morgen früh hin.«

Sie wechselten das Thema. Sarah erzählte ihm von ihrer Arbeit in London, jedoch nichts über ihr Privatleben. Sie erwähnte Priscilla nicht mehr, und Hamish würde einen Teufel tun, sich nach ihr zu erkundigen. Er wollte den angenehmen Abend mit dieser bezaubernden jungen Frau nicht verderben.

Nach dem Essen bestand er darauf, sie einzuladen, obwohl Sarah energisch protestierte. Dann ging sie wieder zur Toilette, um sich den Skianzug anzuziehen, und Hamish nahm ihren Rucksack, als sie das Restaurant verließen.

»Warten Sie hier, ich hole den Land Rover«, sagte Hamish. Er durfte offiziell niemanden in dem Dienstwagen mitnehmen, sofern es sich nicht um Verdächtige handelte, doch für den Rest des Abends war er vor Blair sicher.

Zuerst dachte er, sie wäre gegangen, und war ziemlich traurig. Doch dann trat sie aus dem Schatten seitlich des Restaurants hervor. Hamish half ihr in den Wagen und fuhr los. Sie hatte ein exotisches Parfüm aufgelegt, das sie auf jeden Fall vorher nicht getragen hatte. Hamish hoffte, dass es seinetwegen war.

Im Hotel stellte er sie Mr. Johnson vor und bat um ein günstiges Zimmer für sie.

»Miss Hudson, Macbeth ist unser Dorfschnorrer«, erklärte Mr. Johnson, »aber wenn er sagt, dass Sie eine

Freundin von Priscilla sind, haben wir selbstverständlich ein kleines Zimmer zu einem vernünftigen Preis für Sie.«

»Ich fahre dann wieder«, bemerkte Hamish unsicher. Er wollte sie dringend fragen, wann er sie wiedersehen könne, war indes auf einmal schüchtern.

»Morgen bin ich dran, Sie zum Essen einzuladen, Hamish«, entgegnete Sarah. »Acht Uhr?«

Seine braunen Augen leuchteten. »Ja, das wäre schön.«

Sie küsste ihn auf die Wange und wünschte ihm eine gute Nacht. Glücklich und mit einem idiotischen Grinsen auf dem Gesicht verließ Hamish das Hotel.

Frost glitzerte auf dem Boden, und am Himmel funkelten die Sterne, dass es beinahe weihnachtlich anmutete. So froh und leicht ums Herz war Hamish schon seit einer Ewigkeit nicht mehr gewesen.

Am nächsten Morgen wachte Hamish Macbeth mit einem mulmigen Gefühl auf. Dann fiel ihm die Verabredung am Abend wieder ein. Doch zuerst kam die Arbeit. Er fuhr zum *Scotsman Hotel*.

Es machte den verlassenen, schäbigen Eindruck, der so typisch für zweitklassige schottische Hotels im Winter war. Der Wind hatte wieder aufgefrischt und trieb Wolken über den Himmel, doch es war außergewöhnlich mild. Die Luft fühlte sich klamm an seinen Wangen an, was bedeutete, dass es bald Regen geben würde.

Hamish betrat das Hotel. Der Barkeeper, Johnny King, stapelte Bierkisten aufeinander.

»Wo ist Mr. Macbean?«, erkundigte sich Hamish.

Johnny nickte in Richtung Büro. Drinnen saß Macbean am Schreibtisch.

»Wo ist der Safe?«, fragte Hamish, nachdem er das Büro betreten und den Manager begrüßt hatte.

»Ihr Chef hat den mitgenommen«, antwortete Macbean. »Das wird ja auch eine Menge bringen.«

»Hatten Sie etwa vor, den reparieren zu lassen und weiter zu benutzen?«

»Nein«, sagte Macbean verschlagen. »Aber ich fahre morgen nach Inverness und besorge einen neuen. Was wollen Sie? Ich habe schon bis zum Erbrechen Fragen beantwortet.«

Hamish nahm die Mütze ab, legte sie auf den Schreibtisch und setzte sich Macbean gegenüber hin. »Eigentlich bin ich hier, weil ich gehofft habe, Ihre Frau und Ihre Tochter zu sehen.«

»Warum?«

»Haben Sie von dem Mord drüben in Braikie gehört?«

»Ja.«

»Ihre Frau und Ihre Tochter sind bei Gilchrist in Behandlung gewesen. Mich würde interessieren, was sie von ihm gehalten haben.«

»Die treiben sich hier irgendwo rum. Sie können Ihnen gar nichts erzählen.«

»Ich möchte nur eine Vorstellung bekommen, was für ein Mann Gilchrist war.«

Macbean schnaubte verächtlich. »Wenn Sie auf dem

Zahnarztstuhl sitzen und einen Zahn gezogen bekommen, fragen Sie sich dann, was für ein Mann der Arzt ist?«

»Ja«, gab Hamish Macbeth zurück, denn seine Highlander-Neugier bewirkte, dass er Mutmaßungen über den Charakter aller anstellte, denen er begegnete.

»Ich schicke jemanden, der die beiden holt.«

»Wegen des Geldes«, sagte Hamish. »Waren Sie gegen Diebstahl versichert?«

»Ja.«

»Und die Versicherung deckt auch zweihundertfünfzigtausend Pfund ab?«

»Ja, ich habe sehr hohe Prämien gezahlt, damit ein möglicher Diebstahl des Bingo-Gelds abgedeckt ist.«

»Das heißt also, Sie können Ihren großen Bingo-Abend doch noch veranstalten?«

»Irgendwann, wenn die Versicherung mit ihren Ermittlungen fertig ist und endlich zahlt.«

»Ich würde meinen, dass sie einen Safe mit einer Holzrückwand als eine Aufforderung zum Diebstahl wertet. Sind Sie sicher, dass Sie Ihr Geld bekommen?«

Macbeans Augen blitzten vor Wut. »Das sollte ich lieber. Und woher will die Versicherung überhaupt wissen, dass die Rückwand aus Holz war?«

War er wirklich so blöd?

»Sie erhalten alle Polizeiberichte, und die schicken sie an ihre eigenen Ermittler. Dann wird die Firma, der das Hotel gehört, wissen wollen, warum Sie einen solch unsicheren Safe hatten.«

Die Wut in Macbeans Augen erlosch, und er stöhnte. Dann sagte er: »Hören Sie, wenn Sie mit meiner Frau und meiner Tochter reden wollen, gehen Sie und machen Sie das. Aber machen Sie mich nicht länger mit Fragen wahnsinnig. Bitten Sie Johnny, die beiden für Sie zu holen.«

Hamish stand auf, nahm seine Mütze und ging nach draußen zu Johnny King, der noch mit seinen Bierflaschen beschäftigt war.

»Ich möchte mit Mrs. Macbean und ihrer Tochter sprechen«, erklärte Hamish.

»Ich hole sie.«

Der Barkeeper nahm ein Telefon an der Bar auf und wählte eine Durchwahlnummer. »Die Polizei ist hier für Sie, Mrs. Macbean. Und für Darleen«, fügte er hinzu. Aus dem Hörer erklang eine quäkende Stimme.

Johnny legte auf. »Es dauert ein paar Minuten.«

»Haben Sie eine Ahnung, wer das Geld gestohlen haben könnte?«, fragte Hamish.

»Nee. Wieso sollte ich?«

»Sie müssen doch mit den anderen Angestellten darüber geredet haben.«

»Ich sag Ihnen was«, antwortete der Barkeeper und hob eine Kiste mit seinen stark tätowierten Armen an. »Ich bleibe lieber für mich. Fragen Sie die anderen, wenn Sie Tratsch hören wollen.«

Er kehrte Hamish den Rücken zu und trug die Kiste zu einer Treppe, die nach unten führte.

Ein komischer Platz für eine Bar, dachte Hamish, direkt auf einer Seite der Rezeption wie in einem Theater.

Absätze klackerten, und Mrs. Macbean und deren Tochter Darleen erschienen. Diesmal waren Mrs. Macbeans Lockenwickler gelb. Hamish fragte sich, ob sie die jemals herausnahm oder sie extra farblich auf ihre Kleidung abstimmte, denn sie trug eine schwefelgelbe Bluse. Darleen war in eine Jeans mit ausgefransten Rissen an den Knien und ein Pyjama-Oberteil aus Satin gekleidet. Und sie war ungeschminkt, was sie viel jünger aussehen ließ.

»Ich bin die Polizei leid«, begann Mrs. Macbean. »Fragen, Fragen, Fragen.«

»Es dauert nicht lange«, beschwichtigte Hamish sie freundlich. »Können wir uns irgendwo setzen?«

Sie ging voraus zu einer Flügeltür in den größten der öffentlichen Räume im Erdgeschoss. Es handelte sich um einen primitiven Speiseraum, in dem noch die Reste vom Frühstück auf drei Tischen standen. »Wie ich sehe, haben Sie Gäste«, bemerkte Hamish. »Ich nehme an, die Polizei hat sie befragt?«

»Die haben jeden in diesem Loch hier befragt.«

Sie setzte sich an einen Tisch. Darleen nahm neben ihr Platz, schlug die langen Beine übereinander und zwinkerte Hamish zu. Er holte sein Notizbuch hervor und setzte sich ebenfalls.

»Also, am Morgen des Diebstahls sind Sie mit Darleen zu dem Arzt in Braikie gefahren. Sie wissen, dass der Zahnarzt ermordet aufgefunden wurde. Deshalb versuche ich, mir ein Bild zu machen, was für ein Mensch Gilchrist war. Waren Sie vorher schon bei ihm gewesen?«

»Ma hat ihr Gebiss von ihm«, antwortete Darleen, und Mrs. Macbean warf ihrer Tochter einen bösen Blick zu.

»Ein Zahnarzt ist eben ein Zahnarzt«, jammerte sie. »Da interessiert einen gar nichts, außer dass die Zähne rauskommen.«

So viel zum Fortschritt, dachte Hamish; so viel zu Prophylaxe und Zahnreinigung, regelmäßigem Gebrauch von Zahnseide und moderner Dentalmedizin. Dies hier war immer noch Schottland: raus mit allen echten und nette falsche Zähne rein. »Was ist mit Ihnen, Darleen?«

Die junge Frau kicherte. »Er war total sexy.«

»Inwiefern?«

»Er hat mir übers Haar gestreichelt und gesagt, dass ich ein braves Mädchen bin. Cool.«

»Hören Sie nicht auf die«, sagte Mrs. Macbean. »Sie glaubt, alles, was Hosen anhat, ist hinter ihr her.«

»Sind sie meistens ja auch«, bemerkte Darleen, die offenbar sehr überzeugt von ihren langen Beinen und ihrer Jugend war.

»Hatte eine von Ihnen jemals privat mit ihm zu tun?«

»Was meinen Sie?« Mrs. Macbean hatte einen Wickler verloren.

»Ich meine, ob er eine von Ihnen mal um eine Verabredung gebeten hatte?«

»Was?«, kreischte Mrs. Macbean. »Was wollen Sie mir unterstellen? Erst können Sie einen Diebstahl nicht aufklären, und jetzt versuchen Sie, mir einen Mord anzuhängen?«

»Nein, nein«, beruhigte Hamish sie und fragte sich, ob ihr Mann sie aus lauter Erschöpfung und Hass verprügelte – falls es denn stimmte. »Haben Sie jemanden gesehen, als Sie in der Praxis waren, von dem Sie den Eindruck hatten, er würde den Mann genug hassen, um ihn umzubringen?«

»Jeder hasst den Zahnarzt.«

»Und Sie, Darleen?«

»Nur diese furchtbare alte Harrison, die dauernd da war. Die Frau ist unheimlich.«

»Sonst noch jemand?«

»Nee.«

»Hören Sie mal, wir müssen hier ein Hotel führen.« Mrs. Macbean stand auf. Sie schüttelte verärgert den Kopf. Und lauter Lockenwickler fielen ihr aus dem Haar und kullerten über den Teppich, dick wie das Herbstlaub auf den Bächen in Vallombrosa. Hamish überlegte, ob er sie ihr aufheben sollte, doch sie ging bereits weg, während noch mehr Lockenwickler über den Teppich rollten.

An der Tür drehte sie sich zu ihrer Tochter um. »Komm jetzt!«

Wieder zwinkerte Darleen ihm zu und folgte ihrer Mutter nach draußen, wobei sie auffällig die Hüften schwang.

Hamish, der aufgestanden war, als sie gingen, setzte sich wieder hin und blickte zu der Tischdecke, in deren

Mitte ein großer Kaffeefleck prangte, obwohl der Tisch anscheinend nicht zum Frühstück benutzt wurde. Unwillkürlich dachte er an all die Werbespots für Waschmittel, in denen strahlende Frauen fleckige Textilstücke in die Höhe hielten, um sie eine Stunde später hocherfreut aus der Waschmaschine zu holen. Dieses Tischtuch war frisch gewaschen, gestärkt und gemangelt, hatte aber noch einen alten Kaffeefleck.

Hamish zwang seine Gedanken zurück zu dem gegenwärtigen Problem. Weil er hartnäckig jede Beförderung mied, war es seine eigene Schuld, dass er keine Ahnung hatte, was in den Aussageprotokollen der Befragten stand. War der Zahnarzt sexy gewesen, oder hatte Darleen ihn eben bloß aufgezogen? Es war schwer für ihn zu sagen, wie Gilchrist wirklich ausgesehen hatte. Er müsste sich Fotos anschauen. Und war der Bericht des Pathologen schon da?

Vielleicht war der Tag gekommen, an dem er seine Einstellung zu seinem Job ändern und sich um eine Stelle bei der Kriminalpolizei bemühen sollte. Doch Detective zu werden würde bedeuten, dass er in das Höllenloch Strathbane ziehen und eng mit Blair zusammenarbeiten müsste. Mit dem gemütlichen Leben in Lochdubh wäre es vorbei. Stimmte etwas mit seinem Charakter nicht, dass er keinen Funken Ehrgeiz besaß?

Wenn dieser Diebstahl vom inneren Kreis verübt worden war, wer käme infrage? Die Bediensteten des Hotels und die Macbeans. War Brian Macbean verschuldet? So viele Fragen. Er könnte nach Strathbane fahren und versuchen, Jimmy Anderson zu erwischen. Doch Blair würde erfahren, dass er in der Zentrale gewesen war, und könnte ihn in einem seiner blitzartigen Wutanfälle aus beiden Fällen ausschließen.

Regentropfen trommelten gegen die Fensterscheiben, und der Wind heulte lauter. In Sutherland fing Wind stets normal an, um dann zu einem krachend lauten Sturm anzuschwellen, dessen Heulen sich über den gesamten Himmel erstreckte. Kein Wunder, dass die Leute hier abergläubisch waren.

Welchen Sinn hatte es, weiterzumachen und hier und da bloß Krumen zu entdecken? Sollte er nicht lieber zurück zur Wache fahren, Feuer machen und sich mit einem Krimi an den Kamin setzen? Ein amerikanischer von der härteren Sorte wäre gut, in dem der Held Hamishs Frust auslebte, Leute gegen Mauern warf und Geständnisse aus ihnen herausprügelte.

Doch die Pflicht, die strenge Tochter der Stimme Gottes, nagte an seinem Gewissen. Er würde wieder nach Braikie fahren und sehen, was er dort in Erfahrung bringen konnte.

Angefangen mit Maggie Bane.

Maggie Bane wohnte in einem Bungalow am Rand von Braikie, der *My Highland Home* hieß.

Als Hamish läutete, fragte er sich, ob er lieber zuerst zur Praxis gefahren wäre. Aber sicher war sie nicht dort. Die Polizei müsste alles versiegelt haben.

Maggie Bane öffnete und war sichtlich enttäuscht, ihn zu sehen. »Ich habe die Polizei satt«, sagte sie schroff.

»Nur noch einige wenige Fragen«, erwiderte Hamish geduldig.

»Aber hier sind heute Morgen schon zwei Detectives gewesen«, beschwerte sie sich. »Und gestern hat mich dieser schreckliche fette Mann – Blair – die ganze Zeit angeschrien und alles getan, um mir das anzuhängen.«

»Es ist nur so, Miss Bane, dass Sie gewiss auch froh wären, wenn wir den Mörder finden. Ich denke, Mr. Gilchrists Persönlichkeit und seine Kontakte sind der Schlüssel zur Aufklärung dieses Falls, und wer könnte uns da mehr erzählen als Sie?«

Sie trat von einem Fuß auf den anderen, ehe sie schließlich sagte: »Na gut, kommen Sie rein.«

Drinnen ging sie voraus ins Wohnzimmer. Es war mit einer dreiteiligen Sitzgarnitur möbliert, die mit geblümtem Chintz bezogen war. Es gab ein elektrisches Kaminfeuer mit zwei Heizspulen. Die Dinger fraßen Unmengen Strom, doch jeder in den Highlands hatte sie gekauft, als sie ihre Kohleöfen in dem Glauben aufgaben, billigen Strom geliefert zu bekommen. Es kam ja alles aus dem Wasser, nicht wahr?

Zu spät stellten sie fest, dass ihre Stromrechnungen zu den höchsten in ganz Großbritannien gehörten, und dennoch blieben sie bei diesen elektrischen Abscheulichkeiten und ließen ihre Öfen und Kamine stillgelegt. Anscheinend wollten die Frauen in den Highlands nicht zu den Zeiten zurückkehren, in denen sie Kohle geschaufelt und Asche zusammengekehrt hatten. An den Wänden des Zimmers hing eine schrille Tapete, auf der Bambusrohre abgebildet waren, an denen sich eine wirre grüne Vegetation rankte. Am Fenster stand ein quadratischer Esstisch mit einer Schale voller Kunstblumen. Und vor dem Sofa war ein niedriger Couchtisch mit Hochglanzzeitschriften in ordentlichen Stapeln, sehr ähnlich einem Wartezimmer.

»Kaffee?«, fragte sie.

»Nein, danke.« Gewöhnlich schnorrte Hamish gern, doch er wollte zügig zur Sache kommen.

Maggie Bane begann zu weinen. »Sie halten mich für eine Verdächtige«, stieß sie hervor, sobald sie sich wieder etwas gefangen hatte. »Die Polizei nimmt nie etwas von Leuten an, die sie für schuldig halten.«

»Nicht doch«, widersprach Hamish. »Ich möchte bloß zügig zu meinen Fragen kommen, sonst nichts. Gehen Sie ruhig, tupfen Sie sich die Augen trocken und kochen Sie uns einen Kaffee.«

Maggie schluckte und nickte. Sie ist eine schöne junge Frau, dachte er, als sie den Raum verlassen hatte, nur leider hat sie so eine hässliche Stimme und eine aggressive Art zu sprechen. Im Moment klang sie nicht aggressiv, und wieder einmal hatte Hamish das beunruhigende Gefühl, Maggie Bane könnte eine der Frauen sein, die auf Kommando weinen konnten.

Wäre er in einem der Krimis, die er so gern las, würde

er sie verführen und dann, wenn sie schlief, ihr Schlafzimmer und ihre Handtasche durchsuchen. Er grinste vor sich hin. Seiner Erfahrung nach würde er gewiss schlafen wie ein Stein und müsste von ihr geweckt werden.

Nach einer Weile begann er, sich zu fragen, ob sie weggelaufen war, doch dann wurde die Tür geöffnet, und Maggie kehrte mit einem Tablett zurück, auf dem zwei Becher Kaffee, Milch und Zucker waren.

»Haben Sie Mr. Gilchrist gemocht?«, fragte Hamish, als sie ihm einen Kaffeebecher reichte.

»Er war ein guter Chef.«

»Er war geschieden. Hatte er eine neue Beziehung?«

»Er war ein Weiberheld, aber ich glaube nicht, dass es eine bestimmte Frau in seinem Leben gab.«

»Und was ist mit Ihnen, Miss Bane? Sind Sie verlobt?«

Sie streckte ihm die schmale linke Hand hin. »Sehen Sie? Kein Ring.«

Hamish holte tief Luft. »Hatten Sie irgendwann eine romantische Beziehung mit Mr. Gilchrist?«

Sie wurde rot vor Ärger. »Nein, hatte ich nicht!«

»Ich werde es erfahren, falls doch«, sagte Hamish sanft. »Sie wissen doch, wie es hier oben zugeht.«

»Wir waren ein- oder zweimal zusammen essen. Wie es sich eben so ergibt. An manchen Tagen war so viel los, dass es nur natürlich war, noch zusammen einen Happen zu essen, ehe wir nach Hause gegangen sind.«

Hamish folgerte, dass da wahrscheinlich etwas gewesen war. Die Gerüchteküche in den Highlands dürfte bereits kräftig brodeln. Anfangs würden die Leute diskret sein, weil der Mann erst kürzlich gestorben war, aber in wenigen Tagen würde es kein Halten mehr geben.

»Haben Sie eine Idee, warum ihn jemand so sehr gehasst haben könnte, dass er ihn umgebracht hat?«

Sie schüttelte den Kopf. »Ich denke, es muss einfach ein Wahnsinniger in die Praxis gekommen sein, als ich nicht da war.«

»Ah, ja, was das angeht: Wahrscheinlich sind Sie das schon gefragt worden, doch ich muss es leider noch mal tun – warum waren Sie ausgerechnet an dem Tag so lange weg?«

»Mir reicht es jetzt!« Ihre hässliche Stimme war eine unangenehme Dissonanz in diesem ordentlichen, unpersönlichen Wohnzimmer. »Es war ein ruhiger Tag, und da konnte ich meine Einkäufe erledigen. Mehr nicht.«

»Leben Ihre Eltern noch, Miss Bane?«

»Ja.«

»Und wo wohnen sie?«

»In Dingwall.«

»Sie müssen sich große Sorgen um sie machen. Sind Sie bei ihnen gewesen?«

»Ich habe nicht mehr viel mit ihnen zu tun, seit ich mit der Uni fertig war.«

Hamish sah sie erstaunt an. »Welcher Uni?«

»St. Andrews. Ich hatte ein Stipendium.«

»Haben Sie dort einen Abschluss gemacht?«

»Ja, in Mathe und Physik.«

Hamish lehnte sich auf dem Stuhl zurück und betrachtete sie nachdenklich. »Und Sie haben fünf Jahre lang für Gilchrist gearbeitet! Das muss Ihr erster Job gewesen sein. Warum arbeitet eine attraktive und studierte junge Frau für einen Zahnarzt in einer Kleinstadt in Sutherland?«

»In der Gegend gibt es nicht viele Jobs, und nur weil man einen Uni-Abschluss hat, bekommt man nicht automatisch eine gute Stelle.«

»Nein, aber ...«

»Constable Macbeth«, fiel Maggie ihm streng ins Wort und stand auf. »Ich denke, Ihnen ist nicht bewusst, wie müde und erschüttert ich bin. Ich fühle mich nicht in der Verfassung, heute noch mehr Fragen zu beantworten.«

Hamish erhob sich ebenfalls. Immer noch sah er sie an. »Ich komme wieder.«

Draußen an der Gartenpforte schaute er sich noch einmal um. So viele offene Fragen. Und die wichtigste war, warum sie sich im langweiligen Braikie vergraben und für einen Zahnarzt mit einem miserablen Ruf gearbeitet hatte.

Zum ersten Mal stand ihm der Sinn danach, aufzugeben und Strathbane alles zu überlassen. Was konnte ein Highland-Constable tun, der keinen Zugriff auf die nötigen Informationen und Aussagen hatte? Er wusste ja nicht einmal, wie Gilchrist ermordet worden war.

Kapitel 4

Ich betrachte euch mit einer Gleichgültigkeit,
die an Abneigung grenzt.
Robert Louis Stevenson

Hamish parkte den Wagen vor der Wache, sperrte die Hühner über Nacht in den Stall, schaute nach den Schafen und machte dann einen Spaziergang am Wasser. Die kleinen Wellen auf dem Loch Lochdubh, die sich mit dem leicht ruhigeren Wind gelegt hatten, lappten auf den Kiesstrand. Im sanften Zwielicht wirkte die Telefonzelle nahe dem Hafen erschreckend blutrot, war doch die gesamte Umgebung eher von gedämpfter Farbe. Gerüche von Teer, Fisch und Diesel vermengten sich mit denen nach gekochtem Essen und starkem Tee, als die Dorfbewohner ihr Abendessen bereiteten. Hinter den Fenstern der Cottages flirrten Fernseher, mittels derer die Außenwelt nach Lochdubh gebracht wurde.

»Hamish!«, rief eine laute, entschiedene Stimme. Mrs. Wellington, die Pfarrersfrau, kam auf ihn zumarschiert. Sie war wie üblich in Tweed gekleidet und trug einen grünen Filzhut, in dessen Band eine Feder steckte.

Hektisch blickte Hamish sich nach einem Fluchtweg um, aber leider vergebens.

Sie näherte sich ihm mit einem Ausdruck blanken Vorwurfs in ihrem breiten Gesicht, das Hamish immer an das einer Bulldogge erinnerte.

»Was unternehmen Sie in diesem entsetzlichen Mordfall?«

»Das wenige, was ein Highland-Polizist kann. Falls Sie Beschwerden haben, reden Sie mit dem Superintendent, Mr. Peter Daviot.«

»Es ist Ihr Zuständigkeitsbereich. Und Sie haben früher schon Fälle gelöst.«

Hamish tippte an seine Mütze. »Ich tue, was ich kann«, antwortete er und ging schnell davon.

Und dann spürte er, wie ein kleines Freudengefühl in ihm aufzuscheinen begann, denn ihm fiel seine Essensverabredung mit Sarah ein. Es wurde Zeit, Mord und Totschlag aus seinen Gedanken zu verbannen.

Er kehrte zur Wache zurück, nahm ein Bad und zog sich anschließend einen eleganten Anzug an, den er in einem Wohlfahrtsladen erstanden hatte, dazu ein gestreiftes Hemd und eine Seidenkrawatte – ein Geschenk von Priscilla. Erst jetzt wurde ihm klar, dass seine guten Schuhe dringend zum Schuster mussten. Das hatte er vollkommen vergessen. Die Sohle an dem linken hatte sich gelöst.

Leise fluchend griff er zu einer Tube Sekundenkleber, um den Schaden stümperhaft auszubessern. Doch der Kleber haftete an seinen Fingern und seine Finger an der losen Sohle, und er konnte sie unmöglich befreien, ohne die Haut einzureißen.

In seiner Verzweiflung rief er den Arzt an, und nachdem Angela aufgehört hatte zu lachen, sagte sie ihm, sie würde vorbeikommen und sehen, was sie machen konnte.

Nervös sah Hamish zur Uhr. Er hatte viel Zeit damit vergeudet, sich zurechtzumachen, und jetzt war es Viertel vor acht. Als Angela an die Küchentür klopfte, rief er: »Kommen Sie rein!« Sie kicherte bei Hamishs Anblick. »Was soll ich tun?«, fragte er erschöpft.

»Setzen Sie sich hin und werden Sie nicht panisch«, beruhigte sie ihn. Sie führte ihn zu einem Küchenstuhl. »Nagellackentferner müsste helfen.«

Sie kramte in ihrer großen Handtasche und zauberte ein Fläschchen Nagellackentferner und eine Packung Wattebällchen hervor. Eines der Bällchen tränkte sie mit dem Nagellackentferner und machte sich eifrig ans Werk, bis Hamishs Hand frei war.

»Angela, Sie sind wunderbar! Ich ziehe lieber wieder meine Stiefel an.«

»Ihre Polizeistiefel? Ich hoffe, es ist keine wichtige Verabredung. Oh, ich weiß, es geht um dieses hübsche Mädchen, das im *Tommel Castle Hotel* wohnt.«

»Woher wissen Sie das?«

»Willie hat es mir erzählt.«

»Ja, natürlich hat er«, murmelte Hamish bitter. »Keinem werden meine Stiefel auffallen. Ich treffe sie im Restaurant. Meine Füße werden unter dem Tisch sein.«

»Wie geht es in dem Mordfall voran?«

»Keine Ahnung, Angela. Mir wird nur gesagt, ich soll Sowieso und Sowieso befragen, danach tippe ich meinen Bericht, und die anderen Aussagen bekomme ich nicht zu sehen.«

»Gilchrist hatte eine Affäre mit Maggie Bane.«

»Wie haben Sie das erfahren?«

»Highland-Tratsch.«

»Der ist nicht sehr verlässlich. Sie ist eine gut aussehende Frau, da wird immer geklatscht.«

»Ich kann meine Quelle nicht preisgeben, Herr Wachtmeister, aber sie ist ziemlich verlässlich. Echte Leidenschaft, die in jüngster Zeit etwas abzukühlen schien. Sie hatten einen lauten Streit in einem Pub in Inverness vor zwei Monaten. Maggie hat geweint, und er sah wütend aus.«

»Und zufällig war jemand aus Inverness gerade in dem Pub?«

Angela nickte.

»Aber Maggie Bane! Ich hätte an einen kaltblütigen Mord durch einen Mann oder mehrere Männer gedacht. Das ist es! Es könnte mehr als eine Person gewesen sein.«

Angela sah sich in der Küche um. In der Spüle türmte

sich schmutziges Geschirr, und der Tisch stand voller benutzter Kaffeebecher.

»Ich hoffe, Sie haben nicht vor, Sie mit herzubringen, Hamish. Hier sieht es fürchterlich aus.«

Hamish wurde rot. »Ich war mit anderen Sachen beschäftigt.«

»Ich würde Ihnen ja helfen, aber ich muss nach Hause und Essen auf den Tisch bringen.«

Hamish schaute wieder auf seine Uhr und stieß einen erschrockenen Schrei aus. »Danke, Angela. Ich muss mich beeilen, sonst komme ich zu spät.«

Kurz darauf eilte er am Wasser entlang zum Restaurant, und seine Dienststiefel schienen mit jeder Minute klobiger und schwerer zu werden.

Sarah war schon dort, am Fenstertisch. Sie trug ein scharlachrotes Wollkleid und teure Goldohrringe mit Rubinen.

Aufs Neue war Hamish erstaunt ob ihrer Schönheit und wurde plötzlich schüchtern. »Tut mir leid, dass ich zu spät bin«, sagte er und setzte sich ihr gegenüber hin. »Ich hatte noch mit diesem Mordfall zu tun.«

»Oh, wie geht es voran?«

Willie kam mit den Speisekarten. Beide bestellten, und als Willie gegangen war, antwortete Hamish: »Nicht sehr gut. Ach, ich kann es Ihnen ja ruhig erzählen. Bei meinem einzigen Paar guter Schuhe hatte sich eine Sohle gelöst, und als ich sie mit Sekundenkleber wieder befestigen wollte, klebte ich auf einmal an dem Ding und musste warten, bis die Arztfrau gekommen ist und mich befreit hat.«

Sarah lachte. »Ja, die Stiefel habe ich bemerkt, als Sie reingekommen sind, und dachte, Sie hätten vergessen, sie zu wechseln.«

»Ich ziehe mich nicht oft gut an«, erwiderte Hamish. In seinen Gedanken blitzte ein Bild von Priscilla auf, und er blickte aus dem Fenster. In diesem Moment schien sie so nahe zu sein, dass er halbwegs damit rechnete, sie draußen vorbeigehen zu sehen.

Sarah musterte interessiert sein trauriges Gesicht. »Dieser Fall zieht Sie runter.«

»Ja, kann man wohl sagen. Es ist das erste Mal, dass ich so frustriert bin, nur ein einfacher Polizist zu sein, der aus allem rausgehalten wird. Früher habe ich von Pathologenberichten erfahren, indem ich anrief und vorgab, Detective Chief Inspector Blair zu sein. Ich habe von Zeugenaussagen erfahren, indem ich einen anderen Detective mit Whisky bestochen habe. Aber irgendwie bringe ich mich nicht dazu, diesmal auf die gleichen Tricks zurückzugreifen.«

Zunächst musterte sie ihn nachdenklich, dann fragte sie: »Haben Sie einen Computer auf der Wache?«

»Ja, die haben wir jetzt alle.«

»Hatte ich Ihnen von meinem Job bei der Beratungsfirma erzählt?«

»Nein. Ich dachte, Sie beraten Leute bei Geldanlagen.«

»Ich bin Systemanalytikerin. So hatte ich Priscilla auch

kennengelernt. Es war vor einigen Jahren, als ich einige Vorträge über Computer an einer Wirtschaftshochschule hielt.«

Willie brachte ihr Essen. Er blieb noch am Tisch, nachdem er serviert hatte. Offensichtlich hoffte er, in die Unterhaltung einbezogen zu werden, aber es war an diesem Abend viel los, also musste er sie bald wieder allein lassen.

»Wie geht es Priscilla?«, fragte Hamish.

»Sehr gut, soweit ich weiß. Sie geht viel aus.«

»Hat sie einen festen Freund?«

»Sie wurde häufiger mit einem Börsenmakler gesehen.«

Hamish stocherte in seinem Essen.

»War da etwas zwischen Ihnen und Priscilla?«, hakte sie sanft nach, wahrscheinlich weil er den Blick gesenkt hatte.

»Nein, nein«, log er. Auf einmal wollte er Priscilla vergessen. Ihr Geist ruinierte ihm den Abend.

Sarah wickelte Tagliatelle mit ihrer Gabel auf. »Vielleicht kann ich Ihnen helfen.«

»Was meinen Sie?«

»Mal angenommen, ich könnte mich in den Hauptrechner der Polizeizentrale hacken, denken Sie, das wäre illegal?«

Hamish strahlte. »Nein, nicht doch! Ich meine, ich bin Polizist und so oder so in gewisser Weise an den Ermittlungen beteiligt. Es würde mir eine Menge Mühe ersparen. Könnten Sie das machen?«

»Weiß ich nicht. Ich kann es versuchen.«

»Das wäre großartig!« Doch nun erinnerte Hamish sich an das Chaos bei ihm zu Hause, fürchtete jedoch, wenn er es auf morgen verschob, könnte sie es sich anders überlegen.

»Wie ist Ihr Vorgesetzter so, und wie heißt er?«, fragte Sarah.

»Das ist Detective Chief Inspector Blair, aus Glasgow, bullig, hat ein Alkoholproblem und ist fies. Er will, dass ich Fälle für ihn löse, gibt mir aber keine Informationen, wenn er nicht zwingend muss. Ich möchte diesen netten Abend nicht verderben, indem ich über ihn rede. Haben Sie einen festen Freund?«

»Nein.« Das kam abrupt, und sie schien dichtzumachen.

Rasch fragte Hamish: »Waren Sie früher schon mal so weit im Norden?«

»Nein, und dies ist übrigens das erste Mal, dass ich in Schottland bin, von so weit nördlich ganz zu schweigen. Es ist eine eigene Welt, nicht? Ich bin hier teils durch Gegenden gewandert, in denen man sich in alle Richtungen umsehen kann, ohne irgendeine Spur von menschlicher Besiedelung zu entdecken. Es ist beängstigend, als wäre man auf einem anderen Planeten. Und der Wind hier oben jagt mir Angst ein. Man wandert an einem ruhigen Tag los, dann kommt eine leichte Brise, und auf einmal, ohne jede Vorwarnung, stürmt es aus dem Nichts los, rauscht und heult, und der Himmel wird gruselig. Man läuft gekrümmt weiter, während es an einem reißt, als wäre der Wind lebendig. Und dann hört es genauso plötzlich auf, wie es angefangen hat.«

»Wann wollen Sie weiterziehen?«

»In einigen Tagen. Ich gestehe, dass ich es wundervoll finde, wieder Komfort zu haben. Aber das viele Wandern hat mir gutgetan. Es ist eine Wohltat, mal von allem wegzukommen.«

Sie aßen eine Weile schweigend, bis Sarah fragte: »Warum bringen Menschen andere Menschen um?«

»Wäre dies hier Strathbane, wäre der Grund in neun von zehn Fällen Alkohol oder Drogen. Meist häusliche Gewalt. Ehemann betrinkt sich, kommt nach Hause, verprügelt die Frau und weiß nicht, wann er aufhören muss. Aber in einem Dorf oder einer Kleinstadt geht es gewöhnlich um Leidenschaft oder Geld.«

»Und was vermuten Sie in diesem Fall?«

»Dafür weiß ich nicht genug. Wie sich herausgestellt hat, könnte die Sprechstundenhilfe des Zahnarztes, Maggie Bane, eine Affäre mit ihm gehabt haben. Sie kann den Mord aber nicht begangen haben, weil sie zwischen zehn und elf unterwegs war, um Besorgungen zu machen.«

»Könnte der Mord vorher begangen worden sein?«

Er schüttelte den Kopf. »Gilchrist hatte eine Patientin, eine Mrs. Harrison, bis kurz vor der Zeit, zu der Maggie Bane die Praxis verließ. Um zehn war er noch quicklebendig.«

»Ich würde gerne anfangen«, sagte sie. »Sie dürfen mir auf Ihrer Wache einen Kaffee kochen.«

Neugierige Highlander beobachteten sie, als sie gingen. Willie eilte herbei, um ihnen die Restauranttür aufzuhalten, um sich sodann hinauszulehnen und ihnen nachzublicken, bis sie zur Polizeiwache abbogen.

»Sie ist mit ihm nach Hause gegangen«, verkündete er den versammelten Gästen.

Alle Einheimischen grinsten.

Ein auswärtiger Besucher indes, ein untersetzter Mann, der mit einer jungen Frau aß, die nicht seine Ehefrau war, fühlte sich ob des Tratsches schlagartig unwohl.

Hamish schaltete das Licht in der Küche ein.

»Gemütlich ist es hier«, sagte Sarah und zog ihre Jacke aus.

Die Küche blitzte, und es brannte ein Feuer im Herd. Sämtliches Geschirr war gespült. Und auf dem Tisch lag ein Notizzettel. Hamish nahm ihn auf und las: *Viel Spaß, Angela.* Rasch zerknüllte er den Zettel und steckte ihn in seine Tasche.

»Ich brühe uns Kaffee auf, dann gehen wir durch zum Bürocomputer. Milch und Zucker?«

»Schwarz, bitte.«

Er bereitete zwei Becher Kaffee und führte Sarah durch zum Büro. Dort setzte sie sich vor den Computer. »Ich denke, Sie gehen lieber weg und lesen ein Buch oder so, Hamish. Dies hier könnte dauern.«

»Und ich kann nichts tun?«

»Außer warten und beten? Nein.«

Hamish ging in sein Wohnzimmer. Dort hatte Angela den Kamin geputzt und alles für ein Feuer vorbereitet. Er zündete es an und setzte sich vor die knisternden Scheite. Dann stand er wieder auf und schaltete den Fernseher ein. Ein seltsam humorloser Comedian erzählte schlechte Witze. Hamish wechselte den Sender. Auf BBC2 lief ein Naturfilm, und es war abzusehen, dass irgendein Tier dort irgendein anderes zerfleischen würde. Wieder schaltete Hamish um. Da lief ein viktorianisches Drama, bei dem klar war, dass es bald sehr deutlichen Sex unter den Korsetts geben würde. Es musste doch zu viktorianischen Zeiten einige Menschen gegeben haben, die ein anständiges Leben führten – nur nicht, wenn man dem Fernsehen glaubte. Der letzte verfügbare Sender zeigte eine Krimikomödie. Hamish machte es sich erfreut bequem und schaute sich die Verwüstungen auf den Straßen von Los Angeles an.

Nach einer Weile wurden ihm die Lider schwer, und er sank in einen tiefen, dunklen Traum, in dem er im Zahnarztstuhl saß und Gilchrist sich mit dem Bohrer in der Hand über ihn neigte. »Tut auch nicht weh«, sagte der Zahnarzt und rüttelte an seiner Schulter.

Hamish wachte erschrocken auf und stellte fest, dass Sarah an seiner Schulter gerüttelt hatte. Sie hielt einen Stapel Papier in der Hand.

»Ein voller Erfolg!«, berichtete sie. »Ich habe eben alles ausgedruckt, von dem ich denke, dass Sie es brauchen.«

Hamish rieb sich die Augen und setzte sich auf. »Das ist ja sagenhaft!« Er blinzelte zu dem Papierstapel.

»Der Pathologenbericht liegt ganz oben«, sagte Sarah stolz.

Hamish stand auf, schaltete den Fernseher aus und blickte verwundert zur Uhr. »Tut mir so leid. Es ist zwei Uhr morgens!«

»Ich kann morgen ausschlafen. Lesen Sie den Bericht des Gerichtsmediziners als Erstes.«

Hamish setzte sich wieder und fing an, den Autopsiebericht aufmerksam zu studieren. »Da ist es!«, rief er schließlich. »Nikotinvergiftung, und der Mann war Nichtraucher. Nach dem Tod wurde er in den Stuhl gehievt, und ihm wurden alle Zähne angebohrt. Oh Mann! Ich weiß nichts über Nikotinvergiftung.«

»Ich glaube, man kann genug Nikotin aus drei Zigaretten extrahieren, wenn man das nötige Werkzeug hat.« Sarah sank in einen Sessel. »Ich erinnere mich an einen Versuch, den wir in der Schule gemacht haben. Der Lehrer wollte uns zeigen, wie viel Dreck in einer einzelnen Zigarette steckt.«

»Maggie Bane hat Physik studiert.«

»Okay, aber nicht Chemie.«

»Das ist doch irgendwie dasselbe.«

»Eher nicht«, widersprach Sarah. »Ich hatte eine Freundin, die in der Schule in Physik geglänzt hat, aber fast durch ihre Chemieprüfung gerauscht ist.«

»Es müsste jemand sein, der Zugriff auf Laborausrüstung hat.«

»Ich bin mir nicht sicher, wie schwierig das wäre. Jede

Schule mit einem Chemieraum würde es tun. Ein normaler Destillierapparat reicht.«

»Ein Destillierapparat! Ich bin mir sicher, dass es die noch haufenweise in den Highlands gibt! Ja, ich kann mir sogar denken, wo ich so einen finde. Darf ich Sie zum Hotel fahren? Danach gehe ich mal dies hier durch. Wie sind Sie zum Restaurant gekommen?«

»Zu Fuß.«

Hamish blickte zu ihren hohen Schuhen. »Das ist ziemlich weit. Ich hätte Sie abholen können. Nein, ich habe überhaupt nicht nachgedacht! Wie haben Sie es geschafft, in den Polizeicomputer zu kommen?«

Sie grinste. »Berufsgeheimnis.«

Er erwiderte ihr Grinsen. Er mochte sie wirklich sehr, war aber zu aufgeregt wegen der neuen Informationen, um auf andere Gedanken zu kommen.

Hamish fuhr sie zurück zum *Tommel Castle Hotel.*

»Er macht es schon wieder«, sagte Nessie Currie zu ihrer Schwester, als sie die zurückgezogene Gardine wieder losließ.

»Wo? Wer? Wo?«, fragte ihre Schwester Jessie aus der Dunkelheit ihres Doppelbettes.

»Du hörst dich wie ein Papagei an«, erwiderte Nessie. »Dieser Hamish Macbeth, der jetzt dieses Mädchen wegfährt, das im *Tommel Castle Hotel* wohnt.«

»Priscilla war zu gut für ihn, zu gut für ihn. Er ist ein Schwerenöter. Arme Priscilla, arme Priscilla.«

Sarah stieg aus dem Land Rover, ging zur Fahrerseite

und reckte sich auf die Zehenspitzen, um Hamish durch das offene Seitenfenster einen Kuss auf die Wange zu geben. »Sehe ich dich morgen früh?«

»Da bin ich auf meiner Runde«, antwortete Hamish, der erfreut bemerkte, dass sie ihn duzte. »Aber ich will sicher noch mit dir über das reden, was ich gelesen habe. Ich melde mich gegen Mittag.«

Er winkte ihr zu, fuhr zurück zur Wache und setzte sich, um die Aussagen durchzusehen.

Jeannie Gilchrist, die Ex-Frau des Zahnarztes, hatte den Kollegen aus Strathbane so ziemlich das Gleiche erzählt wie ihm. Mrs. Harrisons Aussage schien sogar noch irrer zu sein als alles, was sie zu Hamish gesagt hatte. Dann kam Maggie Bane, und Hamish riss die Augen weiter auf.

Da war nicht die kleinste Andeutung, dass sie jemals eine Beziehung mit Gilchrist gehabt hatte. Sicher war ihr klar, dass man in den Highlands nur sehr wenig verheimlichen konnte. Und wenn die Polizei herausfand, dass sie tatsächlich eine Affäre mit Gilchrist gehabt hatte, würden sie Maggie erst recht verdächtigen. Mrs. Albert, die Frau, die mit ihrem kleinen Sohn Jamie zur Praxis gekommen war, nachdem Hamish die Leiche entdeckt hatte, hatte angegeben, dass sie nie zuvor bei Gilchrist gewesen war. Sie hatte einige Geschichten gehört, dass er Leuten »die Zähne versaut« hätte, doch sie hatte weder die Zeit noch das Geld, nach Strathbane oder Inverness zu fahren, und Gilchrist war billig.

Andere Patienten hatten Ähnliches ausgesagt. Sie hatten plötzlich heftige Zahnschmerzen bekommen, wie Hamish, und zum nächsten und billigsten Zahnarzt gewollt.

Manchmal fragten Leute sich: »Wie war Großbritannien wohl in den Dreißigern und Vierzigern des zwanzigsten Jahrhunderts?« Schaut euch die schottischen Highlands an, dann wisst ihr es, dachte Hamish. Schlechte Zähne, fades Essen und der letzte Winkel auf den Inseln, den die Emanzipation der Frau noch nicht erreicht hatte.

Er musste an die Ehefrau eines Kleinbauern denken, die frühmorgens aufstand, um die Zimmer in einem Hotel zu putzen und dort das Frühstück zu servieren. Wenn sie zurück auf den Hof kam, musste sie die Schafe mitversorgen und beim Lammen helfen. Und abends kehrte sie zum Hotel zurück, um dort das Abendessen zu servieren. Als sie eines Abends um Mitternacht heimkam, sagte sie zu ihrem Mann, der vor dem Feuer lag: »Ich gehe lieber mal zum Arzt, Angus. In letzter Zeit bin ich immer so sehr müde.« »Ach, Frau«, erwiderte Angus, »ich verrate dir, was mit dir los ist. Du bist einfach verdammt faul.« Und die Frau hatte voller Stolz und Bewunderung gelacht und gemeint: »So sind Männer eben.«

Hamish blätterte weiter. Ah, hier war es. Eine Mrs. Reekie aus dem Ort. »Mr. Gilchrist hat was mit dieser Maggie Bane gehabt«, hatte sie ausgesagt. »Ich habe selbst gesehen, wie er Abend für Abend in ihr Haus gegangen und nicht vor dem nächsten Morgen wieder weggefahren ist.«

Diese Aussage hatte Detective Harry MacNab aufgenommen, nicht lange nach Hamishs Besuch bei Maggie Bane. Blair würde sie lesen und die Sprechstundenhilfe zur erneuten Befragung nach Strathbane holen lassen.

Was jedoch in allen Aussagen fehlte, denen der Leute im Ort und der Patienten, war der für einen Mord nötige Hass. Wäre nicht eine Menge Kraft nötig gewesen, wäre Maggie Bane gewiss auch für Hamish die Hauptverdächtige. Andererseits könnte sie einen Komplizen gehabt haben. Da war diese mysteriöse Stunde, die sie sich zum Einkaufen freigenommen hatte. Etwas musste sie der Polizei verschweigen, abgesehen von ihrer Affäre mit Gilchrist. Oder, falls sie nichts mit dem Mord zu tun hatte, könnte Gilchrist jemanden erwartet haben, von dem er nicht wollte, dass sie ihn sah oder hörte?

Hamish schaute sich erneut den Autopsiebericht an. Das Nikotin war in dem Kaffee gewesen. Dessen schien sich der Pathologe sicher zu sein. Und zurück zu Maggie Bane.

Er nahm sich ihre Aussage wieder vor. Sie hatte ihrem Chef wie üblich eine Tasse Kaffee aufgebrüht und zu ihm ins Behandlungszimmer gebracht. Er hatte nichts getrunken, solange sie noch dort gewesen war. Sie hatte die Tasse auf den Schreibtisch am Fenster gestellt und war gegangen. Aber sie wusste, dachte Hamish, wie viel Zucker Gilchrist in seinen Kaffee nahm und dass er den Geschmack eines jeden Giftes übertönen würde.

Zurück zu den Aussagen. Mrs. Macbean. Die üble Laune der Frau sprang einem förmlich von dem Papier entgegen. Sie war schon seit zwei Jahren Gilchrists Patientin. Und da sie immer Probleme mit den Zähnen gehabt hatte, hatte sie es besser gefunden, sich alle ziehen zu lassen.

Am Tag vor dem Mord war ihre Tochter Darleen zum ersten Mal bei dem Zahnarzt gewesen. Nein, sie war Gilchrist nie außerhalb der Praxis begegnet.

Müde rieb Hamish sich die Augen. Seine Freude, weil er den Autopsiebericht und die anderen Aussagen in Händen hielt, verblasste rasch. Alles schien undurchsichtiger denn je zu sein. Eines nach dem anderen, dachte er und legte die Papiere zur Seite. Erst mal schlafen. Danach würde er sich nach Destillierapparaten umhören.

Am nächsten Morgen beschloss Hamish, den Hügel hinauf zu dem Seher Angus Macdonald zu wandern. Er bezweifelte stark, dass der alte Angus tatsächlich die Gabe des Zweiten Gesichts hatte. Aber Angus wahrte diesen Ruf, indem er alles an Klatsch in den Highlands aufschnappte, was er konnte, und in seinen »Weissagungen« verwertete.

Von Osten wehte ein arktischer Wind. Die Bergspitzen waren schneebedeckt, und ein metallischer Geruch in der Luft kündigte mehr Schnee an. Das Cottage des Sehers lag oben auf einem Hügel, wo ein gewundener Pfad zur Haustür führte. Es sah ein bisschen wie eine Illustration aus einem Kinderbuch aus.

Angus öffnete, als Hamish sich näherte. Mit seinem

langen grauen Haar und dem grauen Bart erinnerte er an einen der unbedeutenderen Propheten. »Wusste ich doch, dass Sie meine Hilfe brauchen«, sagte er schlicht. »Kommen Sie rein.«

Er musterte Hamish von oben bis unten, weil er ein Geschenk erwartete, und drehte sich um. Es war üblich, dass die Leute dem Seher etwas mitbrachten – eine Flasche Whisky oder einen selbst gebackenen Kuchen. Einzig Hamish ließ es meistens bleiben.

»Na, setzen Sie sich.« Der Seher schwenkte den rußgeschwärzten Kessel an der Kette über das Torffeuer. »Und?«, fragte er mit einem bösartigen Funkeln in den Augen. »Die Liebe ist wieder ins Leben unseres Hamish Macbeth zurückgekehrt, was? Aber ich sehe keine Hoffnung. Überhaupt keine, mein Junge.«

»Mein Liebesleben interessiert mich im Moment nicht, Angus«, entgegnete Hamish steif. »Sondern der Zahnarzt, der mit einer Dosis Nikotingift ermordet wurde. Das Nikotin könnte mit einem Destillierapparat aus Zigaretten oder vielleicht Zigarren extrahiert worden sein. Wer destilliert in Braikie noch?«

»Trinken wir erst mal unseren Tee. Ich bin ein armer Mann, Hamish, und dieser Zuchtlachs, den ich im Supermarkt bekomme, kommt nicht annähernd an den wilden ran. Mir scheint es wie eine Ewigkeit, seit ich Lachs aus dem Fluss hatte.«

»Sie alter Schnorrer«, gab Hamish verärgert zurück.

»Tja, Sie müssen es ja wissen.«

»Na gut, ich fange Ihnen einen Lachs.«

»Wann?«

»Heute Abend. Ich bringe ihn morgen vorbei.«

»Guter Junge.« Angus schwenkte den Kessel mit dem nun kochenden Wasser vom Feuer und füllte erst eine Teekanne, dann zwei Becher. »Mal sehen«, fuhr er in einem säuselnden Tonfall fort, als er sich in seinen Sessel setzte. »Sie wollen wissen, wer eine illegale Destillerie betreibt. Ich möchte nicht, dass jemand Ehrliches verhaftet wird.«

»Allein der Betrieb von einer ist gegen das Gesetz, wie Sie wissen, Angus. Erzählen Sie mir, wer es ist, ich werde ein paar Fragen stellen, und wenn diejenigen nichts mit dem Mord zu tun haben, gehe ich der Sache nicht weiter nach.« Es sei denn, die produzieren da Zeug, das die halbe Bevölkerung blind macht, dachte Hamish.

Angus schloss die Augen. »Ich muss die Geisterwelt fragen.«

Hamish unterdrückte eine bissigere Bemerkung.

»Ja, ich sehe zwei Männer. Da ist ein kleines weißes Haus, das wie der Hof der Smiley-Brüder aussieht.«

»Stourie und Pete Smiley?«, fragte Hamish streng.

Angus öffnete die Augen und blickte Hamish vorwurfsvoll an. »Sie verscheuchen die Geister.«

»Ach ja, stecken die mit drin?«

»Die Geister mögen es nicht, wenn man sich über sie lustig macht. Aber ich sollte nicht zu hart zu Ihnen sein, Hamish. Das hübsche Mädchen im *Tommel Castle Hotel* wird Ihnen Schmerz und Kummer bereiten.«

»Wissen Sie, was ich denke?«, erwiderte Hamish. »Ich denke, Sie sagen Unglück und Verderben voraus, und das ist alles, was sich die Leute von Ihren Prophezeiungen merken. Und wenn Sie es die ganze Zeit im Hinterkopf haben, muss früher oder später etwas davon wahr werden.«

»Sie sind nur sauer, weil Sie Ihr Versprechen halten und mir den Lachs bringen müssen.«

Hamish trank den Tee aus und ging zur Tür. Er nickte dem Seher zu, der ihm böse von seinem Sessel am Feuer aus zugrinste.

»All Ihre Weissagungen stammen von dem Tratsch hier, Angus. Was haben Sie über die junge Frau im *Tommel Castle Hotel* gehört?«

»Ich höre bloß Stimmen in meinem Kopf, und die sagen mir, dass sie Ihnen nicht bestimmt ist.«

Hamish stieß einen angewiderten Laut aus, verließ das Cottage und wanderte den Hügel hinunter. Er musste Sarah vergessen. Und er hatte, was er wollte. Eine illegale Destillerie in Braikie. Wenn er es Blair erzählte, würde das hiesige Äquivalent eines Sondereinsatzkommandos bei den Smiley-Brüdern einfallen und ihren kleinen Hof auseinandernehmen. Allerdings würden sie mit solch einem Radau und Theater kommen, dass die Buschtrommeln der Highlands die Brüder längst gewarnt hätten und bei der Ankunft der Polizei keine Spur mehr von einer Brennerei zu finden wäre.

Außerdem wollte er Maggie Bane zur Rede stellen,

hatte aber gehört, dass sie wieder in der Polizeizentrale war.

Er ging zurück zur Wache, um den Land Rover zu holen.

Draußen wartete Jimmy Anderson. »Wie gehen die Ermittlungen voran, Hamish?«

»So gut, wie sie bei einem Dorfpolizisten vorangehen können, der über alles im Dunkeln gelassen wird.«

»Tja, in Strathbane ist die Hölle los. Letzte Nacht ist der Polizeicomputer gehackt worden.«

»Und warum sind Sie dann nicht unterwegs, um den Hacker zu suchen?«

Jimmy grinste verschlagen. Er legte einen Arm um Hamishs Schultern. »Wollen wir mal kurz ins Haus sehen? Ja, ich bin auf der Suche nach dem Hacker. Was denken Sie denn, warum ich hier bin?«

Kapitel 5

Es ist ein operativer Eingriff vonnöten,
um dem schottischen Verstand einen
Scherz zu vermitteln.

REV. SYDNEY SMITH

Hamishs Gedanken überschlugen sich. Wie konnten sie das herausgefunden haben? Würde er sich doch nur besser mit Computern auskennen! Doch er beherrschte lediglich die Grundbegriffe der Textverarbeitung, die er brauchte, um Berichte zu schreiben und abzuspeichern.

»Darf ich Ihre Toilette benutzen, bevor ich Sie auseinandernehme?«, fragte Jimmy.

»Ja, nur zu. Das Badezimmer ist dahinten.«

Jimmy ging ins Bad, und Hamish lief ins Büro, wo er sich den Stapel Ausdrucke schnappte und ihn unter seinen dunkelblauen Uniformpullover stopfte. Das Telefon klingelte.

»Hamish?«, erklang Sarahs Stimme.

Die Spülung im Bad rauschte.

»Sarah«, flüsterte Hamish hektisch. »Sie haben den Hacker-Angriff bemerkt und verdächtigen mich.«

»Das können sie nicht genau wissen.«

»Warum? Wie? Was soll ich machen?«

»Gib nichts zu. Und mime den Ahnungslosen.«

Jimmy kam ins Büro.

»Ich kümmere mich sofort um die Angelegenheit, Madam«, sagte Hamish.

»Ruf mich wieder an.« Sarah legte auf.

Hamish drehte sich zu Jimmy um. »Wie schmeichelhaft, dass Sie glauben, ich würde mich gut genug auskennen, um mich in einen Computer zu hacken.«

»Sie sind ein schlauer Mistkerl, Hamish. Jemand hat sich in der Nacht in Blairs Dateien gehackt, und Blair war es nicht selbst.«

»Dann suchen Sie nach einem Computerspezialisten, Jimmy, aber belästigen Sie mich nicht. Blair ist durchgedreht. Sie kennen ihn doch. Der kleinste Anflug von Ärger, und er behauptet, dass ich dahinterstecke.«

Jimmy setzte sich an den Schreibtisch und zog die untere Schublade auf. »Wo ist der Whisky?«

»Ich denke nicht, dass ich Ihnen das erzählen sollte«, antwortete Hamish gereizt. »Fahren Sie zurück und sagen Sie Blair, er soll seine Zeit mit der Suche nach Kriminellen verbringen, anstatt unschuldige Polizisten zu traktieren.«

»Jetzt seien Sie nicht sauer. So bin ich wenigstens von dem großen Muffel weggekommen.«

»Na gut. Sie können einen Schluck haben, und dann verschwinden Sie.«

Hamish ging in die Küche und fand eine Flasche im Vorratsschrank. Er zog die Ausdrucke unter seinem Pullover hervor und versteckte sie hinten im Schrank. Dann nahm er sich ein Glas und kehrte zu Jimmy zurück.

»Sehr gut, Mann, schenken Sie ein.«

»Sie werden noch dieselben Probleme mit dem Alkohol kriegen wie Blair«, bemerkte Hamish, während er etwas Whisky ins Glas goss.

»Ich doch nicht! Ich kann das jederzeit lassen. Das einzige Problem, das ich dieser Tage mit Alkohol habe, ist, dass ich zu wenig bekomme.«

»Also, was unternimmt Blair wegen dieses geheimnisvollen Hackers, abgesehen davon, Zeit zu verschwenden, indem er Sie herschickt, damit Sie mich nerven und meinen Scotch trinken?«

»Er sagt, jemand hat sein Passwort herausbekommen, und das hat er nie irgendwem verraten.«

»Wahrscheinlich hat er es mal in einer Bar laut rumposaunt. Was war das Passwort? Ich nehme an, er hat es geändert.«

»›Scheiße‹.«

»Nein, im Ernst, Jimmy: Was war das Passwort?«

»Ich sage es Ihnen doch. Waschen Sie sich die Ohren. Das Passwort war ›SCHEISSE‹.«

Und wie konnte das einer solch wohlerzogenen Dame wie Sarah einfallen?, fragte Hamish sich. »Was gibt es sonst Neues?«, erkundigte er sich laut.

»Maggie Bane hatte eine Affäre mit Gilchrist. Also hat sie eiskalt gelogen, als sie behauptet hat, da wäre nie was gewesen. Folglich liegt nahe, dass sie auch in anderen Punkten die Unwahrheit gesagt hat. Sie meint, sie hätte ihren guten Ruf nicht beschädigen wollen. Können Sie das glauben? Wie in einem viktorianischen Roman. Aber nein, sie bleibt bei allem anderen. Blair hat gezetert wie blöd, doch da war nichts zu machen.«

»Was noch? Und woran ist Gilchrist gestorben?«

»Nikotinvergiftung.«

»Das ist interessant. Der Mann hat nicht geraucht.«

»Woher wissen Sie das?«

»Es waren nirgends Zigaretten oder Aschenbecher zu sehen, und er hatte zwei abschreckende Poster über die Folgen des Rauchens vorn am Empfang hängen.«

»Maggie Bane könnte sie aufgehängt haben.«

»Hat sie nicht. Sie raucht selbst.«

»Das sagt sie. Ja, na gut, keiner hat Gilchrist je rauchen gesehen, und selbst wenn, hätte er sich damit nicht so übel vergiften können, dass es ihn umbringt.«

»Und wer ist außer Maggie noch lieblingsverdächtig?«

»Wenn ich das wüsste!«

»Was ist mit diesem Diebstahl?«

»Johnny King hat wegen zweifacher Trunkenheit am Steuer gesessen.«

»Gesessen?«, wiederholte Hamish verwundert. »Ich dachte, da ist man bloß den Führerschein los.«

»Beim zweiten Mal war er vorn in eine Wache gekracht. Peter Sampson ist nicht polizeibekannt. Familienmensch. Saubere Wohnverhältnisse.«

»Und was ist mit Brian Macbean?«

»Lassen Sie mich überlegen. Ist noch Whisky da?«

Seufzend schob Hamish ihm die Flasche hin.

Jimmy goss sich großzügig ein, lehnte sich zurück und legte die Füße auf den Schreibtisch. »Macbean ist bisher noch nicht in Schwierigkeiten geraten. Ich meine, er wurde nie verhaftet. Er hat lange ein Hotel in Selkirk geführt, dann wurde er plötzlich gefeuert. Die Besitzer sagen nur, dass die Gewinne immer weniger wurden, aber sie konnten Macbean nichts nachweisen.«

»Und Mrs. Macbean?«

»Da ist nichts. Geborene Agnes Macwhirter aus Leith. Hat Macbean vor fünfundzwanzig Jahren geheiratet. Eine anstrengende Person. Ständig wegen irgendwas wütend.«

»Irgendwelche Berichte, dass ihr Mann sie schlägt?«

»Nein, aber ich hoffe, das macht er. Wäre ich mit so einer verheiratet, würde ich sie auch verprügeln.«

Hamish verkniff sich einen Kommentar. »Ich habe ein Gerücht gehört, dass Gilchrist und Maggie Bane sich in einem Pub in Inverness gestritten hatten. Falls sie sich getrennt hatten, könnte es eine neue Frau geben.«

»Wenn es so wäre, werden wir es früher oder später mitbekommen«, sagte Jimmy.

»Und dann ist da noch die Ex«, überlegte Hamish laut. »Sie war mit ihm verheiratet und wirkt ganz nett, aber das lässt sich von außen nie genau sagen, nicht? Sie könnte ihn gehasst haben wie die Pest.«

»Sie ist ihn losgeworden, also hatte sie keinen Grund, ihn abzumurksen.«

Hamish nahm die Whiskyflasche und drehte den Deckel wieder zu. »Ich will Sie nicht aufhalten, Jimmy. Und ich habe zu tun.«

»Ah, klar, Sie haben wohl vergessen, die Hühner zu füttern, was?«

Nachdem Jimmy Anderson endlich gegangen war, lief Hamish ins Büro, nahm das Telefon und wählte die Nummer vom *Tommel Castle Hotel*. Dort erkundigte er sich nach Sarah.

Sobald sie sich am anderen Ende meldete, fragte er: »Wie hast du Blairs Passwort erraten?«

Sie klang amüsiert. »Ich vertrete die These, dass es ungefähr zwanzig Varianten von Passwörtern gibt. Nach dem, was du mir über Blair erzählt hast, war ich mir sicher, dass es ein Kraftausdruck ist. Ist alles in Ordnung? Sie werden wissen, dass jemand Blairs Passwort benutzt hat, aber wenn der Mann ein Alkoholproblem hat, wird er sich fragen, wem er es wohl verraten hat, und sich nicht erinnern können. Ich würde mir keine Sorgen machen. Was hast du jetzt vor?«

»Ich will ein paar Leute befragen. Hast du Lust auf ein wenig Amateurermittlung?«

»Soll ich mit dir kommen?«

»Nein, aber ich hatte überlegt, ob du heute mal zum *Scotsman Hotel* fahren und dir anhören könntest, was da vor sich geht. Die Leute dort werden nicht reden wollen, wenn sie mich sehen, doch einer Touristin gegenüber sind sie vielleicht nicht ganz so zurückhaltend.«

»Gut, das mache ich gern.«

Hamish umklammerte den Hörer fester. »Und können wir uns später eventuell treffen? Ich könnte dich abholen.«

»Sieben Uhr wäre gut, wenn du bis dahin fertig bist.«

»Ja, das passt bestens … bestens. Bis dann.« Hamish legte auf und lächelte das Telefon für einen Moment idiotisch an. Dann riss er sich zusammen und beschloss, die Smiley-Brüder zu besuchen.

Kleine Schneeflocken wurden schwallartig vom eisigen Wind über das Loch gepeitscht. Hamish seufzte. Dann dachte er an Sarah und hoffte, der Schnee würde nicht schlimmer werden. Er wollte sich nicht vorstellen, dass sie auf der Strecke nach Lairg in einen Graben schlitterte, während vor ihm ein großer gelber Lastwagen dahinkroch. Die Streuwagen von Sutherland waren bereits bei der Arbeit. Hamish überholte den Truck und fuhr nun direkt in den zunehmenden Schnee.

Als er den Smiley-Hof erreichte, hatte der Schneefall auf einmal wieder nachgelassen, und gelbes Sonnenlicht flutete die geweißten Felder und das niedrige Bauernhaus. Hamish fiel ein neuer Anbau hinten auf: ein langer, niedriger Bau mit Wellblechdach und metallenen Rollläden vor allen Fenstern.

Er stieg eben aus dem Land Rover, da ging die Cottagetür auf. Stourie Smiley kam ihm entgegen, gefolgt von seinem Bruder Pete. Hamish kannte beide zwar schon flüchtig, erschrak aber dennoch ob ihrer Erscheinung. Sie sahen wie der lebende Beweis aus, dass es noch Trolls auf Erden gab. Beide waren vierschrötig mit gewölbtem Brustkorb und sehr behaart. Sie hatten dichtes Kopf- und Barthaar, es spross ihnen sogar aus den Ohren. Beide hatten kleine, feucht glänzende Augen, ein rotes Gesicht und sehr lange Arme.

»Sie sind's, Macbeth«, sagte Stourie. »Was führt Sie her? Sie haben doch die Papiere für die Schafbäder.« Ein Besuch von der Polizei hieß bei den Highland-Bauern für gewöhnlich nicht, dass es einen Mord oder Unfall gegeben hatte, sondern dass die Listen für die Schafbäder abgegeben werden mussten.

»Können wir ins Haus gehen und uns kurz setzen?«, fragte Hamish. »Ich brauche Ihre Hilfe.«

»Okay«, sagte Pete, »aber nicht zu lange. Wir haben zu tun.« Er ging voraus in die karge Küche mit Steinboden, in deren Mitte ein mit einer Plastikdecke verhüllter Tisch und wenige harte Stühle standen.

Hamish nahm Platz, zog die Mütze ab und legte sie auf den Tisch. »Ich glaube, dass Sie hier eine illegale Destillerie betreiben.«

»Was?«, fragte Stourie. »Wer hat Ihnen das erzählt?«

Die zwei Trolle funkelten ihn böse an, und die kalte Luft in der Küche fühlte sich schlagartig bedrohlich an.

»Bevor Sie mir Ihre Lügen auftischen«, erwiderte Hamish, »hören Sie mir zu. Dieser Zahnarzt, Gilchrist, wurde mit Nikotin vergiftet. Jeder, der eine Destille hat, hätte das extrahieren können. Also, entweder Sie kooperieren, oder ich hole ein Team aus Strathbane mit einem Durchsuchungsbefehl her, und nach dem werden direkt die Leute vom Amt für Zoll und Abgaben kommen. Wenn Sie mir einen Schluck von Ihrem Zeug geben und ich befinde, dass es sicher ist und niemanden umbringt, melde ich Sie nicht. Aber ich muss wissen, ob einer von Ihnen einen Groll gegen Gilchrist hatte, und da ich ziemlich sicher bin, dass Sie Ihre Konkurrenz kennen, brauche ich einige Namen.«

Sie sahen ihn stumm an, und dann wanderte Petes Blick an Hamish vorbei zum Kamin.

Hamish drehte sich um. An der Wand hing ein Gewehr. »Denken Sie nicht mal dran, Mann«, sagte er. »Das ist noch ein Gesetzesverstoß. Dieses Gewehr sollte in einem Waffenschrank eingeschlossen sein. Sie besitzen einen. Sergeant Macgregor drüben in Cnothan hat gemeldet, dass Sie einen haben.«

»Ja, und wir haben lieber mit Macgregor zu tun als mit Ihnen«, blaffte Stourie sichtlich verärgert.

Hatte Macgregor es wirklich überprüft?, fragte Hamish sich. »Jetzt lassen Sie uns nicht den ganzen Tag darüber reden«, sagte er. »War einer von Ihnen bei Gilchrist?«

Plötzlich griente Pete, und Stourie tat es ihm gleich. Hamish blinzelte. Beide Männer waren zahnlos. Pete nickte zur Küchenspüle. Hamish schaute hin. Dort standen zwei Wassergläser, und in jedem lagerte ein Gebiss, sodass es wie eine groteske Imitation des Grinsens der beiden anmutete.

»Wir haben uns beide in unseren Zwanzigern alle Zähne ziehen lassen«, erklärte Stourie. »Wir brauchen keinen Zahnarzt nicht.«

»Also haben Sie Gilchrist nicht gekannt?«

»Wir wissen nicht mal, wie der Mann ausgesehen hat.«

»Das ist komisch, wo Sie so nahe an Braikie wohnen. Es ist ein kleiner Ort. Sicher hat Ihnen mal jemand dort erzählt, wer Frederick Gilchrist ist.«

Stourie spuckte verächtlich auf den Fußboden. »Wir reden nicht mit denen in Braikie.«

»Und wer hat sonst noch eine Destillerie?«

»Wir sagen nicht, dass wir eine haben«, antwortete Stourie, »aber wenn wir eine hätten, würden wir keine Konkurrenz wollen. Das stimmt schon.«

»Heißt das, Sie sind die Einzigen, von denen Sie wissen?«

Sie sahen ihn stumm an.

»Na schön, belassen wir es vorerst dabei. Geben Sie mir ein Glas.«

Sie wechselten einen Blick, dann nickte Stourie verhalten. Pete ging zu einem Küchenschrank, holte eine Whiskyflasche heraus, kippte eines der Gebisse in die Spüle und goss Whisky in das Glas.

Ach, egal, dachte Hamish, der Alkohol wird wohl desinfizierend wirken. Er probierte den Whisky und zog die Augenbrauen hoch. Er war ziemlich gut, recht samtig; nicht so gut wie echter, aber sicher kein Gesöff, mit dem man jemanden vergiftete. Hamish kannte sich aus und schmeckte, dass sie ihm keinen Johnnie Walker eingeschenkt hatten und als ihren ausgaben.

»Ich fahre dann mal wieder.« Er stand auf. »Das ist ein großer Anbau, den Sie dahinten haben.«

»Lämmerstall«, gab Stourie lakonisch zurück.

»Mann, die armen kleinen Dinger müssen bei der Dunkelheit ja erblinden«, entgegnete Hamish sarkastisch. »Die Fenster sind alle verrammelt.«

»Wir machen die Läden auf, wenn Lämmerzeit ist«, höhnte Pete. »Wo Sie selber welche haben, hätten Sie darauf von alleine kommen können.«

»Jetzt passen Sie mal auf …« Hamish wandte sich an der Tür zu ihnen um. »Ich tue so, als hätte ich nicht gesehen, was Sie hier treiben, aber nur fürs Erste. Sie haben zwei Monate, den ganzen Kram verschwinden zu lassen. Sollte ich danach hören, dass Sie immer noch Whisky machen, melde ich Sie.«

»Kein Wunder, dass Sie Wachtmeister geworden sind, Macbeth«, sagte Stourie abfällig. »Ohne die Uniform wären Sie nix weiter als ein langes Elend.«

Hamish setzte sich die Mütze auf das feuerrote Haar. »Benehmen Sie sich«, entgegnete er streng und trat hinaus in die Kälte.

Die Wolkendecke wurde wieder dichter, und einige wenige Schneeflocken rieselten zur Erde. Vor den schwarzen Wolken im Westen erstrahlte ein herrlicher Regenbogen. Hamish stand da und betrachtete ihn halb lächelnd. Auf einmal fasste er sich an den Kopf und stöhnte, als Schmerz durch seine linke Schläfe schoss. Hamish erinnerte sich nicht, wann er das letzte Mal Kopfschmerzen gehabt hatte. Könnte der Whisky der Grund dafür sein?

Doch Hamish war der festen Überzeugung, dass man körperliche Beschwerden einfach nicht beachten sollte. Dann verschwanden sie wieder. Er fuhr nach Braikie und parkte an der Hauptstraße. Der Schmerz war jetzt quälend und dauerhaft. Wie Hamish feststellte, stand er vor einer Drogerie. Er ging hinein und zwischen Regalen voller Kosmetika und Vitaminpillen hindurch zum Apothekentresen.

Hinter dem Tresen stand eine mollige junge Frau, die Anfang zwanzig sein musste. Ihre üppigen Kurven waren von einem engen weißen Kittel verhüllt. Sie hatte ein kleines, rundes Gesicht und eine Stupsnase. Hamish hatte oft gelesen, dass Nasen, die vorn nach oben gebogen waren, keck und attraktiv sein sollten. Das hatte er nie gefunden. Aber trotz seiner Kopfschmerzen musste er zugeben, dass diese üppige, mondgesichtige Blondine einen Sexappeal ausstrahlte, der die Luft wie Moschus erfüllte.

»Ich habe starke Kopfschmerzen«, erklärte er. »Können Sie mir etwas geben?«

»Das Beste ist Aspirin«, antwortete sie.

»Was ist mit einem dieser stärkeren Schmerzmittel?«

»Die sind nur Abzocke«, erwiderte sie munter. »Aspirin ist billiger und wirkt genauso gut. Sie riechen nach Whisky. Vielleicht sollten Sie nicht so früh am Tag trinken.«

»Ich bin wegen eines Falls bei den Smiley-Brüdern gewesen«, gab Hamish streng zurück, dem ihre Andeutung, er wäre ein Säufer, nicht gefiel.

»Oh, solche Kopfschmerzen! Die gehen von selbst in einer Minute weg, wenn Sie noch einen Schluck trinken.«

Hamish sah sie fragend an, und sie zwinkerte ihm zu. Außer ihm war niemand im Geschäft. Er beugte sich über den Tresen. »Demnach wissen Sie, dass die Smileys eine Destillerie betreiben?«

»Ich will sie nicht in Schwierigkeiten bringen, aber, ja, das weiß jeder.«

Ich lasse nach, dachte Hamish. Und ich habe Angus' Lachs vergessen.

»Der Apotheker, Mr. Cody, sagt, es gibt Migräne, und es gibt Spannungskopfschmerz, und dann gibt es die Smiley-Fusel-Kopfschmerzen. Sie brauchen kein Aspirin, sondern noch einen Drink. Der wirkt Wunder.«

Trotz seiner Schmerzen musste Hamish schmunzeln.

Die Ladentür wurde geöffnet, und ein kleiner, adretter Mann kam herein. »Alles in Ordnung, Kylie?«, fragte er. Als sie nickte, sagte er: »Sie können Pause machen.« Er ging durch nach hinten.

»Kommen Sie mit und trinken Sie etwas mit mir«, schlug Hamish vor.

»Geht klar. Ich hole nur meinen Mantel.«

Wenig später kehrte Kylie mit einem roten Wollmantel über einer dünnen gelben Bluse und einem engen kurzen Jerseyrock zurück, dazu trug sie solch hohe Absätze, dass Hamish dachte, sie müsste winzig sein, wenn sie die auszog, denn als sie in Richtung Pub gingen, reichte sie ihm nicht mal bis zur Schulter.

»Was nehmen Sie?«, fragte er, als sie den verqualmten, trostlosen Schankraum des *Drouthy Crofter* betraten.

»Das Gleiche wie Sie. Whisky pur. Und ruhig einen doppelten.«

Hamish ging an die Bar, holte ihre Getränke und trug die Gläser zu einem Ecktisch, an dem Kylie bereits saß. Sie streifte den Mantel ab. Die gelbe Bluse hatte einen tiefen V-Ausschnitt, der enthüllte, dass Kylies Dekolleté von der Sorte war, die man sonst nur in den obersten Regalen der Zeitschriftenhändler sah. Hamish lenkte bewusst den Blick davon ab und erhob sein Glas. »Hoffen wir, dass es wirkt.«

Und das tat es, beinahe sofort. Er blinzelte vor Erleichterung. »Gehen Sie immer mit Kunden auf einen Drink?«

Sie kicherte. »Nur mit denen, die sexy sind.«

Ihn überraschte nicht, dass die Destillerie der Smileys offensichtlich sehr bekannt war, sie aber niemand gemeldet hatte. In den Highlands galt manches als recht respektabel, was man überall sonst in Großbritannien als Verbrechen ansehen würde. Wildern, sofern es nur gelegentlich ein Lachs oder ein Hirsch war, wurde nicht als illegal betrachtet. Es war das Geburtsrecht eines jeden Highlanders, sich einen Hirsch vom Hügel zu holen oder einen Fisch aus dem Fluss, ganz gleich, wem das Land gehörte. Und eine Whisky-Destillerie wurde als ungefähr so harmlos angesehen, als backte man seinen Kuchen zu Hause selbst.

Doch als Hamish die verführerische kleine Kylie anschaute, fragte er sich, ob Gilchrist es jemals bei ihr versucht hatte. Wie es dem Zahnarzt gelungen war, solch eine schöne junge Frau wie Maggie Bane zu erobern, war Hamish schleierhaft. Dennoch hatte er es geschafft, was den Schluss nahelegte, dass ihn auch andere Frauen attraktiv gefunden hatten – junge Frauen.

»Ich untersuche den Mord an dem Zahnarzt«, sagte er.

»Ah, der.« Sie zuckte mit den Schultern. »Ich begreife nicht, wie irgendwer zu dem gehen konnte. Ich bin einmal da gewesen. Und ich habe gewusst, dass ich bloß eine kleine Füllung brauche, doch er hat erklärt, der Zahn muss raus. ›Nein, danke‹, habe ich geantwortet und bin da schnellstens wieder raus.«

»Und das war das einzige Mal, dass Sie ihn gesehen haben?«

»Sie gucken mich an, als wäre ich die Mörderin. Warum verdächtigen Sie mich denn?«

»Tue ich nicht. Sie sind eine sehr hübsche junge Frau,

und Gilchrist hatte angeblich ein Faible für jüngere Frauen.«

»Ich habe nichts mit dem zu tun gehabt.« Doch die verführerische Aura war verpufft, als hätte sie die tief in ihrem Innern abgeschaltet. Unruhig schaute sie sich in dem Pub um. »Sind die Kopfschmerzen besser?«

»Ja, danke.«

»Tja, wenn es Ihnen nichts ausmacht … Ich sehe einige Freunde von mir da drüben.«

Und ohne seine Antwort abzuwarten, stand sie auf und gesellte sich zu einer Gruppe von Männern an der Bar.

Ich erkundige mich lieber mal nach ihr, dachte Hamish. Sie war in Ordnung, bis ich anfing, nach Gilchrist zu fragen.

Er verließ den Pub und ging zurück zu seinem Land Rover. Dabei kam er an einem Fischgeschäft vorbei und blieb stehen. *Sonderangebot: Frischer Lachs.* Das Schild im Fenster fiel ihm auf. Der Lachs wurde für drei Pfund sechzig das Kilo verkauft. Hamish beschloss, einen für den Seher zu kaufen. Er war sich sicher, dass der Lachs eher aus einer Zucht stammte, vermutete aber auch, dass Angus den Unterschied nicht bemerken würde.

Hamish ging in den Laden und kaufte einen zehn Pfund schweren Lachs.

Dann brachte er seinen Einkauf zurück zur Polizeiwache, warf die Verpackung des Fischhändlers weg und wickelte den Lachs in Alufolie, bevor er damit zum Seher fuhr, anstatt zu Fuß hinzugehen.

Er legte den Fisch vor Angus Macdonald auf den Tisch. Angus musterte ihn neugierig, nachdem Hamish ihn aus der Folie gewickelt hatte. Dann ging er wortlos weg und kehrte kurz darauf mit einem kleinen Stein an einer Schnur wieder …

»Was ist das?«, fragte Hamish. »Ihr Lieblingsstein?«

»Ja, spotten Sie ruhig über Dinge, die Sie nicht verstehen, Hamish. Das ist mein Kristall.« Er schwenkte ihn über dem Lachs. Der »Kristall« schwang wie ein Pendel über dem Lachs aus. »Das ist Zuchtlachs, Hamish.«

»Ist es nicht!«

»Doch, das Pendel sieht alles. Sie haben gestern Abend vergessen, mir einen Lachs zu fangen, und weil es heute kalt ist, haben Sie gedacht, Sie können dem armen Angus einen gekauften andrehen.«

»Ach, verflucht.« Hamish wickelte den Fisch wieder ein. »Dann esse ich den eben selbst.«

»An Ihrer Stelle, Hamish Macbeth, würde ich überlegen, Angus einen richtigen Lachs heute Abend zu fangen, sonst wird Ihnen etwas Schlimmes passieren.«

»Sie meinen, Sie wollen mich mit einem Fluch belegen?«

»Machen Sie sich nicht lustig. Es gibt mehr Dinge zwischen Himmel und Erde …«

»Horatio.«

»Wer ist das?«

»Egal. Ich verschwinde.«

Hamish fuhr weg. Was konnte ihm der alte Schwindler schon anhaben? Er würde einen Teufel tun, bei diesem Wetter zum Angeln in den Fluss zu waten!

Der Wind war abgeebbt, und weiße Flocken wie die auf einer Weihnachtskarte schwebten von einem bleiernen Himmel herab. Zu Hause gönnte Hamish sich ein dürftiges Mittagessen bestehend aus Thunfisch, den er am Küchenschrank lehnend direkt aus der Dose aß. Den Lachs hatte er in den Kühlschrank gelegt. Danach begab er sich erneut auf den Weg nach Braikie. Er nickte einem Polizisten zu, der vor der Zahnarztpraxis Wache hielt, ging nach ganz oben und klopfte bei Fred Sutherland an.

Der alte Mann öffnete prompt und sagte: »Kommen Sie lieber rein.«

Hamish folgte ihm in die Wohnung und setzte sich. »Ich habe noch einige Fragen zu dem Mord.«

»Du meine Güte, ja, das ist ein Ding! Vergiftet und alle Zähne angebohrt. Du meine Güte!«

»Wo haben Sie das gehört? Von den Einzelheiten stand nichts in der Zeitung.«

»Dies ist ein kleiner Ort. Jeder erfährt hier alles.«

»Deshalb bin ich hier. Da gibt es diese junge Frau, die in der Drogerie arbeitet, Kylie irgendwas.«

»Kylie Fraser. Was für ein freches kleines Ding. Hat mich ›Greis‹ genannt. Unverschämtheit!«

»Sie haben nicht zufällig gehört, ob sie irgendwann mal mit Gilchrist gesehen wurde, oder?«

»Der war alt genug, um ihr Vater zu sein.«

»Stimmt. Aber das schien ihn nicht davon abzuhalten, hinter den jungen Frauen her zu sein.«

»Über Kylie wird eine Menge geredet. Sie ist oft mit den Kerlen im Pub zusammen. Doch ich habe nie gehört, dass sie was mit Gilchrist hatte.«

»Können Sie mir Bescheid sagen, falls Ihnen etwas zu Ohren kommt?«

»Ja, mache ich. Ich bin regelmäßig im Seniorenclub im Gemeindesaal. Den alten Schachteln da entgeht gar nichts.«

»Danke, Mr. Sutherland. Und ich wäre Ihnen dankbar, würden Sie alles diskret handhaben.«

Fred legte einen krummen Finger an die Nase und zwinkerte. »Keine Sorge. Ich lasse es Sie wissen.«

Dann lief Hamish leichtfüßig die Treppe hinunter und betrat das Textilgeschäft unten. Wie üblich waren keine Kundinnen da. Das gelbe Zellophan war noch vor dem Schaufenster und tauchte das Innere in ein schauriges Licht.

Mrs. Edwardson kam auf ihn zu. »Ich erinnere mich an Sie.« Sie blickte zu ihm auf. »Sie hatten die Leiche gefunden. Haben Sie schon eine Idee, wer das getan hat?«

»Nein, habe ich nicht, Mrs. Edwardson. Und anscheinend kann mir auch keiner erzählen, was für ein Mann Gilchrist war.«

»Ich habe ihn ein bisschen gekannt. Er hat gedacht, dass die Frauen auf ihn fliegen. Glatt. ›Aalglatt‹, wäre das passende Wort. Schmierig. Gibt es bei ihm zu Hause keine Papiere, Briefe oder Fotos, aus denen Sie sich ein Bild machen können?«

Daran hatte Hamish bereits gedacht, wollte jedoch vor der Frau nicht zugeben, dass er nur begrenzt an dem Fall mitarbeiten durfte und dass die Kriminalpolizei die Wohnung des Zahnarztes durchsucht haben müsste. Plötzlich runzelte er die Stirn. Es musste irgendwo einen Bericht über alles geben, was man in Gilchrists Wohnung gefunden hatte. Könnte Sarah auf den zugreifen, oder wäre das zu riskant?

»Was wissen Sie über Kylie Fraser?«

»Das kleine Flittchen, das in der Drogerie arbeitet?«

»Ja, sie.«

»Abgesehen davon, dass sie sich einen Ruf als Flittchen und Trinkerin erarbeitet hat, nein.«

»Könnte Gilchrist es bei ihr versucht haben?«

»Möglich wäre es. Doch ehrlich gesagt gehe ich nicht viel aus.« Sie wirkte traurig. »Abends bin ich immer so müde, dass ich mich normalerweise vor den Fernseher setze und einschlafe.«

»Falls Sie etwas hören, geben Sie mir bitte Bescheid.«

»Ja, sicher, mache ich.«

»Nur zur Erinnerung, ich heiße Hamish Macbeth und bin der Polizist drüben in Lochdubh.«

»Ja, das weiß ich.«

Er zögerte. Fast wollte er sie bitten, diskret zu sein, doch dann dachte er, es könnte interessant sein, wenn Kylie herausfand, dass er sich nach ihr erkundigte. Er dankte

Mrs. Edwardson, verließ den Laden und blieb für einen Moment draußen im Schnee stehen. Schließlich machte er sich auf den Weg zum Pub. Es wurde Zeit, mehr Fragen zu stellen und zu hoffen, dass Kylie von seinem Interesse an ihr erfuhr.

Im *Drouthy Crofter* war es recht ruhig, sah man von der plärrenden Jukebox in der Ecke ab. Hamish trat an die Bar. Der Barkeeper beäugte seine Uniform misstrauisch. »Ich würde Ihnen gern einige Fragen zu einer Ihrer Stammkundinnen hier stellen, Kylie Fraser.«

»Ah, das kleine Mädchen? Was hat sie denn ausgefressen?«

»Ich frage mich, ob sie jemals mit Gilchrist hier gewesen ist, dem Zahnarzt, der ermordet wurde.«

»Nee. Sie hängt mit den jungen Kerlen rum. Die ist lustig.«

»Ist sie schon mal betrunken gewesen und hat Ärger gemacht?«

»Ach, Sie kennen doch die jungen Leute. Die trinken meistens diese Limo mit Alkohol, werden besoffen und laut. Aber Kylie bleibt immer bei Whisky pur. Die wohnen alle hier und sind nicht mit dem Auto unterwegs, also muss ich mir keine Sorgen machen.«

»Melden Sie sich bei mir, falls Sie etwas hören.«

Später an dem Tag stand Kylie mit ihrer Freundin Tootsie Duffy vor Mrs. Edwardsons Laden. Elsie Edwardson schloss gerade ab. »Hast du schon mal so eine Mode gesehen?«, spottete Kylie. »In den Plörren will ich nicht mal tot erwischt werden. Wobei die gute Leichengewänder abgeben würden.«

Tootsie kreischte vor Lachen. Eigentlich fand sie selten irgendetwas witzig, aber sie hatte stets eine Art Dosenlachen für die Scherze ihrer Freundin parat.

Mrs. Edwardson drehte sich um und sah Kylie verächtlich an. »Seien Sie mal lieber ganz vorsichtig, junge Dame. Die Polizei hat mich nach Ihnen und Gilchrist gefragt.«

Kylie blieb der kleine Mund offen stehen. »Was meinen Sie?«

»Was ich gesagt habe«, antwortete Mrs. Edwardson und ging sehr aufrecht davon.

Tootsie bewegte ihren Kaugummi von einer Wange in die andere. »Du und der alte Gilchrist?«

»Gehässige alte Kuh«, sagte Kylie. »Ich brauche einen Drink.«

Sie gingen zum *Drouthy Crofter*. Beide balancierten auf hohen Absätzen und ignorierten ihre bereits kalten, nassen Füße. Tootsies lange dünne Beine waren violett angelaufen vor Kälte, doch wer schön sein wollte, musste leiden.

Kylie schmollte, als sie sah, dass der Pub noch leer war. Sie gab ungern ihr eigenes Geld aus.

»Haben Sie sich Ärger mit der Polizei eingehandelt?«, wollte der Barkeeper wissen, nachdem er ihre Bestellungen angenommen hatte.

»Was soll das heißen?«, erwiderte Kylie wütend.

»Dieser große Polizist mit den roten Haaren ist hier gewesen und hat sich danach erkundigt, ob Sie Gilchrist mal rangelassen haben.«

»Das ist Belästigung«, schimpfte Tootsie. »Du solltest ihn melden, Kylie.«

Ihre Freundin warf die kurzen blonden Locken in den Nacken. »Und das mache ich auch«, zischte sie böse. »Wart's nur ab!«

Sarah saß im *Scotsman Hotel* in einer Ecke der Bar im Empfangsbereich und gab vor, ein Buch zu lesen, während sie in Wahrheit aufmerksam lauschte. Zwei Männer, die wie Detectives aussahen, gingen ins Hotelbüro. Dann trat eine kleine, wütend wirkende Frau mittleren Alters an die Bar und forderte: »Gib mir einen Whisky. Aber von dem anständigen Zeug.«

Neugierig schaute Sarah hin, als der Barkeeper antwortete: »Wird gemacht, Mrs. Macbean.«

Mrs. Macbean hatte lauter grellgrüne Lockenwickler im Haar. Sie nahm ihr Glas auf und drehte sich um. Als sie Sarahs Blick bemerkte, verzog sie das Gesicht vor Wut.

Sarah lächelte verhalten.

Mrs. Macbean kam zu ihr. »Was gucken Sie mich so an?«

Sarah lächelte immer noch. »Ich bin bloß eine Touristin und wollte jemanden fragen, ob man in diesem Hotel gut wohnen kann.«

Aller Zorn verschwand aus Mrs. Macbeans Gesicht, und sie setzte sich Sarah gegenüber hin. »Ich bin mit dem Manager verheiratet«, erklärte sie. »Die Zimmer sind sauber und günstig. Und wir haben samstags einen Bingo-Abend, falls Sie interessiert sind.«

»Eher nicht«, antwortete Sarah. »Ich gewinne nie etwas. Ich bin eine der Verliererinnen des Lebens.«

»Ich auch.« Mrs. Macbean trank einen Schluck von ihrem Whisky. »Männer«, murmelte sie verbittert.

»Wem sagen Sie das? Die sind alle Schweine«, ermunterte Sarah sie. »Wir werden immer noch in dem Glauben erzogen, dass ein Ritter auf einem weißen Ross kommt und für uns sorgt.«

»Und alles, was wir kriegen, ist Pferdescheiße«, erwiderte Mrs. Macbean. Sie wies mit dem Daumen zum Büro. »Die redet er jedenfalls.«

Normalerweise hätte Sarah sich schnellstens aus solch einer Unterhaltung zurückgezogen. »Mein Mann ist genauso«, sagte sie.

»Sie tragen keinen Ring.«

Sarah grinste. »Den habe ich in der Toilette runtergespült, und wissen Sie, warum?«

»Na, erzählen Sie.« Mrs. Macbean sah nun regelrecht freundlich aus.

»Er hat mich verprügelt.«

»Und Sie haben es hingenommen?«

»Was hätte ich denn machen sollen? Er war stärker als ich. Also habe ich mich scheiden lassen.«

»Mädchen, Mädchen.« Mrs. Macbean schüttelte den Kopf, und ein Lockenwickler plumpste in ihr Whiskyglas. »Verstehen Sie denn nicht, dass sie das wollen? Sie kriegen die Scheidung und lassen sich auf lausige Bedingungen oder gar nichts ein. Kein Mann ist so stark wie eine Frau mit einem Brotmesser in der Hand. Vergessen Sie das nie.«

Sarah blickte sie mit großen Augen an. »Sie klingen wie eine sehr mutige Frau.«

Mrs. Macbean trank noch einen Schluck Whisky, und Sarah bemerkte entsetzt, dass sie ihn durch den Lockenwickler sog, der oben im Glas schwamm. Doch sie sagte nichts, weil sie dieses interessante Gespräch nicht gefährden wollte.

Mrs. Macbean straffte den Rücken: »Man muss lernen, auf sich aufzupassen. Brian, so heißt er.« Wieder zeigte sie mit dem Daumen zum Büro. »Er hat mich letzte Woche geschlagen. Tja, er mag morgens heißen Kakao, und da habe ich eine Menge Abführmittel reingetan. ›Rühr mich noch mal an, und das nächste Mal ist es Gift, Freundchen‹, habe ich zu ihm gesagt.«

Sarah mimte überzeugend Bewunderung.

»Er ist eine Null, das ist er. Haben Sie gewusst, dass wir hier einen Diebstahl gehabt haben?«

»Nein!«

»Doch, Tatsache. Zweihundertfünfzigtausend Pfund wurden aus dem Safe geklaut.«

»Wie? Haben sie den gesprengt?«

»Nee. Brian, der Idiot, hatte einen Safe mit einer Holzrückwand angeschafft. Hat gedacht, das merkt keiner.«

»Aber er bekommt das Geld doch bestimmt von der Versicherung wieder.«

»Glaube ich nicht. Die Versicherung ist der Meinung, so ein Safe ist, als würde man das Geld offen auf dem Tresen liegen lassen.«

»Wie furchtbar für Sie! Und ich wette, Ihr Mann hat versucht, Ihnen einzureden, dass es Ihre Schuld ist.«

»Richtig. Das hat er versucht.«

»Womit er natürlich nicht davongekommen ist. Ich meine, Sie haben den Safe ja nicht gekauft, oder?«

»Genau das habe ich ihm gesagt! Er meinte, ich müsste jemandem von der Holzwand hinten erzählt haben. Als würde ich das tun!«

Sarahs Augen schimmerten vor Mitgefühl. »Ich glaube, Sie haben ein sehr schweres Leben, Mrs. Macbean.«

Die Frau des Hotelmanagers nahm noch einen Schluck von dem wicklergewürzten Whisky. »Ja, das stimmt.«

»Ich hätte nie gedacht, dass es hier oben Verbrechen gibt«, bemerkte Sarah. »Ich meine, Leute wie ich kommen wegen der Lebensqualität hier rauf.«

»Lebensqualität! Ha! Schafe, Regen, Kälte und ein Haufen Teuchters.«

»Teuchters?«

»Highlander. Verschlagen, boshaft und blöd. Ich hasse die Mistkerle.«

Sarah schaute sie verwundert an. »Aber das sind doch Schotten, so wie Sie.«

»Beleidigen Sie mich nicht.« Sarah bedeckte ihr Glas mit einer Hand, als noch ein Lockenwickler durch die Luft flog. Mrs. Macbean neigte sich vor und flüsterte: »Die sind wie diese primitiven Stämme am Amazonas. Sie haben sich nie *weiterentwickelt.*«

Sarah versuchte, sich ihre Empörung über diese Aussage nicht anmerken zu lassen. »Sie sind ja eine Philosophin!«, antwortete sie stattdessen.

»Ich bin nicht auf den Kopf gefallen.«

»Ich habe von einem Mord hier in der Gegend gehört. Irgendein Zahnarzt.«

Schlagartig wurde Mrs. Macbeans Miene verschlossen. Sie hatte einen Mund wie Popeye, und der schien unter ihrer Nase zu verschwinden. »Ich muss gehen«, murmelte sie.

Sarah beobachtete, wie sie an die Bar trat und dem Mann dort etwas zuflüsterte. Was würde Hamish davon halten?, fragte Sarah sich. Mrs. Macbean sprach freimütig über ihr Eheleben und den Diebstahl, machte aber dicht, sobald Gilchrist erwähnt wurde.

Der Barkeeper kam zu ihr. »Möchten Sie noch etwas?«, wollte er in aggressivem Ton wissen.

»Nein, danke.«

»Gut.« Er räumte ihr noch nicht leeres Glas ab und ging wieder.

Sarah wollte etwas sagen, ließ es aber. Für heute hatte

sie genug ermittelt. Durch die schmutzigen Fensterscheiben sah sie, dass der Schneefall zugenommen hatte. Sie stand auf und zog den Mantel an. Sie hätte schwören können, dass die Luft hier drinnen drückend vor Feindseligkeit war.

Kapitel 6

Ich hege keine große Zuneigung zum Landleben;
es ist eine Art gesundes Grab.
Rev. Sydney Smith

Sarah war ungemein erleichtert, als sie die Flutlichter vor dem *Tommel Castle Hotel* erblickte, denn die Rückfahrt vom *Scotsman* war Furcht einflößend gewesen.

Sie parkte den Wagen und lief durch den Schneesturm ins warme Hotel. Auf ihrem Zimmer zog sie sich um, während sie sich fragte, ob Hamish Macbeth ihre Verabredung bei diesem Wetter einhalten würde.

Lächelnd nahm sie ein schlichtes schwarzes Wollkleid aus dem Kleiderschrank. Sie hatte nicht damit gerechnet, sich elegant anziehen zu müssen. Aber bei solch einer Witterung konnte sie schlecht weiterwandern, und es fühlte sich herrlich an, in einem komfortablen Hotelzimmer zu sein, während draußen ein Unwetter wütete.

Pünktlich um sieben wartete sie unten an der Rezeption.

Mr. Johnson, der Manager, kam aus seinem Büro. »Essen Sie heute Abend bei uns?«

»Ja, ich denke schon«, antwortete Sarah. »Hamish wollte mich hier um sieben Uhr treffen, doch ich glaube nicht, dass er es schafft herzukommen. Haben Sie oft so scheußliches Wetter?«

»Für gewöhnlich nicht vor Januar, und selbst dann bekommt eigentlich Zentralschottland das Schlimmste ab. Wir sind näher am Golfstrom hier oben, und der hält meistens den übelsten Schnee ab. Aber alle paar Jahre haben wir hier auch so etwas.«

Die Hoteltür ging auf, und Hamish trat ein. Er trug Schneeschuhe und klopfte sich den Schnee von der Kleidung.

»Nur zu«, sagte Mr. Johnson sarkastisch. »Hinterlassen Sie ruhig eine Schneewehe auf dem Fußboden.«

»Ist gut für den Teppich.« Hamish bückte sich und schnallte die Schneeschuhe ab. Er hatte einen einteiligen Skianzug angezogen, dessen Reißverschluss er nun öffnete. Er streifte ihn ab und hängte ihn auf einen Garderobenständer in der Ecke. Darunter kamen ein kariertes Hemd und eine dunkelgrüne Cordhose zum Vorschein. Er angelte eine Krawatte aus der Hosentasche.

»Falls Sie vorhaben, hier zu essen, Hamish«, bemerkte der Manager, »können Sie sich an einem Abend wie diesem die Krawatte sparen. Sie werden so ziemlich die einzigen Gäste im Speisesaal sein. Eine zehnköpfige Reisegruppe sollte hier ankommen, ist allerdings wegen Schlechtwetter in Inverness gestrandet.«

»Sehr schön.« Hamish stopfte die Krawatte zurück in die Tasche. »Bist du bereit?«, fragte er Sarah.

Sie nickte. »Oh ja, ich habe nur sehr wenig zu Mittag gegessen.«

Gemeinsam gingen sie in den Speisesaal. Hamish blickte sich um. Dies war das Esszimmer gewesen, als Tommel Castle noch ein Familiensitz gewesen war, kein Hotel. Er erinnerte sich an den langen Mahagonitisch, das blinkende Silber und das edle Porzellan. Die orientalischen Teppiche waren fort, und der Raum war mit praktischem Teppichboden ausgelegt. Und anstelle des großen Tisches standen nun mehrere kleinere hier. Jenkins, einst Butler der Halburton-Smythes und nun Oberkellner, kam zu ihnen und reichte ihnen die Speisekarten. Seine Züge waren starr vor Abneigung. Er konnte Hamish nicht ausstehen.

Denn Jenkins war ein Snob.

»Beachte ihn gar nicht«, meinte Hamish. »Er sieht dauernd aus, als hätte er etwas Ekliges gerochen.«

Sie bestellten, dann schauten sie einander an. Hamish faszinierte aufs Neue, wie schön Sarah war, und sie fand, dass er mit dem sturmzerzausten roten Haar ganz reizend aussah.

»Wie lief es bei dir?«, fragte er. Er war insgeheim froh, dass Jenkins ihre Bestellung einer schüchternen Kellnerin übergeben hatte und verschwunden war. Und das nicht, weil Jenkins ihn einschüchterte, sondern weil ihn der Butler an glücklichere Zeiten erinnerte, als Hamish so sehr in Priscilla verliebt gewesen war.

Er seufzte leise. Nein, den Schmerz wollte er wahrlich nicht zurückhaben. Alle Welt schwärmte in Liedern und Versen von der Liebe. Hamish fand, sie sollte mit einer Warnung der Gesundheitsbehörde versehen werden. Liebe schien zu bedeuten, dass man eine kurze Phase rosiger Erhabenheit durchlebte, gefolgt von Monaten und Jahren dunkler Qual, Sorge und ätzender Eifersucht.

»Woran denkst du?«, fragte Sarah.

Hamish riss sich zusammen. »Ich habe über meinen heutigen Tag nachgedacht. Irgendetwas übersehe ich.« Er erzählte ihr von Kylie und den Smiley-Brüdern und wollte dann wissen: »Wie bist du vorangekommen?«

Sarah wiederholte ihre Unterhaltung mit Mrs. Macbean möglichst genau und endete mit: »Ich war froh, da rauszukommen, Hamish. Die Luft in dem Hotel fühlte sich richtig bedrohlich an.«

»Interessant. Ja, Bosheit kann solch eine Atmosphäre erzeugen.«

»Mag sein. Andererseits hatte ich den Eindruck, dass Mrs. Macbean eine verbitterte und labile Person ist. Ich denke, ihr Zurückschrecken vor mir, als ich Gilchrist erwähnte, war nichts weiter als eine Art paranoide Geheimniskrämerei. Frauen erzählen einem sehr Privates, und plötzlich verachten sie einen zutiefst, weil sie sich einem anvertraut haben.«

»Ja, wäre denkbar. Oh, ich habe keinen Wein bestellt, und dieser miesepetrige Jenkins hat uns nicht mal die Weinkarte gegeben.«

»Mir ist auch nicht nach Wein. Dir?«, fragte Sarah.

»Nein, eigentlich nicht. Nach diesen Kopfschmerzen heute Mittag möchte ich gar keinen Alkohol mehr trinken. Mir ist heute noch eine andere Sache eingefallen. Die Kollegen aus Strathbane müssten bei Gilchrist zu Hause gewesen sein und seine Papiere, Fotos, Bankunterlagen und so durchgesehen haben. Ich würde zu gerne wissen, was sie dort gefunden haben.« Er sah Sarah fragend an.

Sie lachte. »Du willst, dass ich mich noch mal ins System hacke! Aber wie in aller Welt kommen wir bei diesem Wetter zur Polizeiwache?«

»Priscilla hat einen Computer oben in ihrer Wohnung.«

»Fände Mr. Johnson es nicht seltsam, wenn wir um den Schlüssel bitten? Ich nehme doch an, dass ihre Räume abgeschlossen sind, wenn sie nicht da ist.«

»Du könntest behaupten, dass Priscilla dich gebeten hat, etwas für sie mitzubringen. Ich hab's! Eine Adresse, die auf ihrem Computer gespeichert ist.«

»Ich versuche es.« Sie stand auf. »Warte hier. Ich frage den Manager allein.«

Wenige Minuten später kam sie zurück und legte einen Schlüssel auf den Tisch. »Sehr vertrauensselig von ihm«, sagte Sarah, während sie sich wieder setzte. »Ich meine, ich könnte ja nur vorgeben, eine Freundin von Priscilla zu sein.«

»Priscilla ruft oft hier an und erkundigt sich, ob alles reibungslos läuft. Oh, was, wenn Sie heute Abend mit Johnson telefoniert?«

»Wir sind befreundet, würde ich zumindest behaupten. Ich werde ihr einfach die Wahrheit erzählen.«

»Ja, das müsste gehen.« Hamish lehnte sich auf seinem Stuhl zurück und betrachtete Sarah nachdenklich. Er war dankbar für ihre Hilfe, aber mehr noch für ihre Schönheit und ihren Charme, die alle wehmütigen Gedanken an die abwesende Priscilla vertrieben. »Was macht dich sicher, dass du dich wieder in den Polizeicomputer hacken kannst? Blair wird sein Passwort geändert haben.«

»Ich kann es lediglich versuchen«, antwortete Sarah, zögerte und ergänzte: »Lass mich das Essen auf meine Rechnung setzen. Es ist sehr teuer, und als Dorfpolizist kannst du nicht viel verdienen.«

»Sehr freundlich von dir, aber …« Er verstummte, als Mr. Johnson an ihren Tisch trat.

»Priscilla ist am Telefon«, sagte der Manager und blickte Sarah streng an, »und sie schien zum ersten Mal zu hören, dass Sie in ihrem Zimmer nach einer Adresse sehen sollen.«

Hamish stand auf. »Ist sie noch am Apparat?«

»Ja.«

Hamish lächelte Sarah zu. »Ich rede kurz mit ihr.«

»Sie können den Apparat an der Rezeption benutzen«,

erklärte Mr. Johnson und folgte ihm nach draußen. Er blieb neben Hamish stehen, als der den Hörer abnahm.

»Priscilla?«

»Ja, Hamish, was ist das für eine Geschichte mit dir und Sarah, dass ihr meinen Wohnungsschlüssel braucht?«

Den Rücken Mr. Johnson zugewandt, beugte sich Hamish über das Telefon. »Hast du vergessen, dass du sie gebeten hast, für dich nach einer Adresse in deinem Computer zu suchen?«

Zunächst blieb es still, dann erwiderte Priscilla: »Du weißt genau, dass ich nichts dergleichen getan habe. Du willst meinen Computer für irgendwas benutzen.«

»Ja.«

»Du hast selbst einen auf der Wache.«

»Schon, aber das Wetter ist schlimm, und ich glaube, ich komme heute Nacht auch nicht mehr zurück dorthin.«

Wieder Stille. Im Hintergrund war eine träge, amüsierte Männerstimme zu hören, die fragte: »Willst du den ganzen Abend am Telefon bleiben, Liebling?«

Hamishs Herz schlug heftiger.

»Ach, meinetwegen.« Priscilla seufzte. »Ich vertraue Sarah, auch wenn ich dir nicht traue, Hamish Macbeth. Du kannst mir offensichtlich nicht mehr erzählen. Ruf mich an, wenn du es kannst. Bis dann. Gib mir Johnson noch mal, damit ich ihm sagen kann, dass alles geklärt ist.«

Hamish gab dem Manager stumm den Hörer und ging zurück in den Speisesaal.

»Was ist los?«, wollte Sarah streng wissen. »War sie wütend?«

Hamish rang sich ein Lächeln ab, das jedoch seine Augen nicht erreichte. »Nein, nein, sie meinte, es wäre in Ordnung. Aber wir müssen sie anrufen, wenn Johnson nicht mithört, und ihr alles erklären.«

»Hat Priscilla dir schon mal bei deinen Ermittlungen geholfen?«

»Ja, recht oft, und manchmal war es auch ganz schön gefährlich.«

»Ihr müsst euch sehr nahestehen.«

»Könnte man sagen, ja.« Es trat eine unangenehme Stille ein, und Hamishs Blick blieb verschlossen.

»Also«, sagte Sarah munter, »möchtest du Kaffee?«

»Ja, danke, gern.«

Mr. Johnson kam wieder zu ihnen. »Priscilla lässt ausrichten, das Essen geht aufs Haus.«

»Wie überaus nett von ihr«, antwortete Hamish, während er sich die ganze Zeit äußerst gereizt fragte, wer der Mann im Hintergrund gewesen war.

Nachdem der Manager wieder fort war, zwang Hamish seine Gedanken zurück zu dem Fall. »Bei alldem stört mich dieses verrückte Gefühl, dass der Diebstahl und der Mord irgendwie zusammenhängen.«

»Ich sehe nicht, wie sie das sollten«, erwiderte Sarah.

»Ich auch nicht. Es ist reine Intuition.«

Sarah entging nicht, wie ausgeprägt Hamishs Highland-Akzent war. Er schien immer etwas stärker zu werden, wenn er aufgebracht war. Und mit Priscilla zu reden hatte ihn merklich aufgeregt. Natürlich könnte es schlicht daran liegen, dass sie mit ihm geschimpft hatte, weil er sich Zugang zu ihrer Wohnung erschleichen wollte. Doch das würde seinen eigenartig leeren Blick nicht erklären.

»Erzähl mir noch mal von dieser Destillerie«, bat sie ihn. »Wann kommen die Brüder vor Gericht?«

»Kommen sie nicht«, erwiderte Hamish. »Ich habe ihnen eine Frist gesetzt, bis wann sie den Laden dichtmachen müssen.«

»Aber was die machen, ist illegal! Warum hast du sie nicht verhaftet?«

»Der Highlander im Allgemeinen sieht die illegale Whisky-Herstellung nicht als Verbrechen«, erklärte Hamish. »Draußen auf den Hebriden gab es mal einen neuen Polizisten, der fremd in der Gegend war. Er hat zwei Einheimische wegen Betreibens einer illegalen Brennerei verhaftet. Er musste auf das Dach der Wache fliehen, als die Leute versuchten, sie niederzubrennen. Es gibt eben Sachen, bei denen ein Highland-Polizist beide Augen zudrücken muss. Sogar weiter südlich können die Menschen ein bisschen rachsüchtig sein. Sicher hast du von der RSPB gehört, der Königlichen Vogelschutz-Gesellschaft.«

»Natürlich. Ich war sogar mal Mitglied, habe die Mitgliedschaft aber gekündigt.«

»Warum?«

»Sie hatten mir einen Spendenaufruf geschickt, in dem sie mich darauf hinwiesen, dass sie die Mittel hätten, politischen Einfluss auszuüben. Ich wollte nicht in politische Interessen verwickelt sein, mit denen ich womöglich nicht einverstanden bin.«

»Tja, also unten in Perthshire sind die Wildhüter die Raubvögel richtig leid, und das schließt den Steinadler mit ein. Es ist nämlich so, dass diese geschützten Raubvögel verheerende Schäden an den Gelegen der Moorhühner und Fasanen anrichten. Ein Wildhüter wurde zu einer Bußgeldzahlung von zweieinhalbtausend Pfund verurteilt, nachdem er zugegeben hatte, sechs vergiftete Hühnereier in einem Gebiet ausgelegt zu haben, in dem Steinadler und andere Raubvögel jagten. Danach wurde das Anwesen eines früheren Mitarbeiters des RSPB verwüstet. Auf dem Anwesen befindet sich eine britische Sammlung Tausender seltener und wertvoller Pflanzen, die aus dem Himalaya importiert wurden. Sie wurden mit Unkrautvernichter besprüht, und mit einem Herbizid wurde ›RSPB‹ in den Rasen geätzt. Zwar konnte nichts bewiesen werden, aber man glaubt, dass es ein Racheakt für die Verurteilung des Wildhüters war.«

Hamish schwieg einen Moment, dann fuhr er fort: »Ich heiße es mitnichten gut, denn es war ein gemeiner, hässlicher Akt von Vandalismus. Andererseits verstehe ich den großen Frust der Wildhüter, was die Haltung von Leuten angeht, die sie für einen Haufen verblödeter Städter halten. Viele Menschen in den Highlands leben von den großen Jagdanwesen, und es gibt kaum andere Arbeit hier.«

»Es fühlt sich unbestritten wie ein anderer Erdteil an«, bestätigte Sarah, »und überhaupt nicht wie ein Teil der Britischen Inseln. Sutherland. Jemand hat mir erzählt, es wäre quasi der Süden für die Wikinger gewesen.«

»Ja, das glaube ich auch«, sagte Hamish, der de facto kaum etwas über die Geschichte Sutherlands wusste.

»Also.« Sarah stand auf. »Wenn du so weit bist, wenden wir uns mal dem ungesetzlichen Leben zu.«

Hamish ging voraus nach oben zu Priscillas Wohnung. Mit einer seltsamen Mischung aus Schuld- und Verlustgefühlen schloss er die Tür auf und schaltete das Licht ein. Alles in dem Wohnzimmer war so kühl und ordentlich wie Priscilla selbst. Sarah steuerte direkt den Computer an, der auf einem Schreibtisch am Fenster stand. Sie setzte sich davor.

»Ich schlage vor, dass du etwas liest oder nachdenkst«, sagte sie zu ihm. »Das hier könnte eine Weile dauern.«

Hamish schlenderte zum Bücherregal, und da ihm auf einmal bewusst geworden war, wie wenig er über seine Heimat wusste, nahm er den Band *The Sutherland Book*, herausgegeben von Donald Omand, hervor und machte es sich bequem.

Sutherland, las er, *ist ein riesiger Bezirk, der von den Wellen des Minch im Westen gepeitscht wird, wo die legendären blauen Männer auf den Atlantikwellen reiten, um ahnungslose Seeleute ins Verderben zu locken, und von der kalten Nordsee, wo die Wikinger mit ihren Lang-*

booten anlandeten. Im Nordosten grenzt er an die fruchtbaren Weiten von Caithness und im Südosten an den Moray Firth, während er im Süden sanft in die Schönheit von Ross übergeht.

Es handelt sich um einen Schmelztiegel aus Kelten, Schotten, Pikten, Wikingern und – seit der großen Vertreibung – recht vielen Lowlandern, die hier angesiedelt wurden, um die Schafzucht zu beaufsichtigen. Woher auch immer die Leute kamen – sie alle dürften durch die tiefen Nebel, die dunklen Lochs und Bergseen, die finsteren Moore und bedrohlich aufragenden Berge in dem Aberglauben bestärkt worden sein, den sie ohnedies schon hegten und der ihre Furcht vor dem Unbekannten noch vervielfachte.

Die Landschaft beflügelt immer noch die Fantasie, dachte Hamish, der von dem Buch aufsah. Leute kommen aus den Städten her und beginnen, an Geister und Elfen zu glauben, kaum dass sie sich hier niedergelassen haben.

Sarah seufzte.

»Noch nichts?«, fragte Hamish.

»Bisher nicht. Ich brauche mehr Zeit.«

Hamish las von Wasserdrachen.

Von allen übernatürlichen Kreaturen, die sich in den Legenden tummeln, wurde keine so sehr gefürchtet wie der Wasserdrache, auf Gälisch Each Uisge. *In meiner Kindheit war es uns verboten, uns bestimmten Lochs zu nä-*

hern, die dunkel und gefährlich waren, weil es hieß, in ihnen trieben Wasserdrachen ihr Unwesen. In den Highlands mit der stürmischen See, den rauen Inseln, den rauschenden Flüssen und tiefen, düsteren Lochs wurde die Macht des Wassers gefürchtet und als bösartig angesehen.

Diese Bösartigkeit nahm die Form eines Pferdes an, das seine Gestalt in die eines hübschen jungen Mannes oder sogar einer alten Frau wandeln konnte. Und die Wasserdrachen oder Kelpies, wie sie teils hießen, konnten ihre Gestalt willentlich in alles wandeln, um ihre Opfer in den Tod zu locken.

»Ich hab's! Wir sind drin!«, rief Sarah.

Hamish ging hinüber zu ihr. »Blairs neues Passwort?«

Sie nickte.

»Was ist es?«

»›Kackdreck‹. Ich dachte, es könnte ›Kacke‹ sein, aber dann fiel mir ein, dass die Schotten gern etwas deftiger sind. Und er könnte geglaubt haben, länger ist sicherer.«

»Was für ein Idiot.«

»Hol dir einen Stuhl ran, und wir sehen mal, ob wir den Bericht über Gilchrists Wohnung finden.«

Brav trug Hamish einen Stuhl herbei und setzte sich neben Sarah.

Fleißig ging sie diverse Berichte durch, ehe sie sagte: »Da wären wir.«

Beide lasen neugierig, was in dem Zuhause des Zahnarztes gefunden worden war. Er hatte kein Testament hinterlassen, und die Polizei suchte noch nach lebenden Verwandten. Es gab keinen Hinweis auf eine Ehefrau vor Jeannie in Inverness. Und es hatten sich überhaupt keine Fotografien in der Wohnung befunden. Seltsam, dachte Hamish. Im Wohnzimmer war eine Bar, die mit den besten Malt-Whiskys bestückt war. Die Kleidung war laut Verzeichnis maßgeschneidert, ebenso wie die Seidenhemden und die handgefertigten Schuhe. Gilchrist hatte einen BMW gefahren, der erst wenige Monate alt war.

»Anscheinend hat er reichlich verdient und das Geld auch ausgegeben«, murmelte Hamish. »Aber keine Fotos! Pass, Geburtsurkunde, Schulzeugnisse, Urkunden von der Universität und der Zahnmedizinischen Hochschule, doch keine persönlichen Zeugnisse wie Schnappschüsse aus dem Urlaub. Nicht mal ein Hochzeitsfoto. Verdammt, das hilft mir nicht! Könnte ich mir die Wohnung doch nur selbst mal ansehen!«

»Die wird ein Polizist bewachen. Kannst du nicht einfach hinfahren, mit dem Wachmann reden und ihn fragen, ob du dich mal umsehen darfst?«

»Versuchen kann ich es. Vorausgesetzt, die Straßen sind morgen frei.«

»Kannst du heute Abend noch nach Hause kommen?«

Hamish trat ans Fenster und blickte hinaus. Im Flutlicht des Hotels sah er weißen Schnee schwallartig vom Himmel fallen und über den Hof unten fliegen. »Vielleicht muss ich über Nacht bleiben«, sagte er langsam.

Sarah sah ihn an. Ihre Blicke begegneten sich, und auf

einmal lag eine erotische Spannung in der Luft. Hamish machte einen halben Schritt auf Sarah zu, und dann ging die Tür auf, und Mr. Johnson kam herein.

»Das Wetter ist furchtbar, Hamish«, bemerkte er. »Ich habe Ihnen ein kleines Zimmer unten beim Büro herrichten lassen, damit Sie die Nacht im Hotel verbringen können. Wenn Sie hier fertig sind, bringe ich Sie direkt nach unten.«

»Ich weiß nicht«, antwortete Hamish zögerlich. Hoffnungsvoll schaute er zu Sarah, doch sie schaltete bereits den Computer aus. Jedwede erotische Spannung war verpufft, voll und ganz.

»Ehrlich gesagt bin ich ziemlich müde«, erklärte sie. »Ich sehe dich morgen früh, Hamish.«

»Die Geschichte meines Lebens«, murmelte er, als er dem Manager nach unten folgte.

»Was?«, fragte Mr. Johnson.

»Nichts«, antwortete Hamish mürrisch. »Gar nichts.«

Am Morgen wachte er in weißer Stille auf. Das Zimmer, das man ihm gegeben hatte, war eines von denen, die für Angestellte vorgesehen waren. Darin standen das schmale Bett, in dem Hamish lag, ein Kleiderschrank, ein Stuhl und sonst nichts, nicht einmal ein Handwaschbecken. Hamish stand auf und ging zum Fenster. Das Zimmer lag im Erdgeschoss, und er blickte gegen eine weiße Wand. Mehr konnte er nicht sehen. Eine gigantische Schneewehe versperrte ihm die Sicht.

Er nahm seine Unterwäsche von der Heizung – die hatte er am Vorabend gewaschen und dort zum Trocknen drapiert – und wickelte die Bettdecke um seinen nackten Körper, um zu dem schmalen Personalbad zu gehen, wo er duschte. Als er fertig angezogen war, konnte er draußen auf dem Hotelhof schon Schneeschaufeln und das Röhren von Traktoren hören, als das Personal anfing, Schneisen um das Hotel herum für die im Schnee feststeckenden Wagen freizulegen.

Da war der Geruch von brutzelndem Bacon. Hamish ging zum Speisesaal, wo er Sarah vorfand, die einen Toast mit Marmelade aß. Auf einmal war er ihr gegenüber schüchtern, doch sie lächelte freundlich und fragte: »Wie sollen wir heute irgendwo hinkommen?«

»›Wir‹, Sherlock?«, erwiderte er und setzte sich ihr gegenüber hin.

»Ich dachte, wenn wir zu Gilchrists Haus fahren, könnten wir zu zweit diesen wachhabenden Polizisten bezirzen, nur weiß ich nicht, wie wir uns hier wegbewegen sollen.«

Hamish blickte durch die bodenlangen Fenster des Speisesaals. »Es hat aufgehört zu schneien, und hier sind sie besser als in den Städten, wenn es darum geht, die Straßen frei zu bekommen. Solange es nicht wieder zu schneien anfängt, könnten wir los. Nach dem Frühstück ziehe ich mir die Schneeschuhe an, gehe zur Wache und hole den Land Rover.«

»Und nimmst du mich mit?«

»Ist gegen die Vorschrift, aber ich könnte jederzeit sagen, dass ich dich gestrandet am Wegesrand gefunden und mitgenommen habe. Ich frage mich, ob ich dich um einen Gefallen bitten kann?«

»Nur zu.«

»Könntest du dich noch mal in den Computer hacken und sehen, ob du irgendwas zu Gilchrists Konten findest?«

»Könnte ich, doch ich kann dir auch jetzt gleich verraten, dass es rein gar nichts zu seinen Finanzen gibt.«

Hamish stieß einen unwilligen Laut aus. »Das ist doch immer dasselbe! Ich kann mir kein richtiges Bild machen, weil ich nur als Dorfpolizist in die Ermittlungen einbezogen bin!«

»Das kannst du ändern.«

»Ach, es hieße, dass ich in Strathbane wohne, und das ist unerträglich.« Hamish verstummte mürrisch.

Die Kellnerin kam zu ihnen. »Mehr Kaffee?«

Beide verneinten. Dann sagte die Bedienung: »Ach so, Mr. Macbeth, Mr. Angus Macdonald hat angerufen. Er hat gesagt, Sie sollen den Lachs nicht vergessen.«

»Woher hat er gewusst, dass ich hier bin?«

»Mr. Macdonald weiß so was immer.«

»Wer ist Mr. Macdonald?«, fragte Sarah.

»Er ist der hiesige Seher und behauptet, das Zweite Gesicht zu haben.«

»Hat er?«

»Ich glaube, er ist ein gerissenes Klatschmaul.«

»Und was soll das mit dem Lachs heißen?«

»Er will einen aus dem Fluss, doch sieh dir das Wetter an. Ich hatte ihm einen bei einem Fischhändler in Braikie gekauft, und das alte Scheusal hat gemeckert, dass es Zuchtlachs ist, und mir alles mögliche Pech prophezeit, wenn ich ihm keinen selbst gefangenen bringe.«

Sarah sah ihn fasziniert an. »Woher hat er gewusst, dass es Zuchtlachs war?«

»Er hat seinen verfluchten Kristall darübergehalten, aber ich denke, es ist ihm von einem der Klatschmäuler aus Braikie zugetragen worden.«

Sarah sah nach draußen zu der weißen Wildnis. »Bei diesem Wetter wirst du ganz sicher nichts angeln.«

»Tja, ich hole mal meine Schneeschuhe und sehe, ob ich zurück zur Wache komme.«

Als Hamish aus dem Hotel trat, hatten ein paar Traktoren mit Schneepflügen den Platz vor dem Hotel geräumt, und sogar die enge Straße war bereits frei vom Schnee und gestreut. Der Himmel war stahlgrau, aber es schneite nicht mehr. Hamish trottete durch die gefrorene Landschaft hinunter nach Lochdubh. Alles war starr und still. Kein Vogelzwitschern, nicht einmal ein Bussard segelte über den kalten Himmel. Die Gipfel der Zwillingsberge über Lochdubh waren dunstverhüllt. Zum Glück wehte kein Wind, der einen neuen Schneesturm herbeitreiben könnte.

Hamish sah nach seinen Schafen und gab ihnen ihr Winterfutter. Danach versorgte er die Hühner, holte die Schneeschaufel und schippte die kurze Einfahrt seitlich der Wache frei, damit er den Land Rover herausbekam.

Hinterher bereitete er eine Thermoskanne Kaffee mit reichlich Milch und Zucker, nahm sie mit in den Wagen und fuhr zum *Tommel Castle Hotel.*

Er war froh über Sarahs Gesellschaft.

»Hoffentlich ist die ganze Strecke bis Braikie geräumt«, sagte er. Sie befanden sich auf einer einspurigen, sich schlängelnden Straße am Meer. Sarah bestaunte den aufgewühlten, grüngrauen Atlantik, der haushohe Wellen auf den felsigen Strand schmetterte.

»Halte mal kurz«, bat sie. Sie blickte ehrfürchtig durchs Seitenfenster zur stürmischen See. »An Land ist alles so still«, wunderte sie sich, »und dabei ist das Meer so … aufbrausend.«

»Den ganzen weiten Weg von Amerika«, sagte Hamish.

»Ist es immer so rau?«

»Nein, im Sommer ist es manchmal beinahe gläsern. Aber das Klima hier oben ist tückisch.«

Er fuhr langsam weiter. Es war so kalt, dass er trotz des gestreuten Asphalts Eis unter den Reifen spüren konnte.

»Wo hat Gilchrist gewohnt?«, wollte Sarah wissen.

»An diesem Ende des Ortes, in der Culloden Road. Hier wären wir.« Er bog rechts ab und hielt den Land Rover an. »Und hier bleiben wir.« Die Straße war von Schneewehen blockiert. »Bleib lieber im Wagen, Sarah, und ich gehe mal zu Fuß zu dem Haus.«

»Nein, das ist kein Problem. Der Schnee ist so kalt und pudrig, da bekomme ich keine nassen Füße.«

Sie stiegen beide aus. Hamish ging vor und trat einen Pfad durch die Wehen. Vor Gilchrists Haus hielt niemand Wache. Wie Hamish bereits vermutet hatte, waren die Straßen um Strathbane bisher nicht geräumt. Je weiter man sich von den Städten entfernte, desto besser wurde der Straßenräumdienst.

Gilchrist hatte hier ein viktorianisches Einfamilienhaus besessen, wie man sie viel in schottischen Städten sah. Nachdem die Highlands dank Königin Viktoria in Mode gekommen waren, versuchten selbst die einfachsten Leute, sie zu kopieren. Deshalb hatten all diese Einzelhäuser hochtrabende Namen wie Mount Pleasant, The Pines, The Firs und The Laurels. Gilchrists hieß Culloden House, auf dass sich jeder, der das Haus nicht kannte, sondern nur die Adresse im Briefkopf las, ein Herrenhaus ausmalte.

Hamish stapfte die kurze Einfahrt hinauf. »Was machen wir jetzt?« Die Frage richtete er halb an sich selbst.

»Gehen wir nach hinten«, drängte Sarah. »Dort könnte etwas offen sein.«

Die Hausseite war vor dem Schneesturm geschützt gewesen und der Weg relativ frei.

Hamish rüttelte an der Hintertür. »Natürlich ist alles abgeschlossen und versiegelt«, murrte er. »Und Nachbarn werden uns gesehen haben.«

»Du könntest sagen, dass du in einem Einbruchsfall ermittelst.«

Hamish sah Sarah an, und plötzlich lächelte er. »Ja,

könnte ich.« Er zog einen kleinen Schlagstock aus der Jackentasche, schlug die Scheibe der Hintertür ein und griff hinein, um den Riegel zu lösen. »Da hätten wir einen Einbruch«, sagte Hamish, »und ich bin hier, um ihn zu untersuchen. Die Bäume und Sträucher schirmen uns ab, von dem hohen Zaun ganz zu schweigen. Keiner wird uns gesehen haben, und das Klirren könnten wir verursacht haben, als wir die Scherben aufgehoben haben.«

Sie betraten das Haus und fanden sich in einer modernen Küche wieder. Die Luft war sehr kalt und abgestanden.

»Versuchen wir es als Erstes im Wohnzimmer.«

Hamish ging durch zum Wohnzimmer und schaute sich um. Der Raum war mit einem teuren weißen Teppichboden ausgelegt. Eine dreiteilige Sitzgarnitur aus Leder sah so unberührt und kalt aus wie der Schnee draußen. In die Glasplatte des Couchtisches waren alte Münzen eingelassen. In einer Schrankwand befanden sich eine Stereoanlage, ein Fernseher, einige Taschenbücher und eine Auswahl an Videos.

Ein schlechtes Ölgemälde von einer Highland-Szene hing über dem Kamin, der zugemauert war und vor dem ein elektrischer Ofen platziert war, der Holzscheite imitieren sollte. Vor einem Fenster stand ein Schreibtisch. Hamish tauschte seine dicken Lederhandschuhe gegen ein Paar aus Latex, das er aus der Tasche zog. »Fass nichts ohne Handschuhe an«, wies er Sarah an.

Behutsam öffnete er die Schreibtischschubladen. Da

waren diverse Briefe und Rechnungen. Die Absender der Briefe waren uninteressant, etwa der örtliche Rotary Club und Pharmalieferanten.

Hamish suchte weiter und legte alles sorgsam so wieder hin, wie er es vorgefunden hatte. »Das ist seltsam«, murmelte er. »Keine Sparbücher, keine Kontoauszüge, keine Kreditkartenabrechnungen.«

»Probieren wir es im Schlafzimmer«, flüsterte Sarah. »Manchmal bewahren Leute solche Sachen in einer Nachttischschublade oder in einem Koffer unter dem Bett auf.«

Leise gingen sie nach oben. Eines der Zimmer schien ungenutzt zu sein, doch in dem anderen stand ein großes Doppelbett mit einem schimmernden grünen Seidenüberwurf, und es wirkte bewohnt. Hamish öffnete den Kleiderschrank. Ja, da waren die Anzüge und Hemden, die in dem Bericht aufgeführt worden waren. Er wandte sich dem Nachttisch zu. In der Schublade lag eine Bibel, und darunter waren einige Pornohefte und eine unangebrochene Kondompackung, Brombeergeschmack.

»Irgendwo müssen sie sein. Ich sehe mal nach, ob es ein Kabuff oder so gibt«, sagte Hamish.

»Aber nicht zu lange«, drängte Sarah. »Wenn einer der Nachbarn das Klirren gehört hat, könnten wir bald Probleme bekommen.«

Hamish ging zurück auf den kleinen Flur. Es waren noch zwei Türen übrig. Hinter der einen befand sich ein Badezimmer, hinter der anderen ein weiteres Schlafzimmer.

»Müsste ein Haus wie dieses hier nicht einen Keller haben?«, fragte Sarah hinter ihm.

»Ja, gehen wir nachsehen. Auch wenn man Kontoauszüge und so etwas wohl kaum im Keller lagert.«

Sie machten sich auf den Rückweg zur Küche und von dort in die Diele. Es gab eine niedrige Tür unter der Treppe. Hamish öffnete sie. Von hier führte eine schmale Holztreppe nach unten. Hamish stieg sie hinab, gefolgt von Sarah.

Aus unerfindlichen Gründen hatten die Detectives nicht notiert, dass es im Keller einen luxuriös ausgestatteten Fitnessraum mit teuren Geräten zum Gewichtheben und Trainieren gab. Und erst recht nicht, dass in einer Ecke ein altmodischer Schreibtisch mit Rollladen stand.

Hamish nahm ihn sich direkt vor. »Na endlich«, sagte er. »Kontoauszüge, Kreditkartenabrechnungen, Sparbücher.« Er setzte sich an den Schreibtisch. Sarah horchte nervös und rechnete damit, jeden Moment das Heulen von Polizeisirenen zu hören.

»Das ist ja ein Ding«, entfuhr es Hamish nach einer Weile. »Der Mann war übel verschuldet. Sein Konto bei der National Highland ist mit fünfundfünfzigtausend Pfund in den Miesen, das bei der Tay General mit fünfundzwanzigtausend. Seine Kreditkartenrechnungen, Visa und Access, sind hoch. Ich schreibe mir nur auf, in welchen Restaurants er war. Vielleicht können wir in den Lokalen herausfinden, wen er eingeladen hatte. Oh Mann, der letzte große Prasser!«

»Hamish!«, flehte Sarah. »Wenn du hast, was du willst, lass uns von hier verschwinden!«

»Ja, wir gehen lieber. Und ich sollte einen Glaser herbestellen, der die Tür repariert.«

»Aber wenn du den bestellst, ohne es vorher der Polizei zu erzählen, werden sie wissen, dass du es warst, der hier eingebrochen ist.«

»Der Mann, den ich fragen will, wird nicht reden. Und falls er ertappt wird, kann er erzählen, dass ich eingebrochen war, weil ich dachte, ich hätte jemanden drinnen gesehen.«

Sarah war froh, als sie das Haus verlassen hatten und zurück zum Land Rover stapften. Hamish fuhr los, hielt aber bei einem Cottage gleich außerhalb des Ortes. »Warte hier, und ich sage dem Glaser Bescheid. Ich lasse den Motor laufen, damit die Heizung an bleibt.«

Nach einiger Zeit kehrte er zurück. »Er macht es. Und er hat im Radio gehört, dass sämtliche Straßen um Strathbane herum noch unpassierbar sind, also sollte er es gut schaffen können, ehe jemand von dort kommt.«

»Was jetzt?«

»Maggie Bane, würde ich sagen. Vorausgesetzt, das Mädchen ist noch nicht verhaftet worden.«

Maggie Bane öffnete ihnen. Sie trug einen schwarzen Pullover zu einem ebenfalls schwarzen Rock, und ihr Gesicht war aufgequollen vom Weinen. Hamish hatte erwogen, Sarah im Land Rover zu lassen, dann jedoch beschlossen, sie mitzunehmen. Falls Maggie gegen ihre Anwesenheit war, könnte er Sarah bitten, draußen zu warten.

»Ich komme gerade vorbei«, sagte Hamish in seinem angenehmen Singsang, »und habe mich gefragt, wie es Ihnen geht. Dies ist kein richtig offizieller Besuch, eher ein freundschaftlicher.«

»Kommen Sie rein.« Maggie ging voraus in das sterile Wohnzimmer. »Setzen Sie sich«, bat sie müde.

Sarah betrachtete Maggies schönes Gesicht. Wie konnte sich eine solch gut aussehende junge Frau auf einen deutlich älteren Zahnarzt in einem öden Highland-Ort einlassen?

»War es schlimm in der Polizeizentrale?«, fragte Hamish.

»Es war furchtbar. Dieser Unmensch Blair hat mich angebrüllt. Ich habe versucht, ihm zu erklären, dass ich nur meinen Ruf schützen wollte. Dies hier ist nicht Glasgow oder London. Es sind die schottischen Highlands.«

»Falls es Ihnen nichts ausmacht, könnten Sie mir verraten, was Sie an ihm angezogen hat?« Hamish neigte sich vor und gab sich sehr verständnisvoll.

»Er war glamourös.«

»Ein älterer Zahnarzt?«

»Sie haben ihn nicht gekannt«, sagte sie matt. »Ich hatte ihn in St. Andrews kennengelernt. Ich war eben fertig mit dem Studium, hatte meine letzten Prüfungen bestanden. Ich … ich bin nicht gut darin, Freunde zu finden. Ich bin in eine Bar gegangen, um mir zur Feier des

Tages einen Drink zu gönnen. Er war dort, und wir sind ins Gespräch gekommen. Da sagte er plötzlich: ›Ich fliege morgen nach Paris. Komm doch mit. Ich besorge dir ein Flugticket.‹«

Sie blickte versonnen vor sich hin. »Und ich habe einfach Ja gesagt. Es war wundervoll. Wir haben im *George V.* gewohnt und sind die Boulevards entlanggeschlendert, haben in den Buchhandlungen gestöbert, und er bestand darauf, mir in den *Galeries Lafayette* einen Hut mit lauter Kunstblumen drauf zu kaufen, obwohl ich ihm gesagt habe, dass heutzutage niemand mehr Hüte trägt.« Sie schluchzte erstickt. »Den Hut habe ich noch.«

Stille trat ein. Draußen stieß ein gefrorener Zweig monoton rhythmisch gegen das Fenster, was wie ein ungeduldiges Klopfen anmutete.

»Und warum ging Ihre Beziehung zu ihm in die Brüche?«

»Wir waren im Urlaub in der Provence, in Aix-en-Provence, Avignon, Cannes, Nizza … Es hat jeden Tag geregnet. Die Wolken hingen so tief, dass sie auf dem Meer zu liegen schienen. Wir wohnten in einem alten Château, das zu einem Hotel umgebaut worden war. Es war sehr teuer, trotzdem hat es durchs Dach geregnet. Alles roch muffig. Er bekam schlechte Laune, wurde gereizt und hat dauernd Streit angefangen. Wir wollten eigentlich drei Wochen bleiben, aber auf einmal hat er den Urlaub um eine Woche verkürzt. Ich habe geweint und geweint, doch er wollte nicht auf mich hören.«

Hamish holte tief Luft. »Ist Ihnen nicht der Gedanke gekommen, dass Mr. Gilchrist Geldsorgen gehabt haben könnte?«, fragte er sanft.

Ihre Verwunderung wirkte echt. »Aber er hat als Zahnarzt sehr gut verdient. Er fuhr immer den neuesten Wagen, aß in den besten Restaurants.«

»Gab es eine andere Frau?«

»Ich glaube ja. Ich fing an, ihm zu folgen. Ach, das war albern. Er hat es sofort gemerkt und gesagt, wenn ich ihm keinen Raum lasse, müsste er mich loswerden. Er war viel unten in Inverness. Ich bin mir sicher, dass es eine andere gegeben hat.«

»Falls Ihnen noch irgendetwas einfällt«, sagte Hamish, »rufen Sie mich an. Dann komme ich sofort.«

Maggie schniefte unglücklich. »Sie sind sehr freundlich, nicht so wie diese schrecklichen Polizisten in Strathbane.«

»Hat die Presse Sie belästigt?«

»Ja, aber dieses Wetter hält sie fern, und sie scheinen sowieso das Interesse verloren zu haben.«

»Hatte Mr. Gilchrist gute Freunde?«

»Nein, eine Zeit lang gab es nur mich. Keiner von uns hatte hier oben Freunde. Und wir haben nur uns gebraucht.«

»Und Verwandte? Ich meine, soweit ich weiß, haben sich keine Angehörigen gemeldet.«

»Er hat gesagt, dass er ein Einzelkind war und seine Eltern tot sind.«

»Das ist seltsam. Man sollte meinen, dass es Cousins oder Cousinen gibt.« Hochzeitsfotos, dachte Hamish. Jeannie Gilchrist müsste Hochzeitsfotos haben. Zu ihr musste er.

Er stand auf und verabschiedete sich. Zum Glück hatte Maggie sich nicht an Sarahs Anwesenheit gestört.

Als sie wieder im Land Rover saßen, erklärte er: »Ich setze dich am Hotel ab und fahre nach Inverness. Ich möchte noch einmal mit Gilchrists Ex-Frau reden.«

»Nimm mich mit«, entgegnete Sarah. »Ich habe sonst nichts vor.«

Hamish blickte zum stahlgrauen Himmel. »Der Wind frischt auf«, erwiderte er. »Es könnte eine heikle Fahrt werden.«

»Dann unternehmen wir sie lieber zusammen.«

Plötzlich lächelte Hamish ihr zu. »Also auf nach Inverness!«

Kapitel 7

»Jetzt, da wir einander gesehen haben«,
sagte das Einhorn, »wenn du an mich glaubst,
glaube ich auch an dich. Abgemacht?«

LEWIS CARROLL

»Da ist Kaffee in der Thermoskanne bei dir im Fußraum«, sagte Hamish, als sie langsam unterwegs waren. »Es ist Milch und Zucker drin, weil ich damit den Wachmann vor Gilchrists Haus friedlich stimmen wollte, wäre einer dort gewesen.«

»Ich nehme eigentlich keinen Zucker, aber es könnte sein, dass ich welchen brauche, falls wir im Schnee stecken bleiben.«

»Wir fahren nach Dornoch und dort über die Brücke«, erklärte Hamish und linste ins Dämmerlicht. »Ich glaube, der Schnee wird ein bisschen schwerer.«

Als sie die lange Brücke über den Dornoch Firth erreichten, fühlten sich Hamishs Augen müde und körnig vor Anstrengung an. Beim Überfahren der Brücke konnte er ein gelbliches Licht am Ende sehen und fragte sich, was es war.

Bald fand er es heraus.

Auf der anderen Seite lag eine andere Welt. Sie gelangten aus dem wirbelnden Schnee und der Dunkelheit in strahlenden Sonnenschein. Hamish blickte erstaunt im Rückspiegel zu der schwarzen Schlechtwetterwand hinter ihm. »Hoffen wir, der Schneesturm bleibt, wo er ist, und folgt uns nicht nach Inverness.«

»An dieses schräge Klima werde ich mich nie gewöhnen. Was hoffst du, von Mrs. Gilchrist zu erfahren?«, fragte Sarah.

»Ich möchte alles über den Mann herausfinden, was ich kann. Und sicher hat sie ihn besser gekannt als jeder sonst.«

»Was ist mit Maggie Bane?«

»Sie hatte bloß eine Affäre mit ihm. Die Ehe kitzelt die Bestie in Menschen hervor.«

»Oh ja, tut sie«, antwortete Sarah traurig.

Er blickte kurz zu der gebeugten Gestalt auf dem Beifahrersitz. »Woher weißt du davon?«

»Beobachtung, so wie du.«

Als sie die Anstruther Road in Inverness erreichten, stieg Hamish aus dem Wagen und schaute hinauf zum Himmel. Lange, rissige schwarze Wolken trieben von Westen herbei.

Jeannie Gilchrist war nicht zu Hause. »Natürlich, sie wird wieder bei der Arbeit sein«, vermutete Hamish. »Fahren wir in die Stadt und essen etwas. Danach versuchen wir es bei der Stadtverwaltung.«

Sie fanden ein Selbstbedienungscafé. Sarah aß einen Salat, Hamish einen Scotch Pie und Pommes frites.

»Wie ich sehe, sorgst du dich nicht um dein Cholesterin«, bemerkte Sarah.

»Es ist Trostessen«, antwortete Hamish. »Salat macht mich gereizt.«

»Das kann ich mir bei dir gar nicht vorstellen«, erwiderte Sarah. »Du kommst mir viel zu gelassen vor.«

Er grinste. »Ich bin gruselig launisch.«

»Glaube ich dir nicht. Sieh dir all die Leute hier an. Wo kommen die alle her? Ich bin erstaunt, dass in Inverness so viel los ist.«

»Ja, die Stadt ist kaum wiederzuerkennen. Etwas lässt mir keine Ruhe.«

»Was?«

»Diese Destillerie der Smiley-Brüder. Ich muss immer wieder an den langen Schuppen denken. Ich meine, einige Flaschen hier und da für die Einheimischen sind in Ordnung. Doch was ist, wenn sie in die Massenproduktion eingestiegen sind?«

»Du sagst doch dauernd, dass sich in den Highlands so gut wie nichts geheim halten lässt. Davon hätte dir jemand erzählt. Ich meine, diese Kylie aus der Drogerie wusste ja auch von den Brüdern.«

»Ja, stimmt wohl. Tja, Mord geht vor illegalem Fusel.«

Nach dem Essen gingen sie zur Stadtverwaltung, wo sie tatsächlich Jeannie Gilchrist antrafen. Sie führte die beiden in einen Nebenraum. Hamish stellte Sarah als eine Freundin vor, die er in Inverness getroffen hatte, und bot an, dass sie draußen warten könne, sollte ihre Anwesenheit Jeannie stören.

Die zuckte mit den Schultern. »Ich habe keine Geheimnisse. Wenn der Staatsanwalt die Leiche freigibt, muss ich mich um Fredericks Beerdigung kümmern.«

»Deswegen bin ich hier. Er hatte keine Hochzeits- oder sonstigen Fotos in seinem Haus. Es müssen aber irgendwelche Verwandten auf der Hochzeit gewesen sein.«

»Oh, das ist leicht zu erklären. Er hat Fotos von sich gehasst. Ich denke, dass er ein stark beschönigtes Bild von sich selbst im Kopf hatte und den Anblick der Realität nicht mochte. Er war sehr eitel. Bei der Hochzeit waren keine Verwandten. Er wurde als Kind aus einem Waisenhaus adoptiert. Das Paar, das ihn damals aufnahm, ist längst tot. Von Frederick waren lediglich einige Kollegen auf der Hochzeit.«

»Sie hatten gesagt, Sie würden annehmen, dass er schon einmal vorher verheiratet gewesen sein könnte. Sicher wäre das aus seinen Papieren hervorgegangen, als Sie die Hochzeit arrangiert haben.«

»Das hatte er alles erledigt. Nein, ich schätze, er war nie zuvor verheiratet, wenn es dafür keine Belege gibt. Es war bloß ein Gefühl, dass er schon mal jemandem sehr nahe gewesen war und niemand jemals an diese Person heranreichen würde.«

Hamish seufzte. »Jedes Mal, wenn ich glaube, etwas Mysteriöses und Bedeutendes gefunden zu haben, wird es alles säuberlich wegerklärt. Zufällig weiß ich, dass er hoch verschuldet war.«

»Hatte es ihn endlich eingeholt, ja?«

»Was?«

»Er protzte gerne – großes Auto, die besten Restaurants. So ein Mann war er.«

»Haben Sie gewusst, dass er eine Affäre mit seiner Sprechstundenhilfe hatte, Maggie Bane?«

»Nein, habe ich nicht. Ich habe ihn überhaupt nie gesehen oder von ihm gehört.«

»Mrs. Gilchrist, jemand hat ihn genug gehasst, um ihn auf brutale Art zu ermorden. Haben Sie eine Ahnung, wo er hineingeraten sein könnte?«

Sie schüttelte den Kopf. »Er war ein Angeber und arroganter Idiot, aber er war nie in irgendwas Kriminelles verwickelt.«

»Wie kommen Sie darauf, dass der oder die Mörder Kriminelle waren?«

»Das Anbohren der Zähne. Das könnte eine Art Rache gewesen sein.«

»Ja«, sagte Hamish nachdenklich. »Könnte es.«

Ihm fiel nichts ein, was er sie noch fragen könnte, also verabschiedeten sie sich. Draußen bemerkte er: »Es lässt mir immer noch keine Ruhe. Ich fahre dich zum Hotel zurück, Sarah. Nein, ich kann dich nicht mitnehmen. Die Smiley-Brüder können fies sein.« Er neigte den Kopf zur Seite. »Die Möwen von Inverness haben aufgehört zu schreien, und der Himmel ist schwarz. Ich frage mich, ob wir es zurückschaffen.«

Sie überquerten die Hängebrücke über die Black Isle und fuhren die A9 nach Norden. Abermals wurden sie von Schneeflocken umwirbelt, und die Straße vor ihnen wurde minütlich weißer.

»Es ist aussichtslos.« Hamish seufzte. »Ich denke, ich biege nach Dingwall ab und suche uns einen Platz zum Übernachten.«

»Einverstanden«, antwortete Sarah.

Der Verkehr kroch nur noch dahin. Sie bewegten sich Meter für Meter durch das beständig dichter werdende Schneetreiben in Richtung Dingwall. Schließlich parkte Hamish vor dem *Station Hotel.*

An der Rezeption bat er um zwei Zimmer.

»Zwei«, wiederholte die Empfangsdame und spähte über den Tresen hinweg zu Sarahs Handgelenken.

Sarah grinste. »Keine Handschellen. Ich bin eine Freundin von Mr. Macbeth, keine Gefangene.«

Nachdem ihnen die beiden nebeneinanderliegenden Zimmer gezeigt worden waren, bestand Sarah darauf, dass sie sich zur nächsten Drogerie durchkämpften, um Make-up, Zahnbürsten und Zahnpasta zu kaufen. Sie besorgten sich auch Taschenbücher und zogen sich in die Lounge des Hotels zurück. Doch während Sarah las, blickte Hamish hinaus ins Schneetreiben und ging im Geiste alles durch, was er über den Fall wusste. Wer war am ehesten verdächtig? Maggie Bane. Aber wie sollte sie einen so schweren Mann wie den Zahnarzt in den Stuhl gehoben haben?

Dann war da die gestörte Mrs. Harrison. Könnte sie einen Anfall extremen Wahnsinns erlitten haben, der ihr übernatürliche Kräfte verlieh? Oder hatte der Zahnarzt eine Affäre mit Kylie gehabt – Kylie, die mit so vielen jungen Männern im Pub bekannt war?

Plötzlich setzte ein unangenehmes Trommeln an den Fensterscheiben ein. »Es fängt an zu regnen«, stellte einer der Gäste fest.

Sarah blickte von ihrem Buch auf. »Wenn es schnell taut, müssen wir vielleicht nicht über Nacht bleiben.«

»Nein, egal, was passiert, die Straßenverhältnisse werden katastrophal sein. Nachts zu fahren ist zu gefährlich«, entgegnete Hamish.

Sie wandte sich wieder ihrem Buch zu. Er musterte sie nachdenklich. Ihr schimmerndes braunes Haar schirmte ihr Gesicht ab. Sie waren hier in einer romantischen Lage, gestrandet in diesem Hotel am Bahnhof. Gab es Hoffnung für Hamish Macbeth?

Vielleicht wäre es klüger, weiter über den Mord nachzudenken, anstatt darüber, ob Sarah mit ihm schlafen würde oder nicht.

Sie aßen früh zu Abend. Inzwischen regnete es draußen

in Strömen. Nach dem Essen unternahmen sie einen Spaziergang. Die Luft war erfüllt von rauschendem Wasser.

»Sieh mal, die Straße ist frei«, bemerkte Sarah.

»Ja, aber wir warten trotzdem lieber bis morgen früh«, antwortete Hamish. »Weiter im Norden könnte es immer noch schneien.«

Bei der Rückkehr ins Hotel erklärte Sarah, sie würde ein Bad nehmen und sich dann zum Lesen ins Bett legen. Ein wenig benommen wünschte Hamish ihr eine gute Nacht. So viel zu dem potenziell romantischen Abend!

In seinem Zimmer zog er sich aus, wusch seine Unterwäsche und sein Hemd und hängte alles zum Trocknen auf. Dann nahm er ein Bad und stieg ins Bett, um zu lesen und möglichst Sarah im Nebenzimmer zu vergessen. Es gelang ihm so gut, dass er »Herein!« rief und dachte, es wäre jemand vom Hotelpersonal, als es an der Tür klopfte. »Es ist nicht abgeschlossen.«

Sarah war es, die eintrat. Sie war in eine Decke gewickelt. »Ich konnte nicht schlafen«, sagte sie, stand da und sah ihn an.

Hamish setzte sich auf und warf die Bettdecke zurück. »Komm zu mir.«

Sie ließ die Decke fallen, unter der sie nackt war, und stieg neben Hamish ins Bett. Er öffnete den Mund, um etwas zu sagen, doch sie legte eine Hand auf seine Lippen. »Keine Fragen«, bat sie. »Lass uns einfach zusammen sein.«

Als Hamish am nächsten Morgen aufwachte, strömte Sonnenlicht durch die Fenster herein. Sarah war fort. Was war nur mit den Frauen los, dachte er verärgert, dass sie nach einer Nacht voller Leidenschaft früh aufwachen und verschwinden konnten?

Er nahm wieder ein Bad, zog sich an und klopfte an Sarahs Zimmertür. Niemand öffnete. Als er nach unten in den Frühstücksraum ging, fand er Sarah dort vor. Sie war schon halb mit dem Frühstück fertig.

»Du hast so friedlich ausgesehen, da wollte ich dich nicht wecken«, erklärte sie munter.

»Du siehst bemerkenswert gut aus«, stellte Hamish fest, der erschöpft war. Er betrachtete sie neugierig. »Hast du immer Kondome bei dir?«

»Die hatte ich in der Drogerie gestern gekauft, als du noch nach einer Zahnbürste gesucht hast.«

»Wie vorausschauend von dir. Wie fühlst du dich?«

»Fantastisch.«

Er sah ihr in die Augen, konnte dort jedoch nichts entdecken außer einem gesunden Schimmer. Und prompt überkam ihn das unangenehme Gefühl, als eine Art Gymnastikgerät benutzt worden zu sein. Er wollte etwas Liebevolles sagen, doch ihre muntere, sachliche Haltung hemmte ihn.

»Wie es aussieht, können wir zurück«, erklärte er. »Ich gehe lieber mal und rufe in Strathbane an, falls die nach mir suchen. Und ich sollte nicht erwähnen, dass ich in Inverness bin, sonst wollen sie wissen, was ich hier mache.«

»Du könntest ihnen erzählen, dass du noch einmal mit Mrs. Gilchrist geredet hast.«

»Ich bin bloß ein kleiner Polizist und hätte überhaupt nie zu ihr fahren dürfen.« Er ging durch zur Rezeption, an der es ein öffentliches Telefon gab, und rief Jimmy Anderson an.

»Hier war gar nichts«, berichtete Jimmy. »Bei all dem Schnee kam ja keiner vom Fleck.«

Erleichtert, dass Blair nicht nach ihm gesucht hatte oder gar wieder in Braikie gewesen war, kehrte Hamish in den Frühstücksraum zurück. Er gönnte sich einen Kaffee und Toast, und dann schlug er vor, dass sie sich auf den Weg machten.

Auf der Rückfahrt waren sie beide recht schweigsam. Hamish wollte Sarah zu gern fragen, ob ihr die gemeinsame Nacht irgendetwas bedeutet hatte, ängstigte sich aber auch sehr davor, dass sie ihm womöglich ganz unbekümmert erklären würde, es sei bloß ein One-Night-Stand gewesen.

Er setzte Sarah am *Tommel Castle Hotel* ab und fuhr zur Wache. Drinnen roch es staubig und verbraucht, sodass er erst mal alle Fenster aufriss.

Hamish sah nach seinen Hühnern und Schafen, zog sich um und stieg wieder in den Land Rover. Er musste die Smileys besuchen.

Die Straßen waren schaurig, voller Schneematsch, vermengt mit Streugut. Doch es wehte ein milder Wind aus Westen, und der Himmel war verwaschen blau mit wenigen fedrigen weißen Wolken. Es lag ein Hauch von trügerischem Frühling über allem, der die Gedanken herbeirief, die gewöhnlich mit echtem Frühling einhergingen. Hamish verdrängte alle Bilder von Sarah Hudson, sobald sie in seinem Kopf auftauchten.

Als er über den dürftigen Weg zum Hof der Smileys fuhr, spürte er, dass ihn die Trollaugen beobachteten.

Stourie trat direkt seitlich hinter dem Haus hervor, stand da und schaute zu, wie Hamish aus dem Land Rover stieg und auf ihn zuging. Pete kam zu ihm.

»Was führt Sie her?«, fragte Stourie.

»Ich möchte mir mal euren Lämmerstall ansehen.«

»Haben Sie 'nen Durchsuchungsbeschluss?«

»Werden Sie nicht albern!«, antwortete Hamish barsch. »Wollen Sie, dass ich mir einen besorge? Dann mache ich das glatt. Aber ich müsste Strathbane in dem Fall auch genau erzählen, warum ich den brauche, und ihr werdet verhaftet, denn es scheint allgemein bekannt zu sein, dass ihr hier eine Destillerie betreibt.«

»War ja nur 'n Witz«, erwiderte Stourie mit einem fiesen Grinsen. An diesem Morgen trug er sein scheußliches Gebiss. »Kommen Sie mit.« Er ging voraus zu dem neuen Anbau. Vor der Tür zog er einen großen Schlüssel aus der Tasche und schloss auf.

Hamish betrat den dunklen Schuppen. Er sah wirklich wie ein gewöhnlicher Lämmerstall aus. Aber wozu die verrammelten Fenster? Er blickte sich suchend um und konnte nichts Verdächtiges entdecken. »Da ist noch eine Sache«, sagte er. »Ich muss mir eure Destille ansehen.«

»Nee, Hamish, wir sind doch nicht blöd«, erwiderte Stourie hämisch. »Sowie wir wussten, dass Sie uns auf der Fährte sind, haben wir das ganze Ding zertrümmert.«

»Das kann ich nicht recht glauben.«

»Machen Sie das mal lieber«, erwiderte Pete schroff. »Wir haben mit dem Hof auch so schon genug zu tun.«

Hamish bestand darauf, ihr Haus abzusuchen, doch da war nirgends eine Spur von einer Destillerie.

Er zog mit dem Gefühl wieder ab, dass er getäuscht worden war. Doch wie wahrscheinlich war, dass die Smiley-Brüder, die keinen Kontakt zu Gilchrist gehabt hatten, ihn vergiftet hatten? Hamish sah kein Motiv.

Niedergeschlagen fuhr er zurück nach Lochdubh. Er holte den Lachs, den der Seher verschmäht hatte, aus dem Kühlschrank und pochierte ihn in einem Fischdünster. Dann teilte er ihn in Scheiben, die er portionsweise einfror.

Das Bürotelefon klingelte, und Hamish ging hin.

»Hier ist Kylie Fraser«, sagte die Stimme. »Ich möchte, dass Sie heute Abend zu mir nach Hause kommen. Da kann ich Ihnen etwas über Gilchrist erzählen.«

»Erzählen Sie es mir jetzt.«

»Nein, heute Abend um elf. Ich wohne in der Wick Road Nummer fünfzehn.«

Sie legte auf. Hamish blickte den Hörer an und dachte nach, ehe er ihn wieder auflegte.

Was war los? Kylies Stimme hatte aufgeregt geklungen, ein wenig boshaft, nicht ängstlich oder nervös, und er war sicher, dass er im Hintergrund jemanden kichern gehört hatte.

Es klopfte an der Küchentür. Hamish öffnete, und sein Herz schlug schneller vor Freude, als er Sarah sah, die ihn anlächelte.

»Ich bringe dir ein Geschenk.« Sie hielt ihm ein in Plastik gewickeltes Päckchen hin.

»Komm rein.«

Sie folgte ihm in die Küche. »Du musst es nicht auspacken«, erklärte sie. »Es ist ein Lachs aus dem Fluss. Wildlachs. Für den Seher. Der erspart dir das Wildern.«

»Wo hast du den her?«

»Mr. Johnson hat gesagt, dass er Lachs aus dem Fluss im Tiefkühler des Hotels hat. Und ich hatte natürlich einen eigennützigen Grund, denn ich möchte diesen Seher mal besuchen.«

»Meinetwegen können wir gleich zu ihm gehen«, schlug Hamish vor. »Ich war bei den Smiley-Brüdern, und sie behaupten, sie hätten ihre Destillerie dichtgemacht. Angus könnte etwas gehört haben.«

Dann zögerte Hamish einen Moment. Er wollte Sarah in die Arme nehmen, doch sie strahlte solch eine harte, forsche Heiterkeit aus, dass er es nicht wagte.

Der Seher war zu Hause – er ging nur sehr selten vor die Tür. Und es ist ja nicht so, als müsste er viel einkaufen, dachte Hamish. Der alte Schwindler erpresste schließlich genug seiner »Kunden«, um durchgehend mit Vorräten versorgt zu sein.

Sarah war sichtlich entzückt von Angus und seinem alten Cottage.

Der Seher nahm den Lachs an, und Hamish fiel auf, dass er nicht losging, um sein Pendel zu holen, sondern lediglich sagte: »Ich bin froh, ihn endlich zu bekommen.« Mit diesen Worten legte er den Fisch in die Küche.

Er servierte ihnen Tee, dann setzte er sich hin und blickte mit leuchtenden Augen von Hamish zu Sarah. »Ich schätze, ich kann Ihnen nicht verdenken, sich ein klein wenig Glück zu greifen.«

»Ich habe keine Ahnung, wovon Sie reden«, erwiderte Hamish steif. »Also, ich war bei den Smileys, und sie haben mir erzählt, dass sie ihre Destillerie zerschmettert haben. Ich dachte, in diesem neuen Anbau, den sie ›Lämmerstall‹ nennen, könnten sie das Zeug hergestellt haben, aber der sieht wirklich wie ein normaler Lämmerstall aus.«

»Na, dann muss es wohl einer sein«, entgegnete Angus. »Es ist kalt heute, Miss Hudson. Möchten Sie vielleicht einen kleinen Schuss in Ihren Tee?«

»Danke, ich glaube, den nehme ich gern«, antwortete Sarah, die jeden Moment dieses verrückten Erlebnisses in sich aufsog, um ihren Londoner Freunden davon zu erzählen. Würden sie ihr glauben, dass es auf den Britischen Inseln noch Menschen gab, die einen Wasserkessel an einer Kette über einem Torffeuer hängen hatten?

Angus holte eine Flasche Johnnie Walker und goss einen Schluck in Sarahs Tasse.

»Was wissen Sie über eine kleine junge Frau namens Kylie Fraser, die in der Drogerie in Braikie arbeitet?«, fragte Hamish.

»Sie flirtet gern, wie es heißt«, erwiderte Angus.

»Sie hat gesagt, sie will mir etwas erzählen, und hat mich gebeten, heute Abend um elf zu ihr nach Hause zu kommen.«

»Ich weiß, dass Sie Fragen über sie und den Zahnarzt gestellt haben und dass es ihr nicht gefällt«, sagte Angus.

Hamish verengte die haselnussbraunen Augen. »Denken Sie, der Plan ist, dass ich hinfahre und dort einige ihrer Schläger-Freunde auf mich warten?«

»Nein, ich glaube nicht, dass sie das machen würde«, erwiderte Angus. »Wir sind hier nicht in der Großstadt. Keiner hier oben würde einen Polizisten zusammenschlagen.«

»Und was steckt dann dahinter?«

Angus schloss halb die Augen. »Ich kann nicht klar sehen. Tatsache ist, dass ich bei der Kälte hier drinnen nicht richtig denken kann. Haben Sie diese schönen warmen Mohair-Reisedecken in der Geschenkboutique im *Tommel Castle Hotel* gesehen, Miss Hudson? Von denen wünsche ich mir schon immer eine.«

Abrupt stand Hamish auf. »Ignorier das, Sarah. Ihr Schnorren wird schlimmer, Angus. Man kann sich kaum zwei Minuten mit Ihnen unterhalten, ohne dass Sie etwas verlangen.«

»Habe ich irgendwas verlangt?«, fragte der Seher beleidigt. »Ich habe doch bloß gesagt …«

»Komm, Sarah«, sagte Hamish.

Widerwillig folgte sie ihm. »Ich finde den alten Mann faszinierend. Und ich wäre gerne länger geblieben.«

Hamish öffnete ihr die Beifahrertür des Land Rover, bevor er um den Wagen herumging und einstieg. »Ich muss mit diesen Leuten leben, du nicht. Ich bringe dich zum Hotel zurück, und dann überlege ich mir, was ich wegen heute Abend unternehme.«

Auf der Fahrt hoffte er, sie würde ihn fragen, ob sie abends zusammen essen wollten, doch sie war sehr still. Vor dem Hotel legte sie plötzlich eine Hand an ihren Kopf. »Ich würde dich ja auf einen Kaffee reinbitten, aber ich habe scheußliche Kopfschmerzen. Ich glaube, ich lege mich hin.«

»Ja, natürlich«, gab Hamish mürrisch zurück und ärgerte sich, dass sie eine solch abgedroschene Ausrede benutzte. Er fuhr bereits wieder los, als er auf einmal auf die Bremse trat, zurück auf den Parkplatz setzte und aus dem Land Rover sprang, um ins Hotel zu laufen.

Sie war auf der Treppe. »Sarah!«, rief er. Sie drehte sich zu ihm um.

»Geh in die Bar und trink einen Whisky – schnell. Es ist das einzige Mittel gegen diese Kopfschmerzen. Ich muss weg.«

Und Hamish eilte wieder davon. Er fuhr direkt zum Seher.

»Ich weiß, warum Sie mich unbedingt glauben lassen wollten, dass mit dem Lämmerstall alles in Ordnung war«, sagte er. »Die Smiley-Brüder versorgen Sie mit ihrem Fusel.«

»Und wie kommen Sie darauf?«

»Sarahs Kopfschmerzen. Die hat sie von dem Whisky, den Sie ihr in den Tee gegossen haben.«

»Das war Johnnie Walker.«

»Es war ein Johnnie-Walker-Etikett. Wo ist die Flasche?«

»In der Küche.«

Hamish ging nach hinten in den Anbau. Auf dem Abtropfbrett stand eine leere, abgewaschene und ausgespülte Flasche Johnnie Walker. »Sie haben den Beweis vernichtet«, bemerkte er, als er ins Wohnzimmer zurückkehrte. »Wenn Sie irgendetwas wissen, Angus …«

»Ich weiß nur, was die Geister mir erzählen«, antwortete der Seher. Da war ein boshaftes Funkeln in seinen Augen.

Hamish stieß einen angewiderten Laut aus und verließ das Cottage. Als er zur Wache zurückfuhr, rief er sich den Lämmerstall in Erinnerung. Aber an dem war nichts Verdächtiges gewesen. Gar nichts. Er würde es erst mal im Hinterkopf behalten und sich auf das konzentrieren, was er an diesem Abend in Sachen Kylie Fraser unternehmen sollte.

Wäre er ein normaler Bürger, der annahm, mit einer jungen Frau zu tun zu haben, die in Schwierigkeiten steckte, würde er nicht allein hinfahren. Er würde seine Frau mitnehmen. Ein versonnenes Lächeln trat auf seine Züge. Er ging zum Pfarrhaus und traf Mrs. Wellington, die in Tweed gekleidete Pfarrersfrau, zu Hause an.

»Ich habe ein kleines Problem«, begann er, »und wollte Sie um Rat fragen.«

»Haben Sie Unfug mit dieser hübschen Touristin getrieben.«

»Habe ich nicht!« Hamish wurde rot, denn vor seinem geistigen Auge blitzte ein Bild von nackten Körpern in einem Hotelbett auf. »Es geht um etwas anderes.«

»Um was?«

»Drüben in Braikie gibt es eine junge Frau, Kylie Fraser.«

»Dieses freche Ding. Ach, Hamish, und bedenkt man, dass Sie Priscilla hätten haben können …«

»Ich habe nichts mit Kylie Fraser!«, fuhr Hamish auf. »Und wenn Sie nicht gewillt sind, mir wie eine vernünftige Frau zuzuhören, gehe ich wieder.«

»Entschuldigen Sie, aber Sie haben nun mal einen gewissen Ruf. Erzählen Sie.«

»Es ist Folgendes. Ich dachte, dass Kylie Fraser eine Affäre mit Gilchrist gehabt haben könnte, dem ermordeten Zahnarzt. Sie hat mich am Morgen angerufen und gesagt, ich soll heute Abend um elf zu ihr kommen, dann würde sie mir etwas erzählen. Also«, fuhr Hamish fort und setzte eine fromme Miene auf, »normalerweise würde ich meine Vorgesetzten in Strathbane um eine Polizistin als Begleitung bitten, doch ich habe die Erfahrung gemacht, dass die Polizistinnen von dort ein Mädchen wie Kylie eher verschrecken würden. Hingegen könnte eine vernünftige Frau wie Sie, noch dazu eine Pfarrersgattin, genau die Richtige sein, um mich zu begleiten.«

»Gegenüber Mädchen wie Kylie vertrete ich sehr klare Ansichten.«

»Dachte ich mir«, murmelte Hamish. »Hätten Sie heute Abend Zeit?«

»Ich habe abends das Müttertreffen im Gemeindesaal, doch das ist um zehn vorbei.«

»Dann begleiten Sie mich?«

»Ja, ich sehe es als meine Christenpflicht.«

»Sehr gut«, sagte Hamish. »Ich hole Sie um halb elf ab.«

»Ich fahre in meinem Wagen hinter Ihnen her«, erklärte Mrs. Wellington streng. »Zivilpersonen haben in Polizeiwagen nichts verloren. Übrigens habe ich gehört …«

»Ich muss los«, fiel Hamish ihr ins Wort und ging zur Tür. »Ich bin um halb elf hier.«

Er wanderte zur Wache zurück. Die Luft wurde kälter, und der Wind kam nun aus nördlicher Richtung. Hoffentlich gab es keinen neuen Schneesturm.

Das Telefon in der Wache klingelte, und Hamish meldete sich. Es war Sarah.

»Dein Heilmittel hat wunderbar gewirkt«, sagte sie, »und dann fiel mir ein, dass du mir erzählt hast, wie es dir nach dem Whisky der Smiley-Brüder ging. Und da kam mir noch etwas anderes in den Sinn. Sicher ist es nicht wichtig, doch es war, als ich im *Scotsman Hotel* war.«

»Was?«

»Mrs. Macbean ist an die Bar gegangen und hat einen Drink verlangt. Und sie hat gesagt: ›Gib mir einen Whisky. Aber von dem anständigen Zeug.‹ Es muss ja nichts bedeuten …«

»Aber das *Scotsman* könnte Fusel lagern und ihn in Markenflaschen umfüllen. Falls die Smiley-Brüder Hotels beliefern, wäre das ein Schwarzhandel im großen Stil. Ich hatte ein Auge zugedrückt, weil ich dachte, sie betreiben eine typische Highland-Destillerie und produzieren wenige Flaschen für sich und ihre Freunde.«

»Soll ich wieder hinfahren, einen Whisky bestellen und abwarten, ob ich Kopfschmerzen bekomme?«

»Nein, zu riskant. Sie kennen dich schon. Ich schicke jemand anders hin.«

Zunächst war sie still.

Dann sagte Hamish vorsichtig: »Ich muss erst um halb elf heute Abend weg. Wollen wir zusammen essen?«

»Nein, heute Abend nicht. Ich erwarte einen Anruf aus London.«

»Ach so, na, in dem Fall …«

»Vielleicht morgen, Hamish. Es gibt immer ein Morgen.«

»Bis dann.« Hamish legte auf und blickte traurig hinaus zum Loch. In diesen modernen Zeiten konnte er nicht so etwas fragen wie: »Hat dir unsere gemeinsame Nacht nichts bedeutet?«

Genau genommen könnte er sehr wohl, aber die Antwort wäre eventuell ein simples Nein, und Hamish hatte das Gefühl, dass er das nicht ertragen würde.

Er ging zur Bar von Lochdubh und traf dort Archie Maclean. »Kann ich Sie um einen kleinen Gefallen bitten, Archie?«

»Ich habe wenig geschlafen, Hamish. Ich wollte mich heute Nachmittag hinlegen.«

»Es dauert nicht lange, und ich bezahle Sie. Ich bezahle Sie fürs Trinken.«

»Das ist was anderes.«

»Okay, ich möchte, dass Sie Folgendes tun …«

Eine Stunde später schlenderte Archie an die Bar im *Scotsman Hotel*.

Der Barkeeper, Johnny King, musterte den kleinen Fischer in seinem engen, glänzenden Anzug verächtlich. »Was hätten Sie gern, *Sir?*«, fragte er mit einer hämischen Note.

»Ich nehme einen Schluck Bells«, antwortete Archie und zeigte auf eine Flasche im Regal. Der Barkeeper hielt das Glas unter den Dosierer und schob es über den Tresen. Archie bezahlte mit dem Geld, das Hamish ihm gegeben hatte, und stürzte den Drink in einem Zug herunter.

»Sonst noch etwas?«, fragte Johnny.

»Nee, ich bin dann wieder weg.« Archie ging zur Tür. Nichts. Er fühlte sich gut. Munter pfeifend trat er hinaus auf den Parkplatz. Dann blieb er stehen und hielt sich den Kopf, als ihm Schmerz durch den Schädel schoss. Er öffnete die Autotür und angelte die Halbliterflasche Bells, die Hamish ihm gegeben hatte, aus dem Handschuhfach. Er nahm einen Schluck, und der Kopfschmerz verschwand auf magische Weise. Archie fuhr nach Lochdubh zur Polizeiwache.

»Großartig«, sagte Hamish. »Erzählen Sie keinem Menschen davon. Ich wette, diese Brüder haben ihre Destillerie nicht zerstört.«

»Sind Sie sicher, dass es nicht nur hier und da eine kleine Flasche gibt, Hamish? Wenn es eine größere Nummer ist, hätte doch längst jemand geredet.«

»Wenn es eine ist«, antwortete Hamish nachdenklich, »würden sie sich sehr still verhalten, und diejenigen, die Bescheid wissen, würden nicht wagen zu reden. Ich denke, diese Smiley-Brüder sind üble Zeitgenossen.«

»Wollen Sie jetzt eine Razzia bei denen machen?«

»Nein, vorher sollte ich lieber mehr Beweise haben. Und würde ich das große Kommando aus Strathbane herrufen, erführen es die Smileys schon, ehe die Kollegen überhaupt losgefahren sind.«

»Ich horche mich mal um, Hamish. Vielleicht verplappert sich jemand.«

»Ist gut, Archie, danke. Aber seien Sie vorsichtig.«

Anschließend rief Hamish bei Jimmy Anderson an. »Sind Sie mit der Ermittlung weitergekommen?«, fragte er.

»Kein Stück. Jemand hat sich schon wieder in Blairs Computer gehackt. Und als er zu Superintendent Peter Daviot gegangen ist, um sich zu beschweren, hat der Super sich ein bisschen Sorgen um Blairs Geisteszustand gemacht, weil der Mann nach Whisky gestunken hat.«

»Wahrscheinlich war keiner in der Nähe seiner Dateien«, erwiderte Hamish. »Ich dachte, Blair versteht nichts von Computern und lässt seine Berichte von Kolleginnen tippen.«

»Ja, das sagt der Super auch, und deswegen wird diesmal nichts unternommen.«

»Was ist mit dem Diebstahl im *Scotsman?*«

»Auch da tut sich nichts, obwohl es aussieht, als würde Macbean wohl doch noch das Geld von der Versicherung bekommen.«

»Wie das?«

»Die Firma, der das Hotel gehört, hat Topanwälte. Die sagen, dass ein Diebstahl ein Diebstahl ist, und selbst wenn der Safe eine Rückwand aus Holz hatte, wussten die Diebe offensichtlich, was sie taten. Und sie wussten, dass das Geld dort war, und hätten es so oder so gestohlen. Außerdem hat die Firma alle ihre Hotels bei derselben Versicherung unter Vertrag, und die will ihren Großkunden nicht verlieren. Tja, es ist ja nicht so, als würde Macbean das Geld für sich behalten. Es ist der Preis beim jährlichen Bingo-Abend. Man kann nicht davon ausgehen, dass er die Kohle selbst geklaut und geplant hat, das Versicherungsgeld zu behalten.«

»Herr, schenke mir Geduld!«, stöhnte Hamish. »Er könnte das Geld selbst gestohlen, für sich behalten und den Diebstahl gemeldet haben, und die Firma bekommt es von der Versicherung zurück, während Macbean das Geld behält, das er geklaut hat.«

»Ah, ja, könnte sein. Da habe ich wohl nicht zu Ende gedacht.«

»Sind Sie Macbeans Vorgeschichte gründlich durchgegangen?«

»Mit dem ganz feinen Kamm.«

»Was ist mit Mrs. Macbean und dem Barkeeper, Johnny King?«

»Was über King in Erfahrung zu bringen ist, habe ich Ihnen schon erzählt.«

»Und Mrs. Macbean?«

»Wie ich Ihnen sagte, geboren in Leith. Gute Schülerin, was man nicht denkt, wenn man sie sieht, oder? Hat früher auch toll ausgesehen. Ein Polizist da unten hat Freunde und Verwandte befragt. Er hat ein Foto von ihr gesehen – als Miss Leith 1970. Er meint, sie war ein echter Hingucker.«

»Was hat sie gemacht, bevor sie Macbean kennenlernte?«

»Da hat sie als Sekretärin gearbeitet.«

»Wo?«

»Ach, Himmelherrgott, Mann! Was spielt das für eine

Rolle? Als Nächstes wollen Sie mir weismachen, eine winzige Frau könnte einen Kerl wie Gilchrist ermorden.«

»Ich weiß, dass es absurd scheint, aber Mrs. Macbean war bei Gilchrist in Behandlung und hat sich alle Zähne ziehen lassen.«

»Was eine Menge Leute machen. Sie sind auf dem Holzweg, Hamish. Der Mord wurde von brutalen Männern begangen, die noch dazu stark waren.«

»Jemand hat es getan«, gab Hamish zurück. »Und dieser Jemand läuft frei herum und kann wieder morden. Was ist mit Gilchrists Finanzen?«, fügte er hinzu, als hätte er keine Ahnung. »Hat er sich gutgestanden?«

»Nein, er war hoch verschuldet. Was wollen Sie andeuten? Dass er rüber zum *Scotsman* ist und das Geld geklaut hat?«

»Eine verrückte Idee, doch ich werde das Gefühl nicht los, dass es irgendwo einen Zusammenhang gibt.«

»Keine Bange, Hamish, wir kommen dahinter. Irgendwer wird früher oder später reden.«

»Mich beunruhigt, dass der oder die Täter bis dahin längst über alle Berge sein könnten.« Er legte auf.

Die Zeit bis zu seinem Treffen mit Mrs. Wellington schien sich unendlich lange hinzuziehen. Er taute sich ein Lachssteak auf und briet es sich zum Abendessen. Warum wollte Sarah ihn nicht sehen? Er könnte schwören, dass sie die Nacht mit ihm genossen hatte. Vielleicht war sie nur eine dieser Frauen, die aus purer Neugier mit einem Polizisten schlafen wollten.

Er sollte Priscilla anrufen und ihr erzählen, warum sie ihren Computer gebraucht hatten, aber es widerstrebte ihm. Eine herrliche Nacht lang schien Sarah seine Chance gewesen zu sein, die Erinnerungen an Priscilla endlich hinter sich zu lassen, sich endgültig von ihr zu befreien.

Der Wind heulte über das Loch. Hamish ging wieder ins Büro und starrte das stumme Telefon an. Auf einmal wollte er Sarah anrufen und fragen, was für ein Spiel sie trieb.

Dann zuckte er mit den Schultern. Vielleicht morgen.

Vielleicht würde er sie das morgen fragen.

Mr. Johnson blickte auf, als Sarah ins Hotelbüro kam. »Was kann ich für Sie tun, Miss Hudson?«

»Ich nehme an, die Geschenkboutique ist geschlossen?«

»Richtig, ist sie. Wollten Sie etwas Bestimmtes?«

»Ja, ich wollte eine dieser Decken aus Mohair kaufen.«

Mr. Johnson griff hinter sich zu einem Brett an der Wand, an dem der Schlüssel hing. »Im Augenblick ist nicht viel los. Ich gehe mit Ihnen rüber.«

»Oh, vielen Dank!«, sagte Sarah. »Und danach würde ich gerne einen der Wagen leihen. Ich glaube, für diesen Urlaub bin ich genug gewandert.«

»Gewiss doch. Holen wir erst mal die Decke.«

Eine halbe Stunde später hörte Angus Macdonald, der

Seher, einen Motor und trat an das Fenster seines Cottage.

Sarah Hudson stieg aus einem Wagen. Sie trug eine Mohair-Reisedecke über dem Arm.

Der Seher lächelte zufrieden und ging die Tür öffnen.

Kapitel 8

»Ja«, antwortete ich Ihnen gestern Abend.
»Nein«, sprach ich heute Morgen, Sir.
Farben, die man bei Kerzenschein betrachtet,
sehen bei Tage anders aus.

Robert Browning

Hamish fuhr nach Braikie, Mrs. Wellington in ihrem Fiat direkt hinter sich. Er hoffte, dass er das Richtige tat. Falls Kylie ihm tatsächlich etwas Wichtiges zu erzählen hatte, wollte sie es womöglich nicht vor Mrs. Wellington sagen. Doch er war intuitiv überzeugt, dass Kylie wütend war, weil er sich nach ihr erkundigt hatte. Offensichtlich hielt sie sich für die Glamour-Queen von Braikie. Ihr war nicht klar, dass ihre Macht einzig ihrer Jugend geschuldet war, und wäre die erst dahin, würde Kylie – wie so viele andere Kylies, die Hamish kannte – zu einer verbitterten, schlecht gelaunten Frau mutieren.

Hamish hielt am Ende der Straße, in der Kylie Fraser wohnte, und Mrs. Wellington fuhr hinter ihm an den Straßenrand.

Er stieg aus dem Land Rover der Polizei und ging zum Wagen der Pfarrersfrau.

»Warum halten wir hier?«, fragte sie.

»Ich möchte nicht, dass Kylie Sie sieht. Es könnte ihr Angst machen. Lassen Sie mich bitte vorgehen, und folgen Sie mir mit ein paar Metern Abstand. Achten Sie darauf, dass Sie vom Haus aus nicht zu sehen sind. Ich werde anklopfen, und wenn ich Ihnen ein Zeichen gebe, kommen Sie schnell nach und gehen Sie als Erste hinein.«

»Was soll das werden? Erwarten Sie einen bewaffneten Hinterhalt? Es sähe Ihnen ähnlich, sich hinter einer Frau zu verstecken. Ich habe schon immer gesagt …«

»Ach, seien Sie still«, fuhr Hamish ihr verärgert über den Mund. »Ich versuche, diesem jungen Mädchen zu helfen, und dafür sind Sie genau die Richtige. Ich möchte sie nicht verschrecken.«

»Na gut.« Mrs. Wellington richtete den Filzhut, den sie an diesem Abend trug. »Aber befehlen Sie mir nie wieder, dass ich still sein soll, Hamish Macbeth. Mir ist ein Rätsel, was dieser Tage aus den guten Manieren geworden ist.«

Hamish seufzte. »Ja, ja, tut mir leid. Kommen Sie.«

Er ging ihr voraus an einer Reihe von Einzelhäusern vorbei, von denen die meisten in einzelne Wohnungen aufgeteilt worden waren.

Nachdem er durch die Pforte von Kylies Haus getreten

war, leuchtete er mit der Taschenlampe die Klingelschilder ab. Kylie Fraser wohnte im Erdgeschoss. Er läutete. Ein Summer ertönte, und er betrat die Diele. Kylie Frasers Wohnungstür war links. Er klopfte an.

»Wer ist da?«, rief Kylie von drinnen.

»Hamish Macbeth.«

»Kommen Sie rein. Es ist nicht abgeschlossen.«

Hamish lief zurück zur Haustür und winkte wild. Hinter einer Hecke trat Mrs. Wellington hervor, eilte den Gartenweg von der Pforte heraus und kam zu Hamish in die Diele.

Er zeigte auf Kylies Tür. »Gehen Sie direkt rein«, flüsterte er ihr zu.

Mrs. Wellington straffte die Schultern, öffnete die Tür und marschierte in die Wohnung.

Kylie Fraser und die Pfarrersfrau starrten einander gleichermaßen entsetzt an. Kylie trug nichts außer einem tief ausgeschnittenen schwarzen Spitzenbody und blutroten hohen Schuhen. Ihr stand der Mund offen. »Wer sind Sie?«, kreischte sie. »Wo ist Hamish Macbeth?«

»Also *das* hatten Sie vor«, sagte Mrs. Wellington kampflustig und stellte ihre voluminöse Handtasche auf den Tisch. »Sie wollten einen Polizisten verführen.«

»Ich habe nie …«

Hamish erschien hinter Mrs. Wellington und grinste bei Kylies Anblick. »Und wer versteckt sich hier, um herausgestürmt zu kommen und ›Vergewaltigung!‹ zu schreien?«, fragte er.

»Ich weiß nicht, was Sie meinen«, behauptete Kylie, deren Blick indes zu einer seitlichen Tür schweifte.

Hamish ging hin und riss die Tür auf. Heraus purzelten Kylies Freundin Tootsie und zwei junge Männer.

»Soll das heißen«, erklang die dröhnende Stimme von Mrs. Wellington, »dass dies hier eine Falle ist?«

»Ich denke, Kylie wollte das bisschen, was sie trägt, zerreißen und schreien, und ihre Zeugen hätten daraufhin geschworen, dass ich über sie hergefallen bin«, sagte Hamish.

»Wenn Sie das gewusst haben«, erwiderte Mrs. Wellington zornig, »hätten Sie Verstärkung mitbringen müssen.«

Diese Krimiserien im Fernsehen führen nur dazu, dass alle in einem künstlichen Polizeijargon reden, dachte Hamish.

»Aber da ich schon mal hier bin«, fuhr Mrs. Wellington fort, »möchte ich, dass die jungen Leute sich hinsetzen und mir zuhören. Ich bin die Frau eines Pfarrers, und es ist meine christliche Pflicht, Sie darauf hinzuweisen, wie sehr Sie vom rechten Pfad abweichen. Setzen Sie sich!«

Artig nahmen sie alle Platz, woraufhin sie ihnen einen Vortrag über den moralischen Verfall der jüngeren Generation hielt, bis Hamish sie unterbrach. »Ich denke, sie haben es verstanden. Also, Kylie, war etwas zwischen Ihnen und Gilchrist?«

»Nee, nichts«, antwortete sie schmollend.

»Und dennoch reicht die Tatsache, dass ich nach Ihnen und Gilchrist herumfrage, aus, dass Sie versuchen, mir eine Anklage wegen Vergewaltigung anzuhängen?«

»War doch nur ein Witz, sonst nix«, jammerte Kylie.

»Und ein Witz, den ich nicht lustig finde. Deshalb bin ich jetzt drauf und dran, Sie zur Polizeizentrale zu fahren, wo man Ihnen Irreführung der Justiz, Verschwörung gegen einen Gesetzeshüter und wer weiß was sonst noch zur Last legen wird.«

Kylie fing an zu weinen, sodass das Vamp-Make-up über ihre Wangen lief.

»Nein, ich erzähle es Ihnen«, sagte Tootsie, »wenn Sie versprechen, sie nicht anzuklagen.«

»Versprechen kann ich gar nichts«, antwortete Hamish. »Aber wenn Sie ehrlich zu mir sind, überlege ich es mir.«

Mrs. Wellington öffnete ihre große Handtasche und holte eine Packung Taschentücher heraus, die sie Kylie reichte.

»Na los«, ermunterte Tootsie die Freundin. »Erzähl's ihm, sonst mach ich es.«

Kylie putzte sich die Nase und wischte sich übers Gesicht. Nachdem alles Make-up weg war, sah sie viel jünger und beinahe verletzlich aus.

»Mr. Gilchrist hatte mich einige Male nach Inverness eingeladen, in teure Restaurants. Es war ja irgendwie witzig. Aber das letzte Mal …«

»Wann war das?«, fragte Hamish streng.

»Vor einem Monat. Da hat er auf der Rückfahrt von Inverness unterwegs angehalten und ist auf einmal über mich hergefallen. Er hat gemeint, dass ich ihn genug gekostet habe und es Zeit ist, dass er mal was zurückkriegt. Ich hab ihm gesagt, er kann mich mal, und er hat mich ins Gesicht geschlagen – fest. Ich habe ihm gedroht, es jedem in Braikie zu erzählen. Da hat er anscheinend Schiss gekriegt. Er hat zu mir gesagt, wenn ich den Mund halte, kauft er mir ein Auto.«

Woher wollte er das Geld dafür nehmen?, fragte Hamish sich.

»Also habe ich geschwiegen. Aber als ich ihn angerufen und gefragt habe, wo das Auto bleibt, hat er nur gemeint: ›Welches Auto?‹ Da habe ich gesagt, jetzt erzähle ich es doch allen. Und er hat mich beschimpft, ich wäre die Dorfnutte und mir würde so oder so keiner glauben.«

»Und warum haben Sie mir das nicht einfach erzählt?«, fragte Hamish. »Wozu dieser dumme Streich?«

Kylie und ihre Freunde sahen ihn verlegen an, schwiegen jedoch.

»Sie sollten die anzeigen«, sagte die Pfarrersfrau.

»Ich denke, das wird nicht nötig sein, Mrs. Wellington«, entgegnete Hamish. »Doch diese jungen Leute brauchen spirituelle Anleitung, und ich werde draußen warten, während Sie die ihnen geben.«

Mrs. Wellington öffnete ihre riesige Handtasche wieder und zog eine Bibel heraus. Als Hamish ging, hörte er ihre dröhnende Stimme noch aus der Wohnung.

Er blieb draußen an der Pforte stehen und schaute hinauf zu den hell funkelnden Sternen von Sutherland.

Gilchrist war ein Schürzenjäger gewesen. Mithin lag der Schluss nahe, dass es sich um ein Verbrechen aus Leidenschaft handeln könnte, vielleicht von einem zornigen Ehemann oder Liebhaber begangen. Könnte Kylie einige der hiesigen jungen Männer dazu gebracht haben, es für sie zu tun? Unwahrscheinlich. Die hätten ihn zusammengeschlagen und die Wände seiner Praxis mit Farbe besprüht. Das wäre eher ihr Stil gewesen.

Wieder dachte er an die Smiley-Brüder. Es war zu überlegen, ob ihre Destille benutzt worden war, um das Nikotingift zu gewinnen. Nachdem er Mrs. Wellington nach Hause eskortiert hatte, würde er wieder zum Smiley-Hof fahren und nachsehen, ob dort irgendetwas vor sich ging.

Nach einer Weile kam die Pfarrersfrau heraus. »Ich denke, ich konnte diese unmoralischen jungen Menschen ein wenig zur Vernunft bringen. Doch wie konnten Sie ahnen, was sie vorhatte, Hamish?«

»War nur ein Gefühl«, antwortete er.

Er fuhr ihr bis zum Pfarrhaus hinterher und wartete, bis sie sicher im Haus war. Anschließend kehrte er zur Wache zurück, zog sich einen schwarzen Pullover und eine schwarze Hose an und machte sich erneut auf den Weg nach Braikie.

Er parkte den Land Rover ein Stück entfernt vom Hof der Smileys und ging zu Fuß hin.

Es war eine sehr stille Nacht. Hamish ging seitlich an dem neuen Anbau entlang und blieb vor der Tür stehen. Er leuchtete mit seiner kleinen Taschenlampe auf das Vorhängeschloss. Es war offen. Leise öffnete er die Tür und betrat den dunklen Schuppen. Drinnen richtete er den Lampenschein in alle Richtungen. Es sah genauso aus wie vorher, doch diesmal begann er, den Raum Zentimeter für Zentimeter abzusuchen, wobei er immer wieder stehen blieb und horchte, ob sich draußen etwas rührte. Er gab schon beinahe auf, da trat er verärgert gegen einen Strohballen in einem Pferch in der Ecke. Darunter kam eine große, neu aussehende Bodenluke zum Vorschein.

Mit einem triumphierenden Lächeln hob er den schweren Riegel an und öffnete die Luke. Eine Holztreppe führte nach unten. Leise stieg Hamish sie hinab, blieb unten stehen und leuchtete den Raum ab.

In einer Ecke stand eine gigantische Destille, von der Rohre und Ventile zu einer Ansammlung von Fässern und Flaschen führten. Eine komplette Abfüllanlage.

Erwischt, dachte Hamish.

Er sah sich die Destille an. Der Apparat schien zu gewaltig zu sein, um ein wenig Nikotingift herzustellen.

Zufrieden kehrte er zur Treppe zurück. Dies hier konnte nicht bis morgen früh warten. Er würde zur Wache fahren und eine Einheit aus Strathbane anfordern.

Und dann, als er fast bei der Treppe war, gab es einen gewaltigen Rumms, und die Klappe über ihm knallte heftig zu.

Er lief die Treppe hinauf. »Stourie! Pete!«, schrie er. »Macht sofort die Klappe auf!«

Aber er hörte bloß Schritte, die sich entfernten.

Er stieg ganz nach oben und drückte von unten gegen die Klappe, die sich keinen Millimeter bewegte. Er rief, brüllte und hämmerte mit der Faust. Da war nichts als Stille.

Auf einmal bekam Hamish Angst. Wollten die Smileys ihn hier verrotten lassen? Ein Stück die Straße hinunter parkte der Land Rover der Polizei, aber was war, wenn sie wussten, wie man den kurzschloss? Niemand hatte auch nur die geringste Ahnung, wo Hamish war.

Sarah Hudson hämmerte an die Tür der Polizeiwache, bevor sie um das Haus herumging und an Hamishs Schlafzimmerfenster klopfte. Sie konnte nicht schlafen, weil sie das Gefühl hatte, sie hätte Hamish Macbeth schlecht behandelt. Und da die Nacht zwar kalt, aber klar war, hatte sie beschlossen, nach Lochdubh zu fahren, ihn aufzuwecken und dann weiterzusehen.

Doch es öffnete niemand, und die Wache fühlte sich leer an, wie es Gebäude taten, deren Bewohner nicht zu Hause waren.

Sie kam sich abgewiesen vor, drehte sich um und begann, am Wasser entlangzugehen, wobei sie sich im Schatten der Cottages hielt. Auf einmal fragte sie sich, was Einheimische von ihr denken würden, wenn sie gesehen wurde.

Sarah hörte einen Wagen kommen und drängte sich dicht an die Ligusterhecke der Currie-Schwestern. Der Land Rover der Polizei kam, gefolgt von einem Truck. Also war Hamish nicht allein.

Im Schutz der dunklen Hecke wartete Sarah ab. Dann kam der Truck, nun mit zwei Männer darin, wieder an ihr vorbei.

Sie blickte ihm nach, bis er verschwunden war, und kehrte zur Wache zurück. Dort stand der Land Rover neben dem Haus. Aber drinnen brannte kein Licht. Hamish würde sich doch gewiss nicht im Dunkeln ins Bett schleichen.

Sie klopfte wieder an die Küchentür. Stille.

Sarah hielt sich eine Hand vor den Mund und überlegte. Was war hier los? Hatte Hamish irgendeinen Geheimauftrag? Hatten zwei Kollegen den Land Rover für ihn zurückgebracht?

Sie drehte den Türknauf. Abgeschlossen.

Doch so lässig, wie Hamish war, war er wahrscheinlich der Typ, der gewöhnlich seinen Schlüssel vergaß. Hatte er irgendwo einen Ersatzschlüssel unter einem Blumentopf oder in der Dachrinne versteckt, wie es Leute auf dem Lande bis zum heutigen Tag oft taten?

Sie reckte sich auf die Zehenspitzen und tastete die Regenrinne an dem niedrigen Dach ab, fand jedoch nichts. Dann kniete sie sich hin und spähte in die Dunkelheit. Sie hob die Fußmatte hoch und griff mit einer Hand darunter.

Da war ein Schlüssel. »Na, sehen wir mal, ob ich herausfinde, was los ist.«

Sie schloss die Tür auf, ging ins Haus und rief sehr laut: »Hamish!« Keine Antwort. Sie suchte die kleine Wache ab, landete schließlich im Büro und ging die Papiere und Notizen auf der Suche nach einem Hinweis durch.

Plötzlich erinnerte sie sich, dass Hamish gesagt hatte, er wolle mehr über die Smiley-Brüder in Erfahrung bringen und dass sie gefährlich sein könnten.

Sarahs Blick fiel auf das Telefon. »Hoffentlich tue ich das Richtige«, murmelte sie, »sonst verzeiht Hamish mir das nie.« Sie suchte die Nummer der Polizeizentrale in Strathbane heraus und rief dort an.

Man stellte sie zu einem müden Jimmy Anderson durch, der Nachtschicht hatte. Aufmerksam hörte er sich die Geschichte von der versteckten Destillerie, den Smiley-Brüdern und den beiden Männern an, die den Land Rover hergebracht und vor der Wache abgestellt hatten.

»Ich kümmere mich darum«, versprach Jimmy. »Warum hat der Idiot uns nichts davon erzählt?«

»Er meinte, Ihre Einheit würde mit solch einem Getöse losjagen, dass die Smileys es schon hören könnten, bevor Sie überhaupt in der Nähe sind.«

»Tja, da hat er wohl recht«, sagte Jimmy. »Aber wir werden vorsichtig sein.«

»Und beeilen Sie sich bitte«, drängte Sarah. »Vielleicht ist er in Gefahr.«

Hamish, der in einen unruhigen Schlaf gefallen war, wachte plötzlich auf. Jemand öffnete die Bodenluke. Hamish lief hin und sah einen Gewehrlauf, der auf ihn gerichtet war.

»Zurück«, sagte Stourie, »oder ich puste Ihnen die Rübe weg.« Er betätigte einen Schalter oben an der Treppe, und grelles Licht flutete den Keller.

Stourie kam die Stufen hinunter, gefolgt von Pete. »Fessele und kneble ihn«, befahl Stourie seinem Bruder.

»Die Polizei weiß, wo ich bin«, behauptete Hamish in seiner Verzweiflung.

»Ja, klar, und wo bleibt sie dann?«, höhnte Smiley. »Wir alle wissen, dass Sie sich gern als einsamer Jäger aufspielen. Fessel ihn, Pete.«

Hamish wurde gefesselt, und auf seinem Mund fixierte Pete ein breites Klebeband.

»So, der wäre versorgt«, brummte er. »Was machen wir jetzt?«

»Warten, bis sich die Lage beruhigt hat und wir sicher sind, dass keiner ihn suchen kommt. Dann werfen wir den Idioten in den nächsten Moortümpel.«

»Ja, das ist gut.« Pete streckte sich gähnend. »Ich bin todmüde. Gehen wir schlafen.« Er versetzte Hamish einen fiesen Tritt in die Rippen.

Dann stiegen beide Brüder zurück nach oben, schalteten das Licht aus und ließen Hamish Macbeth hilflos in der Dunkelheit liegen.

Der Morgen dämmerte bereits, als Uniformierte und Detectives über dem Moor außerhalb des Smiley-Hofs ausschwärmten.

Blair, der aus dem Bett gezerrt worden war, hatte sehr schlechte Laune. »Näher ran«, sagte er. »Diese Freundin von Macbeth hat erzählt, dass er sich für diesen Schuppen interessiert hat.«

In dem Bauernhaus schlug ein Hund an. »Das war's«, rief Blair. »Los jetzt! Schnell!«

Männer rammten die Scheunentür auf, während gleichzeitig die Smileys aus dem Haus kamen.

»Was zum Teufel ist hier los?«, rief Stourie.

Blair ging zu ihm. »Wir glauben, dass Sie hier einen Polizisten festhalten.« Und hoffen wir, diese schrägen Käuze haben ihn umgebracht, schoss es ihm durch den Kopf. Ein Leben ohne Hamish Macbeth – verflucht wunderbare Vorstellung.

»Was für 'nen Polizisten?«, fragte Stourie.

»Rufen Sie Ihre Köter zurück«, forderte Blair, als zwei Hunde nach seinen Knöcheln schnappten.

»Platz, Jungs«, knurrte Stourie. »Den Schaden an dem Schloss müssen Sie bezahlen.«

Blair brummelte etwas, ging in den Schuppen und schaute sich um. »Hier ist nichts«, sagte Jimmy.

»Hätte ich mir denken können.« Blair klang angewidert. »Hamish und seine hysterischen Weiber. Und wissen Sie, was dieser Einsatz kostet? Suchen wir trotzdem das Haus ab. Los, Männer. Hier ist nichts.«

Hamish hörte ihn. Er wand sich verzweifelt und robbte über den Boden, bis er mit seinen gefesselten Füßen gegen eine Reihe von Flaschen treten konnte.

»Was war das?«, fragte Jimmy Anderson, der an der Schuppentür stand.

»Ich habe nichts gehört«, behauptete Stourie.

Wieder Stille.

»Kommen Sie schon!«, zischte Blair.

Rumms!

»Himmel, das kommt von unter dem Fußboden. Hier gibt es einen Keller.«

»Gibt es nicht.« Trotz der Kälte trat ein Schweißfilm auf Stouries Gesicht.

»Sucht den gesamten Fußboden ab!«, heulte Blair. Er hatte so dringend beweisen wollen, dass Hamish Macbeths Freundin eine sinnlose und teure Suchaktion ausgelöst hatte, dass er sie zu früh hatte abbrechen wollen.

»Hier drüben«, rief ein Uniformierter, der das Stroh über der Bodenluke zur Seite schob.

Blair stampfte zu ihm. »Aufmachen«, befahl er Stourie.

»Ich habe keinen Schlüssel dafür«, behauptete der.

Blair nickte einem Polizisten zu, der mit einem Vorschlaghammer kam und das Schloss kurzerhand zertrümmerte.

Die Luke wurde aufgeworfen. Blair ging nach unten. Jimmy Anderson hinter ihm hatte den Lichtschalter gefunden.

Blair sah den gefesselten und geknebelten Hamish Macbeth an.

Er beugte sich zu ihm und riss ihm grob das Klebeband vom Mund. »Sie stecken mächtig in Schwierigkeiten, Mann«, schimpfte er. »Sie werden erklären müssen, warum Sie entschieden hatten, das hier allein zu machen und Informationen zurückzuhalten.«

Es war ein sehr langer Tag für Hamish Macbeth. Er musste Berichte schreiben, in denen er erklärte, warum er beschlossen hatte, im Alleingang zu ermitteln. Unterdessen erfuhr er, dass es eine Razzia im *Scotsman Hotel* gegeben hatte, bei der sämtliche Flaschen aus der Bar beschlagnahmt worden waren. Macbean war verhaftet worden, würde wegen Verkaufs von illegalen Getränken an seine Gäste angeklagt werden und war auf Kaution frei, bis er in einem Monat vor dem Amtsgericht in Strathbane erscheinen musste.

Blair hatte versucht, Hamish so viel Ärger wie möglich zu machen, doch Superintendent Peter Daviot hatte geradezu widerlich verständnisvoll darauf hingewiesen, dass sie dem Schnapshandel ohne Hamishs unorthodoxe Ermittlungen wohl nie auf die Schliche gekommen wären. Hamish war nicht einmal in den Schuppen eingebrochen, denn der war ursprünglich unverschlossen gewesen.

Also durfte Hamish schließlich gehen. Blairs letzter Racheakt war dessen Erklärung, es stünden keine Dienstwagen bereit, um Hamish nach Lochdubh zu bringen; er solle zu Fuß gehen.

Die letzten Busse waren bereits weg, als Hamish die Polizeizentrale verließ. Elend stand er an der Straße nach Lochdubh und versuchte zu trampen. Doch Autofahrer, die vermutlich für einen Polizisten in Uniform angehalten hätten, um ihn mitzunehmen, waren nicht geneigt, dieselbe Freundlichkeit einem unrasierten, übermüdeten Mann ganz in Schwarz zukommen zu lassen.

Als er bereits die Hoffnung aufgeben wollte, an diesem Abend noch nach Hause zu kommen, hielten die Currie-Schwestern in ihrem alten Renault neben ihm.

»Sie sind in den Sechs-Uhr-Nachrichten gewesen«, sagte Nessie, als sie mit Hamish im Wagen weiterfuhren.

»Hier wird es wie in Chicago – wie in Chicago«, ergänzte die sich ständig wiederholende Jessie.

Hamish nickte auf der Rückbank ein und wachte erst auf, als sie vor der Wache anhielten. Er blinzelte. »Es ist jemand hier«, bemerkte er. »Drinnen brennt Licht.«

»Das wird Ihre Freundin sein«, gab Nessie naserümpfend zurück.

Hamish ging ins Haus, wo Sarah am Küchentisch saß. »Wie bist du reingekommen?«

»Ich hatte den Schlüssel unter der Fußmatte gefunden«, antwortete sie. »Bin ich froh, dass es dir gut geht. Ich habe alles in den Nachrichten gehört.«

»Ich sehe kurz nach den Hühnern und Schafen.«

»Die Schafe haben ihr Winterfutter bekommen,

und die Hühner habe ich für die Nacht in ihren Stall gebracht«, erwiderte Sarah. Als sie Hamishs verdutzte Miene sah, erklärte sie: »Mein Vater hat einen Bauernhof in Shropshire.«

»Ich weiß sehr wenig über dich.« Müde setzte Hamish sich an den Tisch. »Gehe ich recht in der Annahme, dass du die Polizeizentrale angerufen hattest? Die Brüder hatten vor, mich in einen Moortümpel zu werfen. Die haben ihre Schwarzbrennerei im ganz großen Stil betrieben. Die Polizei hat die Hotels und Bars in der ganzen Gegend durchsucht. Die Besitzer vom *Drouthy Crofter* in Braikie werden zusammen mit allen anderen angeklagt.«

»Tja, da du jetzt sicher zu Hause bist, fahre ich mal«, sagte Sarah.

»Willst du nicht ein bisschen bleiben?«

»Nein, du siehst erschöpft aus. Im Ofen steht ein Auflauf für dich.«

Sie stand auf. Er wollte ihr einen Kuss geben, doch sie huschte mit gesenktem Kopf an ihm vorbei.

»Sarah!«, rief er, aber die Küchentür fiel bereits hinter ihr zu.

Am nächsten Tag herrschte eisige Kälte. Raureif glitzerte auf dem Gras und an den Ästen der Bäume. Alle Pfützen waren vereist. Vor der Polizeiwache lag der Loch glatt wie Glas da.

Es schien eine kalte, unfreundliche Welt zu sein, in der jede Romantik gestorben war.

Hamish entschied, dass es ihm reichte. Die Rippen taten ihm weh von dem Tritt, und von dem Klebeband hatte er eine wunde Stelle am Mund. Es lag bei Strathbane mit all den forensischen Ressourcen, den Computern und Berichten, diesen Fall zu lösen. Hamish hatte seine kleine Landwirtschaft ebenso schmählich vernachlässigt wie seinen Haushalt.

Zunächst machte er im Haus gründlich sauber, dann ging er nach draußen und fütterte die Schafe. Towsers Grab auf dem Hügel oberhalb der Wache war eine schmerzliche Erinnerung für den Polizisten, dass nicht einmal mehr der Hund lebte, der ihn geliebt hatte. Gegen zehn Uhr fühlte er sich nach all der körperlichen Betätigung erheblich besser. Er war mit sich im Reinen. Den Fall hinter sich zu lassen war eine gute Idee gewesen.

Das Telefon im Büro klingelte. Die erste Person, die Hamish einfiel, war Sarah. Und er glaubte, ihre Stimme zu hören, als er den Hörer abnahm, sodass es einen Moment dauerte, bis er begriff, dass es Priscilla Halburton-Smythe war, die ihn anrief.

»Ich warte auf einen Anruf von dir oder Sarah«, sagte Priscilla, »und ich habe von dem Mord an diesem Zahnarzt gelesen.«

Hamish setzte sich an den Schreibtisch. »Na ja, Priscilla, ich habe aufgegeben.«

»Das sieht dir nicht ähnlich. Erzähl mal.«

Er fing von vorne an, mit dem Mord und dem Diebstahl, und endete mit seiner Gefangennahme durch die Smiley-Brüder.

»Natürlich bist du jetzt erschüttert, müde und hast die Nase voll«, erwiderte Priscilla mitfühlend. »Aber wenn du früher stecken geblieben bist, hast du zur Vorgeschichte aller Verdächtigen geforscht. Die Antwort liegt in der Vergangenheit, hast du immer gesagt. Außerdem war Gilchrist verschuldet und hat gern geprasst. Könnte er mit den Smiley-Brüdern zu tun gehabt haben?«

»Das habe ich auch schon überlegt«, gab Hamish nachdenklich zurück. »Doch ich finde da keine Verbindung.«

»Es muss auf jeden Fall eine komische Obsession von Maggie Bane gewesen sein, die sie bei Gilchrist hielt.«

»Sie war in ihn verliebt, ja, aber warum sprichst du von einer ›Obsession‹?«

»Sie hat einen guten Uniabschluss, und so, wie du es schilderst, ist sie, abgesehen von ihrer hässlichen Stimme, eine sehr attraktive Frau. Es muss Obsession gewesen sein, wenn sie sich freiwillig mit einem Frauenhelden in einem öden Ort in den Highlands vergräbt. Gab es einen eifersüchtigen Liebhaber, den sie in St. Andrews zurückgelassen hatte? Es könnte sich lohnen, das herauszufinden. Du könntest mit einem ihrer Dozenten anfangen.«

»Nach St. Andrews ist es weit, Priscilla, erst recht bei diesem Wetter.«

»Du könntest anrufen.«

Er seufzte. »Nein, nein, es ist erfahrungsgemäß immer besser, persönlich mit den Leuten zu sprechen. Ich rufe in

Strathbane an. Ich soll sowieso ein paar Tage freibekommen.«

»Viel Glück, Hamish. Sag mir Bescheid, wenn du etwas Neues entdeckst.«

»Ja, mache ich. Wie stehen die Chancen, dass du wieder herkommst?«

»Ich bin Weihnachten zu Hause.«

Er wollte fragen: »Allein?« Aber was, wenn sie verneinte? Wenn sie einen Freund mitbrachte? Jetzt gerade wollte er nicht noch mehr schlechte Neuigkeiten hören.

Hamish versprach, sich wieder zu melden, und legte auf. Da er nicht dienstlich unterwegs wäre, beschloss er, keine Uniform zu tragen. Er rief in Strathbane an und sagte, nach seinem Erlebnis fühle er sich nicht gut und werde zwei Tage Urlaub nehmen. Danach bat er Sergeant Macgregor in Cnothan, seine Streife zu übernehmen.

Hinterher brachte er einen Zettel an der Wache an, auf dem stand, dass die Polizei von Cnothan zuständig sei, schloss die Polizeiwache ab und fuhr los.

Als er am *Tommel Castle Hotel* vorbeikam, widerstand er dem Impuls, abzubiegen und zu sehen, ob Sarah mit ihm kommen wollte.

Obwohl der Himmel bedenklich dunkel war, fiel kein Schnee, und als Hamish endlich die Universität von St. Andrews erreichte, vergoldete eine fahle Sonne die alten Universitätsgebäude.

Es dauerte, Maggie Banes früheren Physik-Dozenten ausfindig zu machen, doch am Ende saß Hamish im

Wohnzimmer eines gemütlichen Hauses voller Bücher Mr. James Packer gegenüber, der überraschend jung und engelsgleich aussah.

»Ich habe natürlich in der Zeitung von dem Fall gelesen«, sagte Mr. Packer, als Hamish ihm den Grund seines Besuchs erklärt hatte. »Wenn ich ehrlich bin, hat mich nicht sehr gewundert, dass er umgebracht wurde.«

»Haben Sie ihn gekannt?« Hamish neigte sich interessiert vor.

»Nein, ich hatte von ihm gehört. Maggie war eine brillante Studentin. Ich dachte, ihre Brillanz wäre es, die sie von den anderen Studenten isolierte. Sie blieb sehr für sich, ging selten auf Partys oder zum Tanzen und schien keinen Freund zu haben. Dann, direkt nach dem Examen, hörte ich Gerüchte, dass sie mit einem älteren, verheirateten Mann nach Paris gereist war. Ich machte mir Sorgen. Nach ihrer Rückkehr bat ich sie zu mir und erzählte ihr von den Gerüchten. Sie lachte und sagte, es sei alles ganz anständig, er sei geschieden, und sie würden heiraten. Bis dahin würde sie für ihn in seiner Praxis in Braikie arbeiten. Ich habe ihr geantwortet, dass sie zu jung ist, um solch eine Entscheidung zu treffen, und dass sie eine sagenhafte Zukunft wegwirft. Doch sie war offensichtlich sehr verliebt.«

Es trat eine kurze, betretene Pause ein, dann fragte Mr. Packer: »Er hat sie nicht geheiratet, oder?«

»Nein«, antwortete Hamish. »Und anscheinend war er ihr auch nicht treu. Abgesehen davon, dass sie eine brillante Studentin war – was können Sie mir noch über Maggie Bane erzählen?«

»Tatsächlich hat mich ihre Leidenschaft für diesen Zahnarzt erstaunt. Ich hielt sie immer für ziemlich kühl und analytisch. Mein Eindruck war, dass sie sich wenig mit den anderen Studenten abgab, weil sie die verachtete, nicht aus Schüchternheit.«

»Was wissen Sie über ihr Elternhaus?«

»Ihre Eltern haben sie angebetet, was eventuell nicht mehr so ist. Ich hatte gehört, dass ihre Mutter früher mit selbst gebackenen Kuchen und so für Maggie herkam, und Maggie war recht unfreundlich zu ihr. Nun ja, ich habe wohl nur Maggies intellektuelles Genie gesehen, doch im Nachhinein schätze ich, dass sie kein sehr netter Mensch ist.«

»Halten Sie es für möglich, dass sie gewalttätig wird?«

»Weiß ich nicht. Damals hätte ich es ihr nicht zugetraut, aber bis Gilchrist hatte ich auch geglaubt, sie wäre nicht zu Leidenschaft fähig.«

»Ich wünschte, ich hätte Gilchrist gekannt«, erwiderte Hamish. »Ich habe ihn nur tot gesehen. Besonders toll anzusehen war er nicht – weißes Haar, blasses Gesicht –, typisch Zahnarzt eben. Da muss etwas an seiner Persönlichkeit gewesen sein, was Frauen anzog. Er hat das Luxusleben geliebt und einen Berg Schulden hinterlassen.«

Mr. Packer nickte seltsam, als hätte Hamish bestätigt, was er sich bereits dachte. »Sind Ihnen mal diese hässlichen kleinen Millionäre aufgefallen, Mr. Macbeth, die gewöhnlich eine umwerfende Blondine am Arm haben? Frauen finden eine Ausstrahlung von Macht und Reichtum beinahe unwiderstehlich. Und ehe Sie mich als chauvinistisch und politisch inkorrekt verurteilen, ich meine, manche Frauen. Wir sind hier nicht in Palm Beach, sondern im hohen Norden Schottlands, wo alles einige Nummern kleiner ist. Ein Mann, der ein großes Auto fährt und spontane Ausflüge nach Paris bietet, muss Maggie Bane rar und exotisch vorgekommen sein. Ich denke, sie ist zu bemitleiden. Ja, ich werde ihr mal schreiben, falls Sie so freundlich wären, mir ihre Adresse zu geben. Vermutlich könnte sie all diese Leidenschaft und Energie in eine erfolgreiche Karriere investieren.«

Hamish zog sein Notizbuch hervor, schrieb Maggies Adresse auf einen Zettel und reichte ihn Mr. Packer. »Ich wollte Sie noch etwas anderes fragen – über Nikotingift.«

»Es ist sehr leicht herzustellen.«

»Wie Sie noch aus der Zeitung erfahren werden, ist eine illegale Whisky-Destillerie ausgehoben worden. Ich dachte, die könnte dafür genutzt worden sein. Ich meine, jeder, der das Gerät hat, illegal Whisky zu produzieren, könnte auch Nikotingift herstellen.«

»Ich würde sagen, jeder halbwegs kluge Schüler bekommt das in einem Schullabor hin.«

Hamish seufzte. »Die Frage ist nur, was war das Motiv?«

»Normalerweise ist es Trunkenheit, Liebe oder Geld.«

»Da war dieser Diebstahl im *Scotsman Hotel.* Auch davon habe ich Ihnen ja erzählt. Ich habe gedacht, Gilchrist mit seinem Hang zum Luxus und seiner Geldknappheit könnte etwas damit zu tun gehabt haben. Ich meine, Mrs. Macbean, die Frau des Hotelmanagers, könnte das Geld und den Safe mit der Holzrückwand erwähnt haben.«

»Oder«, sagte Mr. Packer, der die Knöchel überkreuzte, die in Argyle-Socken steckten, »wenn er solch ein Charmeur war, könnte er mit ihr zusammengearbeitet haben. Gewiss war solch eine gigantische Summe als Bingo-Hauptgewinn von dem Hotel in den Lokalblättern beworben worden.«

»Ja, war sie.«

»Das macht *Spaß*«, erwiderte der Tutor fröhlich. »Ich fühle mich wie Dr. Watson. Erzählen Sie mir von dieser Mrs. Macbean.«

»Sie ist kein berauschender Anblick, zickig, trägt rund um die Uhr Lockenwickler im Haar. Angeblich schlägt der Ehemann sie, aber sie scheint keine Angst vor ihm zu haben. Einer Freundin von mir« – oh, Sarah, was ist mit uns passiert? – »hat sie erzählt, dass eine Frau mit einem Brotmesser in der Hand keine Angst vor irgendeinem Mann haben muss. Und sie hat ihr gesagt, sie hätte ihm an dem Morgen, nachdem er sie verprügelt hatte, ein Abführmittel in den Kakao getan und ihn gewarnt, nächstes Mal wäre es Gift.«

»Sie klingt nach einer möglichen Kandidatin.«

»Aber sie hätte Hilfe gebraucht. Gilchrist wurde von jemandem umgebracht, der eiskalt und stark genug war, um ihn nach seinem Tod in den Zahnarztstuhl zu heben und ihm alle seine Zähne anzubohren.«

»Sie sind hergekommen, weil Sie mehr über Maggie Bane wissen wollten«, sagte Mr. Packer. »Ich schätze, weil sich in der Vergangenheit einer Person oft Hinweise auf die mörderische Seite ihres Charakters finden?«

»Ja, das ist häufig so.«

»Dann sollten Sie vielleicht versuchen, mehr über Mrs. Macbean herauszufinden.«

»Sie haben recht. Vielleicht fahre ich mal nach Leith und sehe, was ich dort auftreiben kann.«

Hamish empfand die Autobahn als Segen, weil sie die Fahrt nach Edinburgh und von dort nach Leith erheblich erleichterte. Zum Glück hatte er sich Mrs. Macbeans frühere Adresse in seinem Notizbuch aufgeschrieben. Dort oder in der Nähe könnte noch jemand wohnen, der sich an sie erinnerte.

Die frühe schottische Nacht brach bereits an, als er endlich ein georgianisches Wohnhaus in Leith erreichte. Die Frau, die ihm öffnete, bejahte, dass die Polizei schon bei ihr gewesen sei und ihr Fragen gestellt habe. Sie habe Mrs. Macbean jedoch nie gekannt. Er solle es bei Mrs. Morton im Erdgeschoss versuchen.

Besagte Mrs. Morton entpuppte sich als Gottes Geschenk an die Polizei – eine einsame, grauhaarige Witwe, die sich über jede Gesellschaft freute und unbedingt mit jemandem reden wollte.

»Ja, ich erinnere mich an Agnes Macwhirter. Wunderschönes Mädchen, und das wusste sie auch. Hat sich sonst was eingebildet. Alle Jungen waren verrückt nach ihr. Sie hat immer gesagt, eines Tages würde sie wer sein. Sie ist auf die Handelsschule gegangen und meinte, sie wird die Sekretärin von jemand Berühmtem, vielleicht einem Filmstar.«

»Und wurde sie?«

»Nein, sie wurde letztlich eine ziemlich gewöhnliche Sekretärin bei dem Manager einer Kinderbekleidungsfabrik in Dumfries.«

Hamish merkte auf. »Sagten Sie Dumfries?«

»Ja, genau. Wie hieß der Laden noch? Gleich fällt es mir ein. Es ist komisch, dass man sich in meinem Alter ganz klar an Sachen von vor Jahren erinnert, aber nicht mehr, was gestern war. Ich weiß noch, dass ihre Mutter runtergekommen war, um es mir zu erzählen. Arme Mrs. Macwhirter, der Krebs hat sie viel zu früh von uns genommen. Jetzt habe ich's, Tot Modes, so hieß die Fabrik. Tot Modes in Dumfries.«

»Und wissen Sie zufällig noch den Namen des Geschäftsführers?«

Sie schüttelte bedauernd den Kopf.

Dumfries, dachte Hamish. Daher kam Gilchrist. »Ich suche mir lieber ein Zimmer für die Nacht, dann könnte ich morgen früh mal nach Dumfries fahren.«

»Ich habe hier ein Gästezimmer«, sagte Mrs. Morton. »Und ich würde mich über die Gesellschaft freuen.«

Hamish zögerte. Er würde sich gern in ein anonymes Hotelzimmer zurückziehen und seine Gedanken sortieren. Andererseits wusste er, was es bedeutete, einsam zu sein; und eines Tages wäre er selbst alt und …

»Das ist sehr freundlich von Ihnen«, sagte er. Allerdings zog er sich zeitig zurück, denn er hatte das Gefühl, müsste er sich noch ein weiteres Album mit uralten Fotos ansehen, würde er schreien.

Er wachte früh auf, dennoch war Mrs. Morton bereits auf den Beinen und hatte ein üppiges Frühstück zubereitet. Hamish hätte am liebsten für Essen und Unterkunft bezahlt, fürchtete indes, dass es sie kränken könnte. Doch bevor er ging, ließ er zwanzig Pfund in einem Umschlag auf dem Nachttisch und dazu eine Notiz: *Für Ihren liebsten Wohltätigkeitszweck.* Er hoffte, der war Mrs. Morton selbst, denn er wusste, dass sie nur sehr wenig Geld hatte. Die kleine Wohnung war makellos, aber alles darin war abgewohnt und schlicht.

Er machte sich auf den Weg nach Dumfries und war froh, dass es zwar kalt, doch weiterhin trocken war. Kahle Winterbäume reckten ihre schwarzen Spindeläste einem erbarmungslosen Himmel entgegen. Hamish nahm alle Jahreszeiten, wie sie kamen, konnte jeder von ihnen etwas Schönes abgewinnen, aber er begann zu erahnen, wie sehr er den Winter hassen lernen würde, war er erst alt. Mrs. Morton hatte gesagt, sie würde den Frühling als Gottesgeschenk nehmen, weil er bedeutete, dass sie noch ein

Jahr leben würde; immerhin starben alte Menschen meist im Winter.

Hamish hatte nicht vorher angerufen und fragte sich, ob die Textilfabrik noch existierte. Deshalb hielt er bei der Hauptpost in Dumfries und schaute im Telefonbuch nach. Tatsächlich war Tot Modes noch dort eingetragen. Er fuhr weiter zu einem Gewerbegebiet und fand die Fabrik, die aus zwei langen, niedrigen Gebäuden bestand. Drinnen fragte er nach dem Geschäftsführer.

Mr. Goodman war, wie Hamish enttäuscht feststellte, ein relativ junger Mann. Trotzdem erklärte Hamish ihm, warum er gekommen war.

»Das wäre zur Zeit meines Vaters gewesen«, antwortete Mr. Goodman.

»Lebt er noch?«

»Ja, ich rufe ihn kurz an und sage ihm, dass Sie kommen. Dann verrate ich Ihnen die Adresse und beschreibe Ihnen den Weg.«

Weitere zwanzig Minuten vergingen, bis Hamish sich Mr. Goodman senior gegenüberfand, einem beleibten alten Mann mit so vielen geplatzten Adern im runden Gesicht, dass es wie eine Reliefkarte aussah. Seine Augen hatten den wässrigen Schimmer eines Gewohnheitstrinkers, doch an diesem Morgen war er nüchtern und schien entzückt über den Besuch zu sein.

»Agnes Macwhirter«, sagte er. »Ja, an sie erinnere ich mich gut. Ein hübsches Mädchen.«

»Können Sie mir erzählen, wie sie war?«

»Eine sehr gute Sekretärin. Miss Perfect. Enge weiße Blusen, Bleistiftröcke, solche Sachen. Sie ging damals mit einem anständigen jungen Arzt aus.«

»Arzt?«, fragte Hamish. »Ich hatte gehofft, eine Verbindung zwischen ihr und diesem Zahnarzt zu finden, der vor Kurzem ermordet wurde, Frederick Gilchrist.«

»Ach, der.« Dann sah der alte Mann Hamish an. »Natürlich, Gilchrist, das war der Bursche! Er war damals noch Student, stimmt. Jemand hatte gesagt, dass er Zahnmedizin studierte, also Zahnarzt werden wollte.«

»Und er hat Miss Macwhirter gekannt?«

»Gekannt? Er hat dem Mädchen das Leben ruiniert.«

»Wie das?«

»Zuerst schien es die *Romeo und Julia*-Romanze schlechthin zu sein. Er wartete jeden Abend in seinem Wagen vor der Fabrik auf sie. Sie war sehr verliebt in ihn. Ich habe mir ein wenig Sorgen gemacht, weil ihre Arbeit nachließ. Und dann fing sie an, morgens später zu kommen, war verkatert und sah – wie heißt das noch? – gepimpert aus.«

Hamish unterdrückte ein Grinsen. »Sie meinen, die beiden hatten eine Affäre?«

»Ja, die Leute zerrissen sich das Maul über sie. Ich konnte nicht verstehen, warum nach dem gemeinsamen Urlaub immer noch kein Ring an ihrem Finger steckte. Ich meine, damals sah man alles noch strenger. Jedenfalls sagte ich ihr, wenn sie sich nicht am Riemen reißt, müsste ich sie entlassen. Sie war unverschämt, warf das

Haar nach hinten und erwiderte, sie wäre ohnehin bald verheiratet, also könnte ich mich schon mal nach einem Ersatz umsehen. Und dann kam sie am nächsten Tag nicht mehr.«

Er zuckte mit den Schultern. »Eine Woche später schickte sie mir die Kündigung. Ich besorgte mir eine neue Sekretärin und vergaß die Geschichte, bis ich – das muss ungefähr drei Monate später gewesen sein – mit meiner Frau unterwegs war und sie bat: ›Lass uns auf die andere Straßenseite gehen. Da vorn sind diese schrecklichen Motorradfahrer.‹ Ich schaute hin, und da war eine Gang von Burschen auf Motorrädern vor diesem Pub, alle mit dicken Backenbärten und in schwarzes Leder mit Metallnieten gekleidet. Und am Hals des einen hing Agnes Macwhirter. Was für eine Verwandlung! Ihr Haar war rotblond gefärbt, und sie sah aus wie ein Freudenmädchen. Ich dachte, die wird bald auf der Straße landen, aber dann hat sie einen der Gangster geheiratet, Macbean, und danach habe ich nie wieder von ihr, Macbean oder Gilchrist gehört.«

Er schüttelte den Kopf. »Das Komische war, dass ich in der Zeitung alles über den Mord gelesen, doch den ermordeten Gilchrist gar nicht mit dem Zahnmedizinstudenten in Verbindung gebracht habe. Ich gehe nicht viel aus, und niemand kommt mich besuchen. Möchten Sie einen Schluck mit mir trinken?«

»Ich bin mit dem Auto hier«, antwortete Hamish.

»Dann vielleicht einen Tee?«

Hamish wollte der Einsamkeit des Alters entkommen, sagte aber: »Danke, gern«, und seine Tat wurde belohnt, denn nachdem Mr. Goodman den Tee bereitet hatte, holte er alte Mitarbeiterfotos hervor. »Da ist Agnes bei einer Weihnachtsfeier.«

Sie war damals tatsächlich wunderschön und mit einer üppigen Figur gesegnet.

Hier ist endlich ein Mordmotiv, dachte Hamish. Er zwang sich, noch eine Stunde mit Mr. Goodman zu verbringen, bevor er die Flucht ergriff, die Polizeisirene einschaltete und auf dem Weg nach Norden sämtliche Geschwindigkeitsbegrenzungen überschritt.

Als er um sieben Uhr abends endlich Lochdubh erreichte, fuhr er direkt zur Wache und nahm widerwillig den Telefonhörer auf. Er wusste, würde er selbst versuchen, Mrs. Macbean zu befragen, würden sie ihn wahrscheinlich aus dem Hotel werfen, und diese Neuigkeiten konnte und sollte er nicht für sich behalten.

Er berichtete Jimmy Anderson, was er herausgefunden hatte.

»Sie sind ein Wunder, Hamish«, sagte Jimmy. »Ich erzähle es Blair, und wir holen sie sofort her.«

»Sagen Sie ihm auch, dass ich bei der Befragung dabei sein will. Ohne mich hätte er das nie erfahren.«

»Ja, mach ich. Geben Sie uns ein bisschen Zeit, sie herzuschaffen.«

Danach rief Hamish bei Sarah an, doch er bekam zur Antwort, dass sie zum Dinner ausgegangen sei. Er ging zum italienischen Restaurant, aber dort war sie nicht. Also aß er allein, ehe er sich auf den Weg nach Strathbane machte.

Mrs. Macbean hatte diesmal rote Lockenwickler im Haar. Hamish saß mit einer Polizistin in der Ecke des Verhörraums, und Blair begann mit der Befragung.

»Warum hatten Sie uns nicht erzählt, dass Sie Gilchrist vor Ihrer Hochzeit gekannt haben?«

»Das ist lange her«, antwortete Agnes Macbean wütend.

»Sie hatten eine Affäre mit ihm. Haben Sie ihn ermordet?«

»Nein, habe ich nicht.« Sie verschränkte die Arme vor der Brust. »Ich war nur bei ihm, weil er mir die Zähne gezogen und mir nichts berechnet hat.«

Hamish registrierte ihren schmalen Mund, die schlecht gelaunte Miene, den unförmigen Körper und die gebeugten Schultern. Da war keine Spur mehr von der glücklichen, lachenden, schönen Frau auf dem Mitarbeiterfoto.

»Wo waren Sie am Morgen des Mordes?«

»Da war ich im Hotel.«

»Zeugen?«

»Ich war in meinem Zimmer. Meine Tochter kann das bestätigen.«

»Wir brauchen einen unabhängigen Zeugen. Einen der Gäste oder so.«

»Wann war denn der Mord?«

»Zwischen zehn und elf, soweit wir wissen«, antwortete Blair.

»Ja, da war ich im Hotel. Ich weiß. Ich hatte irgendwann in der Zeit unten Johnny an der Bar angerufen und ihn gefragt, ob die Versicherungsleute schon da gewesen waren.«

»Wir überprüfen das. Aber ich denke, Sie haben Gilchrist ermordet!«, schrie Blair ihr direkt ins Gesicht.

Sie lehnte sich auf dem Stuhl zurück und sah ihn voller Verachtung an. »Beweisen Sie es.«

Die Befragung ging weiter, während Hamish die Frau beobachtete und sein Verstand auf Hochtouren arbeitete. Auf einmal war er sich sicher, dass sie es nicht getan hatte. Aber sie hatte Gilchrist gekannt und ihn leidenschaftlich geliebt. Jeannie Gilchrist hatte geglaubt, dass ihr Mann schon vorher verheiratet gewesen war, weil sie gespürt hatte, dass es eine Person in seiner Vergangenheit gab, über die er nicht hinweggekommen war. Hingegen hätte Gilchrist mit seinem Faible für attraktive junge Frauen nichts Liebenswertes mehr an der hässlichen, schlecht gelaunten Frau entdeckt. Mrs. Macbean konnte ihn nicht einmal dafür bezahlen, dass er …

Hamish setzte sich auf. Es war ein Schuss ins Blaue. Trotzdem unterbrach er Blair. »Sir?«

Der Detective Chief Inspector wandte sich erbost um. »Was?«

»Ich wollte Mrs. Macbean nur fragen, wo das Geld ist, das sie Gilchrist versprochen hatte.«

Es trat Totenstille ein. Ein roter Wickler fiel von Agnes Macbeans Kopf und landete vor Blair auf dem Fußboden.

Nun starrte Mrs. Macbean Hamish an, und alles Widerspenstige war verschwunden.

»Ich sehe es so«, sagte Hamish mit seiner sanften Highlander-Stimme. »Sie haben Frederick Gilchrist mehr geliebt als jeden anderen Mann in Ihrem Leben. Sie sind unglücklich in Ihrer Ehe. Aber Sie waren für Gilchrist nicht mehr attraktiv. Er hatte eine Affäre mit einer hübschen jungen Frau. Doch er liebte Geld, und er hatte enorme finanzielle Probleme. Ich denke, für zweihundertfünfzigtausend wäre er mit Ihnen fortgegangen. Was ist passiert? Hat er das Geld genommen und sich dann geweigert?« Hamish beobachtete sie aufmerksam. »Nein, das ist es nicht. Sie haben das Geld noch. Erzählen Sie uns lieber, wo es ist, denn wir werden Ihr Zimmer und das Hotel auseinandernehmen. Ich weiß, dass Sie es haben, und wir behalten Sie so lange hier, bis Sie endlich gestehen.«

Es folgte eine längere Stille. Blair grunzte ungeduldig. Einen Moment lang dachte er, Hamish hätte etwas herausbekommen, aber dies hier lenkte bloß ab. Er wollte eine Mörderin überführen!

»Lieber eine verdammte Diebin sein als eine Mörderin«, sagte Hamish.

Doch Mrs. Macbean hatte sich wieder gefasst und zuckte mit den Schultern. »Durchsuchen Sie ruhig mein Zimmer«, sagte sie. »Da werden Sie nichts finden.«

Hamish sah sie an. »Nein, vielleicht nicht in Ihrem

Zimmer. In dem Ihrer Tochter?« Keine Reaktion. »Also irgendwo im Hotel.« Sie blickte ihn trotzig an. »Ach, na gut, sagen wir, es ist nicht im Hotel, sondern draußen … vergraben.«

Ihre Augen flackerten. »Kann ich eine Zigarette haben?«

»Vergraben«, wiederholte Hamish matt. »Auf dem Hotelgelände. Bei diesem Winterwetter sollte es leicht zu finden sein. Wir suchen nach einer Stelle, an der kürzlich gegraben wurde. Das dürfte nicht lange dauern.«

Stille.

»Gut, Hamish, Sie haben Ihren Teil gesagt …«, begann Blair eben, als Mrs. Macbean, die nicht mehr zu Hamish schaute, zischte: »Sie Mistkerl! Sie haben es die ganze Zeit gewusst. Wer hat es Ihnen erzählt? Darleen?«

»Also waren Sie es, die das Geld gestohlen hat«, hakte Blair nach, der sich Hamish nun meilenweit weg wünschte, damit er dies hier als seinen Erfolg ausgeben konnte.

Sie seufzte leise. »Ich habe ihn geliebt«, sagte sie. Wieder sah sie zu Hamish, und für einen Sekundenbruchteil leuchtete etwas an ihren Augen, als wäre das hübsche Mädchen, das sie einst gewesen war, wieder zurück. Dann fing sie hilflos und ein bisschen abstoßend zu schluchzen an.

»Ich konnte nicht mal um ihn trauern«, brachte sie schließlich heraus. »Ich durfte keine Träne vergießen, sonst hätte jemand was geahnt. Er hat gesagt, wenn ich das Geld beschaffe, können wir zusammen weggehen und ein neues Leben anfangen. Es wäre kein richtiges Stehlen, hat er gesagt. Die Versicherung würde bezahlen, und die kann es sich leisten. Wir wollten nach Spanien, und ich wäre weg von Macbean.«

Sie schaute einen Moment mit leerem Blick vor sich hin. »Komische Sache, die Ehe. Ich glaube, ich habe den Mann schon eine Woche nach der Hochzeit gehasst, aber die Jahre zogen sich endlos hin. Ich bin wegen Darleen geblieben, doch die ist eine gefühllose kleine Schlampe geworden. Sie hätte mich nicht vermisst. Oh Gott, ich habe Frederick nicht umgebracht!«

Blair jedoch grinste sie verschlagen an und rückte mit dem Stuhl näher an den Tisch. Soweit es ihn betraf, hatte Mrs. Macbean den Zahnarzt umgebracht, und er würde die ganze Nacht aufbleiben, um sie zu einem Geständnis zu bewegen.

Todmüde kam Hamish im Morgengrauen an der Polizeiwache von Lochdubh an. Aller Beharrlichkeit Blairs zum Trotz war Mrs. Macbean nicht eingeknickt. Sie hatte ihnen verraten, wo das Geld versteckt war, und sie hatten es gefunden, doch sie bestand darauf, dass sie den Zahnarzt nicht ermordet hatte.

Der Barkeeper wurde einbestellt, und er bestätigte, dass Mrs. Macbean ihn zur Tatzeit angerufen hatte. Und dann erinnerte er sich, dass ein Hausmädchen frische Bettwäsche zu Mrs. Macbeans Zimmer gebracht hatte.

Sie teilte sich kein Zimmer mit ihrem Mann. Sie wohnten jeder in einem eigenen Hotelzimmer.

Sie warteten längere Zeit, bis das Hausmädchen gefunden war, eine Einheimische von untadeligem Ruf, Mrs. Tandy, die bestätigte, dass sie um halb elf am Morgen des Mordes frische Bettwäsche ins Zimmer von Mrs. Macbean gebracht hatte. Und das war es gewesen.

Agnes Macbean würde wegen Diebstahls angeklagt werden. Die Tatsache, dass Hamish Macbeth den Diebstahl aufgeklärt hatte, bescherte ihm wenig Wohlwollen von Blair, der eher gallig wurde, weil der Mord nach wie vor nicht aufgeklärt war.

Erschöpft ging Hamish ins Bett. Bevor er einschlief, fragte er sich wieder, ob es irgendeine Verbindung zwischen den Smiley-Brüdern und dem Zahnarzt geben könnte. Geldgier steckte hinter der Schwarzbrennerei der Smileys, und Gilchrist war geldgierig gewesen.

Das Telefon im Büro klingelte mehrmals und riss Hamish aus dem Tiefschlaf, doch jedes Mal erinnerte er sich daran, dass er den Anrufbeantworter eingeschaltet hatte und der Mörder wohl kaum anrufen würde, um ein Geständnis abzulegen.

Er schlief acht Stunden und war beim Aufstehen immer noch müde und übernächtigt. Nach dem Waschen und Rasieren zog er die Uniform an und ging ins Büro, um die Nachrichten abzuhören.

Die erste war von Sergeant Macgregor aus Cnothan, der verärgert fragte, ob Hamish wieder im Dienst sei; die nächste war von Mrs. Wellington, die wissen wollte, ob sie noch einmal nach Braikie fahren und Kylie und deren Freunde weiter auf den Pfad der Rechtschaffenheit leiten sollte. Und dann erklang eine Singsangstimme, die vorsichtig sagte: »Hier ist Fred Sutherland. Ich glaube, ich habe etwas über Kylie erfahren. Ich hätte es Ihnen früher erzählen sollen, aber ich dachte mir nichts dabei. Können Sie so bald wie möglich herkommen?«

Kapitel 9

Alice war verwundert. »In unserem Land«, sagte sie, »gibt es nur einen Tag zur Zeit.«
Lewis Carroll

Als er nach Braikie fuhr, fragte Hamish sich, was Fred Sutherland ihm wohl zu sagen hatte. Wahrscheinlich war es etwas, was er bereits wusste.

Im Winter so hoch im Norden Schottlands war das Licht spärlich, und Hamish, der noch müde war und dessen Rippen nach wie vor schmerzten, hatte das Gefühl, seit Längerem in einem dunklen Tunnel zu leben.

Er parkte vor dem Textilgeschäft. Langsam stieg er die Treppe hinauf, vorbei an der Zahnarztpraxis. Dann wurde ihm bewusst, dass ihm nur die Straßenlaterne den Weg leuchtete, nicht das Licht im Treppenhaus. Er ging wieder zurück zur Praxistür und blickte nach oben. Da war keine Glühbirne in der Lampe auf dem Treppenabsatz.

Hamish holte die Taschenlampe aus dem Land Rover und stieg erneut die Treppe hinauf. Seine Sinne waren nun in Alarmbereitschaft, sodass er auf jede Bewegung, jedes Geräusch achtete, so gefasst auf jedwede Gefahr wie ein Wildtier.

Er klopfte an Fred Sutherlands Tür, dann leuchtete er nach oben. Auch keine Glühbirne in der Fassung.

Hamish drehte den Knauf, und die Tür öffnete sich. »Fred?«, rief Hamish. »Fred Sutherland?«

War das wieder ein Streich von Kylie und ihren Freunden? Aber Fred würde da niemals mitmachen.

Hamish ertastete den Lichtschalter und drückte darauf. Die kleine Diele war karg und leer.

Dann ging er ins Wohnzimmer. Dort lag Fred Sutherland mit eingeschlagenem Schädel tot auf dem Fußboden. Jemand hatte ihm einen brutalen Hieb gegen die Stirn versetzt.

Hamish kniete sich neben den alten Mann und fühlte nach einem Puls, von dem er bereits wusste, dass er ihn nicht finden würde. Sein erster schuldbewusster und furchtbarer Gedanke war, dass dies hier das Ergebnis seines Versuchs war, die Zivilbevölkerung in die Suche nach dem Mörder einzubinden.

Er sah das Telefon auf dem kleinen Tisch neben dem Kamin, ging hin und nahm den Hörer ab. Tot. Dann blickte er zu dem Kabel und stellte fest, dass es nahe der Wand durchtrennt worden war.

Hamish rannte die Treppe hinunter zum Land Rover

und kontaktierte Strathbane über Funk. Danach kehrte er wieder in die Wohnung zurück. Ohne irgendetwas zu berühren, schaute er sich den Tatort an. Es gab keinen Hinweis auf gewaltsames Eindringen. Der Fernseher war noch da. Keine Schubladen waren herausgezogen worden. Es sah aus, als hätte Fred seine Wohnungstür nicht abgeschlossen gehabt. Jemand war reingekommen und hatte ihn am Eingang zu seinem Wohnzimmer erschlagen.

Hamish sah traurig zu den gerahmten alten Fotos im Zimmer: Fred, gut aussehend und galant in seiner Armee-Uniform, Fred mit einer hübschen jungen Frau an seinem Arm, dann das Hochzeitsfoto.

Die Mannschaft aus Strathbane traf schließlich ein, angeführt von Detective Chief Inspector Blair, dessen Augen blutunterlaufen waren und kampflustig blitzten. Aus seinem Hosenbund lugte noch eine Pyjamahose. Er war also mal wieder aus dem Bett geklingelt worden.

Hamish erzählte dem Detective Chief Inspector von der Nachricht auf seinem Anrufbeantworter.

»Gut«, sagte Blair barsch, »holen wir dieses Mädchen zur Befragung. Warum haben Sie uns das nicht früher erzählt, Macbeth?«

»Ich habe es eben erst entdeckt«, flunkerte Hamish. »Ich habe einen Bericht verfasst und wollte Ihnen den morgen schicken.«

Blair beäugte ihn misstrauisch. »Sie machen nichts als Ärger, Macbeth, weil Sie dauernd Sachen für sich behalten wollen. Sollte ich herausfinden, dass dieser alte Kerl gestorben ist, weil Sie nicht berichtet haben, was Sie über das Mädchen wissen, lasse ich Sie feuern!«

Hamish gab ihm Kylies Adresse. Er war sich sicher, dass sie niemandem von der Falle erzählen würde, die sie ihm gestellt hatte – es sei denn, sie geriet in Panik, wenn die Polizei bei ihr aufkreuzte, und nahm an, es wäre deswegen.

Nachdem zwei Detectives und eine Polizistin zu Kylie geschickt worden waren, wandte Blair sich erneut Hamish zu. »Also, was steht in Ihrem mysteriösen Bericht über dieses Mädchen?«

»Nicht viel«, antwortete Hamish. »Sie war mit Gilchrist ausgegangen, und er wollte sich ihr aufdrängen. Sie hat gedroht, es allen zu erzählen, und er hat ihr versprochen, ihr ein Auto zu kaufen, wenn sie schweigt. Ein Monat verging. Kein Auto. Als sie ihn darauf angesprochen hat, meinte er, ihr würde so oder so niemand glauben.«

»Das hätten Sie sofort melden müssen!«, fuhr Blair ihn an. »Gott schütze mich vor verblödeten Highland-Polizisten!« Blair stammte aus Glasgow. Doch der schuldbewusste Hamish würde seinem Vorgesetzten nicht sagen, dass er Fred gebeten hatte, alles über Kylie herauszufinden, was er konnte.

Er fragte, ob er bei der Befragung von Kylie Fraser dabei sein könne, und Blair knurrte: »Wir werden sehen. Wo arbeitet sie?«

»In der Drogerie ein Stück die Straße runter.«

»Dann reden wir lieber mal mit ihrem Chef. Wie heißt er?«

Hamish erinnerte sich, wie er in der Drogerie gewesen war und einen kleinen, peniblen Mann dort gesehen hatte. Wie hatte Kylie ihn genannt? »Cody«, sagte er plötzlich. »Mr. Cody.«

»Na, damit Sie hier nicht rumstehen müssen, finden Sie heraus, wo Cody wohnt, und fahren Sie hin.«

»Aber Kylie Fraser …?«

»Ach, ich denke, wir kommen auch ohne den sagenhaften Verstand von Hamish Macbeth klar. Und wie oft muss ich Ihnen noch sagen, dass Sie mich mit ›Sir‹ ansprechen sollen?«

Hamish schlug Mr. Codys Adresse im Telefonbuch nach und fuhr los. Die Bilder des toten Fred Sutherland, der noch leben könnte, hätte ihn nicht ein blöder Polizist gebeten, in einem Mord zu ermitteln, quälten ihn.

Mr. Cody wohnte in einem gepflegten Bungalow am Ortsrand. Hamish blickte auf seine Uhr. Es war erst zehn Uhr abends. Ihm kam es vor, als wäre eine Ewigkeit vergangen, seit er Lochdubh am Abend verlassen hatte.

Er läutete und wartete. Eine Frau, die sichtlich von ihrem Korsett eingeschnürt wurde, öffnete. Hamish fragte sich, warum sich die Frauen im Norden Schottlands immer noch in altmodische Korsetts zwängten.

»Was ist passiert?«, rief sie, als sie Hamish in seiner Uniform erblickte.

»Ich möchte nur mit Mr. Cody sprechen.«

»Worüber? Ist es seine Schwester? Sind es schlimme Neuigkeiten?«

»Nein, nein«, beruhigte Hamish sie. »Nur Teil unserer Ermittlungen.«

»Dann kommen Sie rein. Charles! Die Polizei für dich.«

Der kleine, penibel aussehende Mann, den Hamish in der Drogerie gesehen hatte, kam die Treppe herunter. Er hatte graues, ordentlich nach hinten gekämmtes Haar, eine runde Brille und einen kleinen Mund. Er trug eine rehbraune Strickjacke über einem Hemd und einer Krawatte, dazu eine graue Hose und auf Hochglanz polierte schwarze Schuhe.

»Wie kann ich Ihnen helfen, Officer?«, fragte er. »Gehen wir ins Wohnzimmer. Ich hoffe, es wurde nicht ins Geschäft eingebrochen.«

»Nein«, antwortete Hamish. Er folgte ihm in ein sehr vollgestelltes Wohnzimmer und nahm die Mütze ab.

»Mr. Fred Sutherland wurde tot aufgefunden, ermordet.«

Mr. Cody sah erschrocken aus. »Wer ist das?«

Hamish fiel der kleine Telefontisch in Freds Wohnzimmer ein, auf dem eine Auswahl an Medikamenten neben dem Telefon stand.

»Er hat über dem Zahnarzt Gilchrist gewohnt.«

»Aber das ist furchtbar … furchtbar. Wer würde so etwas tun? Und warum fragen Sie mich?«

»Es geht um Ihre Mitarbeiterin, Kylie Fraser. Mr. Sutherland hatte heute Abend eine Nachricht auf meinen Anrufbeantworter gesprochen, dass er etwas über sie herausgefunden hatte, und bat mich um Rückruf. Detectives befragen Kylie Fraser. Haben Sie eine Idee, was er entdeckt haben könnte?«

Mrs. Cody saß ihnen gegenüber. »Ich habe dir doch immer wieder gesagt, dass du dieses Flittchen loswerden musst«, schimpfte sie. »Sie treibt sich mit einigen der schlimmsten Subjekte der Gegend herum.«

Der Apotheker ignorierte seine Frau. »Ich hatte im Geschäft keine Probleme mit ihr. Mir ist bekannt, dass sie einen gewissen Ruf hat, aber während der Arbeitszeiten ist sie freundlich und fleißig, und die Kunden mögen sie. Sie verkauft sehr viel Kosmetika für mich.«

»Und trägt das meiste davon übereinander auf ihrem dummen Gesicht«, bemerkte die Frau bissig.

»Angenommen, Mr. Sutherland hatte wirklich etwas über sie erfahren, von dem jemand nicht wollte, dass wir es wissen«, sagte Hamish. »Haben Sie eine Ahnung, wer das sein könnte?«

Mr. Cody schüttelte den Kopf. »Ich weiß es wirklich nicht.«

Ein kleiner Rauhaardackel kam hinter dem Sofa hervor, lief zu Hamish und presste seinen zitternden Körper an dessen Beine. Hamish beugte sich vor, um ihn zu streicheln. »Nur routinehalber, wo waren Sie heute Abend?«

»Um welche Zeit?«

»Sagen wir, zwischen acht und halb zehn.«

»Ich habe mit meiner Frau einen Kaffee getrunken, und wir haben uns eine Quizsendung im Fernsehen angesehen. Danach habe ich mit Suky seinen Abendspaziergang gemacht.«

»Wohin sind Sie gegangen?«

»Nur rauf zu Bradys Feld gleich hinter der Hausreihe. Suky sucht dort gern nach Kaninchen. Er war ziemlich lange verschwunden, und ich hatte meine liebe Not, ihn wieder zurückzuholen.«

»Ich dachte, Suky wäre ein Mädchenname.«

»Ach, nun ja, wir nennen ihn so«, sagte der Apotheker und presste die Hände zusammen. »Das ist ein schwerer Schock. Ich habe den Mann nicht gekannt … wie hieß er noch?«

»Sutherland. Fred Sutherland. Es gibt doch gewiss keine zweite Apotheke in Braikie, oder?«

»Nein, meine ist die einzige.«

»Mir ist aufgefallen, dass Mr. Sutherland einige Medikamente in seiner Wohnung hatte. Und ich bin mir sicher, wenn ich hingehe und auf die Etiketten sehe, finde ich dort den Namen Ihres Geschäfts.«

Mr. Cody errötete. »Sie reden mir Schuldgefühle ein, für die es keinen Grund gibt. Kylie bringt mir die Rezepte, und ich mache die Fläschchen und die Tabletten zurecht und etikettiere sie. Aber ich kann mich nicht an jeden Namen erinnern.«

»Fred Sutherland war ein Bewohner von Braikie, der wahrscheinlich seit Jahren zu Ihnen kommt!«

»Ich fürchte, mein Gedächtnis ist nicht mehr das, was es einmal war.«

»Also können Sie uns sonst nichts über Kylie erzählen? Sie hat sich Ihnen nicht anvertraut?«

»Nein, selbstverständlich nicht. Wir sind Arbeitgeber und Angestellte. Da würde sie wohl kaum mit mir über ihre Freunde kichern.«

»Haben Sie gewusst, dass sie mit Gilchrist ausgegangen war? Dass sie behauptet, er hätte sich ihr aufdrängen wollen und sie geschlagen? Sie hatte gedroht, es allen zu erzählen, und er hat versprochen, wenn sie den Mund hält, kauft er ihr ein Auto. Aber hinterher hat er ihr erzählt, es stünde sein Wort gegen ihres, und jeder würde im Ernstfall ihm glauben.«

»Das kommt dabei raus, wenn man so ein Mädchen beschäftigt«, entgegnete Mrs. Cody vorwurfsvoll. »Sie gehört nicht in unsere Kreise. Das kommt dabei raus, Charles, wenn man sich mit einer niederen Kreatur wie der abgibt.«

»Es ist sehr schwierig, Personal zu bekommen«, erwiderte Mr. Cody ärgerlich. »Kylie ist schon länger da als alle anderen vor ihr. Die jungen Leute hier leben lieber vom Arbeitslosengeld und arbeiten ein bisschen schwarz. Tut mir leid, dass ich Ihnen nicht weiterhelfen kann, Officer, doch ich weiß sehr wenig über Kylie.«

»Ich muss Sie warnen, dass man Sie wieder befragen wird«, erwiderte Hamish.

Er verabschiedete sich und fuhr, so schnell er konnte, nach Strathbane, denn er wollte Kylies Befragung nicht versäumen.

Hamish hatte Glück. Die Detectives, die Kylie Fraser holen sollten, trafen sie nicht zu Hause an und spürten sie letztlich im Pub auf. Bis dahin hatte der Detective Chief Inspector sie über Funk angewiesen, nichts zu ihr zu sagen. Ohne auf Blairs vernichtenden Blick zu achten, setzte Hamish sich gerade rechtzeitig auf einen Stuhl in der Ecke des Verhörraums, um zu hören, wie sich Kylie, die offenbar regelmäßig amerikanische Krimis konsumierte, auf ihr Zeugnisverweigerungsrecht berief.

»Wir sind hier in Schottland«, knurrte Blair, »nicht in Chicago.«

»Was soll das eigentlich?«, fragte Kylie, und ihr Blick huschte zu Hamish in der Ecke.

»Fred Sutherland ist ermordet worden.«

»Was? Der alte Typ, der über Gilchrist gewohnt hat?« Ihr Gesicht wurde weiß unter dem Make-up. »Was hat das mit mir zu tun?«

»Mr. Sutherland hatte Police Constable Macbeth heute Abend auf den Anrufbeantworter gesprochen, dass er etwas über Sie herausgefunden hatte. Als Macbeth zu ihm fuhr, fand er ihn brutal ermordet vor.«

»Aber ich bin den ganzen Abend im Pub gewesen. Das können Sie jeden fragen. Zum Beispiel den Barkeeper.«

»Werden wir überprüfen. Doch wir können uns vorstellen, was Sutherland erzählen wollte. Sie hatten eine Affäre mit Gilchrist.« Den letzten Satz brüllte Blair ihr ins Gesicht.

Zu Hamishs Überraschung nahmen Kylies Wangen

wieder Farbe an. Sie zuckte resigniert mit den Schultern. »Na, das haben Sie doch schon gewusst.« Sie nickte zu Hamish. »*Er* hat es gewusst.«

Blair ließ sie die Geschichte von ihrer Verabredung mit Gilchrist und von dem nicht gehaltenen Versprechen, ihr ein Auto zu kaufen, wiederholen. Er beschuldigte sie, einige der jungen Ganoven, mit denen sie sich abgab, überredet zu haben, dass sie den Zahnarzt umbrachten. Blair tobte und wütete, doch Kylie blieb bei ihrer Version. Sie hatte ein wasserdichtes Alibi für den ganzen Abend, und damit basta. Sutherland hatte wahrscheinlich herausgefunden, dass sie mit Gilchrist in Inverness gewesen war, und das war es gewesen, was er Hamish hatte erzählen wollen. Sie hatte keine Ahnung, warum er ermordet worden war. Das herauszufinden sei doch wohl Sache der Polizei. Während die ermüdende Befragung weiterging, wurde Kylie entspannter und Blair zusehends wütender und frustrierter.

Schließlich wurde sie angewiesen, sich für weitere Befragungen zur Verfügung zu halten, und eine Polizistin wurde beauftragt, sie zurück nach Braikie zu bringen.

Hamish fuhr erschöpft nach Lochdubh, um seine Berichte zu tippen – erst den über Kylie und Gilchrist, von dem er behauptet hatte, ihn schon geschrieben zu haben, und dann den zu seiner Befragung von Mr. Cody.

Danach ging er ins Bett und träumte von dem toten Fred Sutherland, der den Arm aus dem offenen Grab streckte und rief: »Sie hätten mich retten können. Es ist Ihre Schuld, Hamish Macbeth.«

Am nächsten Morgen war sein erster Gedanke, zu dem Seniorenclub zu fahren, von dem Fred Sutherland gesprochen hatte. Fred hatte gesagt, dass er dort herumfragen wollte. Vielleicht hatte er einen bestimmten Freund, dem er sich anvertraut hatte.

Schweren Herzens machte Hamish sich auf den Weg nach Braikie. An der Abbiegung zum Hof der Smiley-Brüder hielt er abrupt an. Eine trollähnliche Gestalt reparierte dort den Zaun. Hamish stieg aus, ging hin und fragte sich, ob Blair wahnsinnig geworden war und die Brüder freigelassen hatte.

Doch als er näher kam, erkannte er, dass es sich bei dem Mann weder um Pete noch um Stourie handelte, auch wenn er von sehr ähnlicher Statur und genauso behaart war.

»Wer sind Sie?«, wollte Hamish wissen.

Der Mann beäugte ihn finster. »Ich bin Jock Smiley, der Cousin. Sind Sie der Drecksack, der sie in den Knast gebracht hat?«

»Zusammen mit anderen, und sie wollten mich umbringen.«

»Die haben im Leben noch keiner Fliege was zuleide getan. Sie haben nichts weiter gemacht, als ein kleines bisschen Whisky zu brennen, was das gute Recht eines jeden Highlanders ist.«

»Jetzt hören Sie aber auf! Die hatten hier ein riesiges Geschäft aufgezogen. Das war Schmuggel im ganz großen Stil.«

»Ich habe damit jedenfalls nichts zu tun«, sagte Jock. »Verziehen Sie sich.«

Hamish kehrte zum Land Rover zurück. Was für ein Jammer, dass den Smileys der Mord an Gilchrist nicht nachzuweisen war! Sie waren die einzigen Verdächtigen, die über die nötige Kraft, den Charakter und das Können verfügten.

Der Seniorenclub traf sich in einem schicken Gemeindezentrum, das laut einer Tafel neben dem Eingang 1991 von Prinzessin Anne eröffnet worden war. Nicht zum ersten Mal wunderte sich Hamish über die Energie der Königlichen Hoheit, als er die Tür öffnete und hineinging.

Drinnen saßen Leute vor dem Fernseher, spielten Karten oder unterhielten sich.

Eine alte Frau kam auf Hamish zu. »Kann ich Ihnen helfen, Officer?«

»Ich würde gern mit jemandem sprechen, der Fred Sutherland gut gekannt hat.«

»Oh, armer Fred! Diese jungen Leute heutzutage. Die bringen einen Mann für zwei Pence um.«

Soweit die Polizei es beurteilen konnte, war nichts aus Freds Wohnung gestohlen worden.

»Aber Mr. Tam Carmichael war ein guter Freund von Fred«, fuhr sie fort.

»Ist er hier?«

»Nein, für Tam ist es ein bisschen früh. Ich kann Ihnen seine Adresse geben. Er wohnt über der Bäckerei, gleich hinter der Drogerie in der Hauptstraße.«

Hamish dankte ihr und ging. Neben der Bäckerei führte eine Steintreppe nach oben. *MR. T. CARMICHAEL* stand auf einem sauberen Schild draußen an einer der Wohnungstüren im ersten Stock. Hamish klopfte an und wartete. Ein Gnom von einem Mann öffnete in einem gestreiften Pyjama und einem Bademantel. Das graue Haar stand ihm in Büscheln vom Kopf ab. Seine Nase war sehr groß, die grauen Augen waren klein und hellwach.

»Sie sind wegen Fred hier«, sagte er betrübt. »Kommen Sie rein. Sie sind Macbeth.«

Hamish ließ ihn vorausgehen in ein gemütliches kleines Wohnzimmer, in dem ein Kohlefeuer im Ofen brannte.

Beide setzten sich. »Gestern Abend«, begann Hamish, »hat Mr. Sutherland eine Nachricht auf meinen Anrufbeantworter gesprochen, dass er etwas über Kylie Fraser herausgefunden hatte, und dann wurde er ermordet. Hatte er Ihnen erzählt, was es war?«

Der alte Tam schüttelte den Kopf. »Er war sehr aufgeregt, das kann ich Ihnen sagen. Hat sich wie Inspector Poirot gefühlt. Fragen, Fragen, Fragen. Er war so stolz, dass Sie ihn um Hilfe gebeten hatten.«

»Ich fürchte, ich bin daran schuld, dass jemand ihn umgebracht hat«, erwiderte Hamish unglücklich.

Tam blickte ihn prüfend an. »Nicht doch, Junge, machen Sie sich nicht verrückt. Wir müssen alle mal gehen. Fred war so glücklich und interessiert, und er war in letzter Zeit sehr verzweifelt und finster gestimmt gewesen.

Er hat an die achtzig Zigaretten am Tag geraucht, und ich denke, er wäre nicht mehr lange gesund geblieben. Er wird mir fehlen. Es gibt nicht so viele Männer in dem Seniorenclub, denn die Damen überleben uns halt alle. Was uns beide zu den großen Lieblingen dort gemacht hat. Und das Interesse an den Damen verliert man mit dem Alter ja nicht, auch wenn man verdammt wenig damit anfangen kann.«

»Gab es eine bestimmte Dame, mit der Fred Sutherland sich gut verstanden hat?«, fragte Hamish.

»Ja, Annie Taine. Sie wird erschüttert sein, dass er tot ist.«

»Und wo wohnt sie?«

»Sie hat einen kleinen Hof draußen in der Nähe von Mrs. Harrison. Das ist die, die ein Auge auf Gilchrist geworfen hatte. Das Haus heißt Dunroamin, direkt an der Straße. Sie können es gar nicht verfehlen.«

»Ich frage mich, warum Mr. Sutherland Ihnen nicht erzählt hat, was er entdeckt hatte«, sagte Hamish.

»Er hat bloß gesagt: ›Ich denke, ich habe da eine Spur, Tam, aber mehr verrate ich dir erst, wenn ich mit diesem Polizisten geredet habe.‹ Glauben Sie mir, er hatte einen Riesenspaß.«

Hamish stand auf. »Ich wünschte nur, er würde noch leben. Ich denke, das wird ewig auf meinem Gewissen lasten.«

Tam legte eine gichtige Hand auf eine große Bibel neben ihm auf den Tisch. »Sie dürfen sich nicht über die

Wege des Herrn beschweren. Hätte Fred länger leben sollen, täte er es. Wie ich gehört habe, wurde ihm auf den Kopf geschlagen.«

»Ja, ich nehme an, dass er auf der Stelle tot war.«

»Sehen Sie es mal so: Ein schneller, kurzer Tod war für den alten Fred eine gnädigere Art zu gehen, als sein Leben auszuhusten.«

Hamish dankte ihm und ging. Als er hinaus zu der Straße fuhr, an der Annie Taine wohnte, dachte er wieder über Mrs. Harrison nach. Vielleicht sollte er auch noch einmal zu ihr gehen. Aber zuerst fuhr er zu dem Cottage namens Dunroamin.

Mrs. Annie Taine war in den Siebzigern. Sie hatte sich sichtlich gut gehalten, ihr Haar indes in einem sehr unechten Blond gefärbt. Ihre Augen waren gerötet vom Weinen. »Armer Fred«, sagte sie, als sie Hamish sah. »Was für eine entsetzliche Geschichte!«

Sie bat ihn ins Haus. Wie unabhängig diese alten Menschen sind, dachte Hamish, die es schaffen, fit genug zu bleiben, um allein ihren Haushalt zu führen. Alles in ihrem kleinen Wohnzimmer war blitzsauber.

»Ich komme gerade von Mr. Tam Carmichael«, erklärte er, »und er hat mir erzählt, dass Sie gut mit Mr. Sutherland befreundet waren. Er interessierte sich für den Tod von Mr. Gilchrist, und ich hörte, dass er Fragen gestellt hatte. Gestern Abend hatte er mir eine Nachricht hinterlassen, dass er etwas über Kylie Fraser herausgefunden hatte. Hat er Ihnen erzählt, was das war?«

Sie schüttelte den Kopf. »Er war so aufgeregt. Ich glaube, er hat davon geträumt, vor Gericht als Zeuge auszusagen. Er hat mich gebeten, einen kleinen Riss in seinem besten Anzug auszubessern, weil er meinte, der würde vor den Fernsehkameras großartig aussehen. Wir haben ihn alle nicht ernst genommen. Ich schätze, jeder von uns scheint bisweilen ein bisschen gaga zu sein. Und Männer sind solche Kindsköpfe. Die leben immerzu in Walter-Mitty-Träumen. Lassen Sie mich überlegen. Er hat doch etwas gesagt!«

Hamish wartete.

»Er hat gesagt: ›Was ältere Männer mit jungen Mädchen anstellen, das glaubst du nie!‹«

Hamish seufzte leise. »Ich nehme an, er meinte Gilchrist?«

»Was denn, Gilchrist und Kylie? Du meine Güte!«

»Weit ist er bei ihr nicht gekommen, doch ich vermute, dass Fred Sutherland es erfahren hatte und mir davon erzählen wollte.«

»Aber verstehen Sie denn nicht?«, rief Annie. »Deshalb muss Fred ermordet worden sein! Kylie trifft sich mit einigen furchtbaren Kerlen im Pub.«

»Für Kylie gab es keinen Grund zur Sorge. Ich wusste schon von ihr und Frederick Gilchrist, und das war ihr bekannt.«

Sie schlug die Hände zusammen und sah Hamish flehend an. »Sie müssen den finden, der diese entsetzliche Tat begangen hat. Mr. Gilchrist war ein widerlicher

Mann, und niemand trauert wirklich um ihn, doch Fred haben alle geliebt.«

»Ich werde tun, was ich kann«, erwiderte Hamish. »Aber falls Ihnen noch etwas einfällt oder Sie etwas hören, lassen Sie es mich bitte wissen.«

Sie versprach es. Dann ging Hamish zu Mrs. Harrison, doch die war nicht zu Hause. Er erinnerte sich, dass er Mrs. Edwardson vom Textilgeschäft gebeten hatte, sich ebenfalls nach Kylie umzuhören, und hielt es für besser, sie zu warnen.

Sie war wie üblich in ihrem leeren Laden inmitten von unförmigen Kleidern und chinesischen Schaufensterpuppen mit Gesichtern aus den 1930ern und grotesken Perücken.

»Um mich müssen Sie sich keine Sorgen machen«, antwortete sie auf seine Warnung. »Ich habe nicht herumgefragt, obwohl ich Kylie gewarnt hatte, dass Sie sich nach ihr erkundigt haben. Doch ansonsten habe ich hier sehr viel zu tun, müssen Sie wissen.«

»Was zum Beispiel?«

Sie wirkte verärgert. »Natürlich Kundinnen bedienen, Änderungen vornehmen und die Bestände kontrollieren.«

Hamishs Neugier verlockte ihn beinahe, sie zu fragen, wann sie das letzte Mal überhaupt etwas verkauft hatte.

»Demnach haben Sie nichts gehört, was hilfreich für mich sein könnte?«

»Eher nicht, und ich sehe auch nicht ein, warum ich Ihre Arbeit erledigen soll, Officer.«

»Dann überlasse ich Sie mal all Ihren Kundinnen«, gab Hamish mit einem Anflug von Highland-Bösartigkeit zurück. »Ich kämpfe mich durch das Gedränge zur Tür durch.«

Unentschlossen blieb er vor dem Laden stehen. In diesem Moment kam Jimmy Anderson die Straße entlang.

»Ah, genau der Richtige!«, rief Jimmy. »Gehen wir auf ein schnelles Glas.«

Schweigend trotteten sie zum *Drouthy Crofter*. Die Bar war leer.

Hamish wusste, dass Jimmy mit Whisky befeuert werden musste, ehe er irgendwelche Informationen preisgab, also spendierte er ihm einen doppelten und sagte: »Setzen wir uns da drüben hin. Was gibt es Neues. Wurde aus Fred Sutherlands Wohnung etwas gestohlen?«

»Darauf deutet nichts hin. Er war nicht der Typ alter Mann, der seine Ersparnisse unter der Matratze aufbewahrt hat. Wie sind Sie mit Kylies Chef vorangekommen?«

»Nicht so richtig. Er hat sie behalten, weil sie eine verlässliche Mitarbeiterin ist und die Kunden sie mögen. Ich verstehe ihn. Die jungen Leute hier oben leben von Arbeitslosengeld und arbeiten schwarz, wenn überhaupt. Sie sind wahrlich nicht die Arbeitstiere vor dem Herrn. Dies ist das zweite Mal, dass jemand in dieses Haus gegangen ist und einen Mord beging, ohne dass irgendjemand etwas gesehen hat. Sicher, die Lichter im Treppenhaus waren aus, aber die Straßenlaterne leuchtet dorthin.«

»Ich sage Ihnen mal was über Braikie. Ist Ihnen nie aufgefallen, wie tot der Ort hier ist, sogar mitten am Tag? Wovon ich rede, fragen Sie sich? Unten im Süden sind die Supermärkte durchgehend geöffnet und manche der asiatischen Läden sogar rund um die Uhr, doch hier oben machen alle über Mittag zu. Dann sieht man in jedem anderen schottischen Kaff Leute in Gruppen zusammenstehen und plaudern. Hier nicht. Es ist genauso schlimm wie dieses andere Höllenloch, Cnothan.«

Jimmy nickte, um seine Worte zu unterstreichen. »Ich habe es beobachtet. Gegen neun Uhr morgens gehen alle zu den Läden, besorgen sich, was sie brauchen, und verschwinden. Um zehn Uhr ist alles komplett ausgestorben. Gegen fünf, kurz bevor die Läden schließen, kommen sie wieder raus. Die jungen Leute verbringen ihre Tage in diesem Pub, ab circa zwei Uhr mittags, wenn sie aufwachen, und die alten gehen in ihren Club. Um neun Uhr morgens fährt ein Bus rum und sammelt sie ein. Die Leute mittleren Alters bleiben zu Hause und gucken die Soaps im Fernsehen. Ich sage Ihnen, Hamish, müsste ich in Braikie leben, ich würde mir die Pulsadern aufschneiden.«

»Was passiert jetzt mit Kylie Fraser?«

»Die ist wieder zur Befragung in Strathbane. Sie hat jetzt einen Anwalt.«

»Wen?«

»Mr. Armstrong-Gulliver.«

Hamish zog verwundert die Augenbrauen hoch. »Der wird sie ein hübsches Sümmchen kosten. Wie kann sie ihn sich leisten, und wo sind ihre Eltern – wer sind ihre Eltern überhaupt?«

»Es gibt nur die Mutter. Eine ledige Mutter in Inverness. Sie geht auf den Strich und hat Kylie seit zwei Jahren nicht gesehen. Kaputtes Elternhaus. Gewalt.«

»Was halten Sie von Kylie?«

»Ein heißes kleines Ding, aber knallhart. Ich habe schon starke Männer vor Blair einknicken gesehen, doch Kylie nicht.«

Hamish lehnte sich zurück. »Würde Gilchrist noch leben, würde ich ihn verdächtigen, Fred umgebracht zu haben, damit der alte Mann den Mund über ihn und Kylie hält. Wir übersehen etwas Offensichtliches, Jimmy.«

»Tatsache ist, dass wir zu viele Verbrechen und Verdächtige haben. Da sind der Diebstahl in dem Hotel und Mrs. Macbean als alte Flamme von Gilchrist. Da sind die Smileys mit ihrer illegalen Destillerie. Sie haben gesagt, die wollten Sie in einen Torftümpel werfen? Wenn man bereit ist, das mit einem Bullen zu machen, bringt man jeden um.«

»Ich weiß nicht«, widersprach Hamish. »Da ist etwas an dem irren Brüderpaar, das noch zu den Highlands gehört, wie es sie längst nicht mehr gibt. Ich glaube, mental sind die Smileys nicht mal im neunzehnten Jahrhundert angekommen, vom zwanzigsten ganz zu schweigen.«

Jimmy lachte. »Sie hatten aber das ganze Equipment aus dem zwanzigsten Jahrhundert, um ihren Fusel zu machen.«

»Ja, was in ihren Augen jedoch ein legitimer Lebensunterhalt für einen Highlander war, und für sie kommt ein neugieriger Polizist einem Rotrock aus dem achtzehnten Jahrhundert gleich. Ab in den Sumpf mit denen.«

»Wie auch immer, jetzt, da Kylie ihren Spitzenanwalt hat, muss Blair sie mit Samthandschuhen anfassen. Mann, habe ich das alles satt! Der Super sagt zu Blair: ›Sind Sie sicher, dass Hamish auf keine Idee gekommen ist? Ihm fällt doch sonst immer etwas ein.‹ Und Blair kriecht vor ihm und antwortet: ›Ja, Sir, ich frage ihn‹, und dann kommt er runter zu uns und lässt seine Wut an uns aus.«

»Noch ein Drink?«, fragte Hamish.

»Ja, das wäre super.«

Als Hamish zum Bestellen am Tresen stand, bemerkte er, dass sich der Pub langsam füllte. Vielleicht ging er, Hamish Macbeth, Recht und Ordnung zu frei und lässig an. Er hätte Kylie festnehmen sollen, weil sie ihm eine inszenierte Vergewaltigung hatte anhängen wollen. Er hätte den Seher verhaften sollen, weil er illegalen Whisky kaufte – oder vielmehr von den Smileys annahm; und er hätte niemals allein zu den Brüdern fahren dürfen. Allmählich kam er sich wie der wirre Highlander-Idiot vor, als den Blair ihn so oft bezeichnete.

Er brachte die Gläser zum Tisch. Ihm war bewusst, welche Feindseligkeit Jimmy und ihm von den anderen Gästen entgegenschwappte.

»Gucken Sie sich den Haufen an«, höhnte Jimmy. »Ein Tag ehrliche Arbeit würde die umbringen.«

Hamish behielt seine Gedanken für sich. Er dachte, dass es sehr verlockend war, vom Staat zu leben. Warum sollte jemand zur Arbeit gehen wollen, wenn er es nicht musste? Die Jobs in den Highlands, als Land- oder Forstarbeiter, Fischer oder Wildhüter, waren allesamt zu körperlich anstrengend für eine neue Generation, die mit Alkohol und Fertiggerichten großgezogen worden war. In gewisser Weise beneidete er Jimmy, denn Hamish wünschte sich oft, er wäre selbst unfähig, Dinge aus einer anderen Perspektive zu betrachten.

»Also, zurück zu dem Fall«, sagte Hamish. »Ich war bei dieser alten Schachtel, Mrs. Harrison, aber sie war nicht zu Hause.«

»Sie liegt im Raigmore Hospital in Inverness. Hatte einen Schlaganfall.«

»Wann?«

»Gestern Abend. Sie hat Glück gehabt, denn es kam gerade ein Einheimischer vorbei, als sie in ihrem Wohnzimmer umgekippt ist. Die Vorhänge waren offen, und er hat sie von der Straße aus gesehen. Und er hatte auch noch ein Mobiltelefon in seinem Wagen. Sonst hätte sie da vielleicht tagelang gelegen.«

»Kommen wir zurück zu Maggie Bane«, erwiderte Hamish. »Das ist das Problem mit diesem neuesten Mord und der Kylie-Geschichte. Wir vergessen, dass Maggie Bane diejenige war, die einen echten Grund hatte, Gilchrist zu hassen. Was ist, wenn sie von seinen Plänen wusste, mit der schrecklichen Mrs. Macbean fortzugehen?

Und warum verschwand sie ausgerechnet an dem Vormittag für eine Stunde aus der Praxis? Verdammt, ich denke, ich sollte noch mal mit ihr reden.«

»Lieber Sie als ich. Was hat das Mädchen für eine fiese Stimme!«

Hamish traf Maggie Bane beim Packen ihrer Habe an. »Was ist los?«, fragte er. »Gehen Sie weg?«

»Nach dem Skandal kann ich hier nicht bleiben«, antwortete sie in ihrer harschen Stimme, die so gar nicht zu diesem wunderschönen Gesicht passen wollte. »Ich ziehe zu meinen Eltern und verkaufe das Haus hier.«

»Weiß die Zentrale Bescheid, dass Sie wegziehen?«

»Ja, ich habe es ihnen mitgeteilt und meine neue Adresse angegeben.«

»Haben Sie von dem jüngsten Mord gehört?«

»Ja, heute Morgen im Radio.«

»Was halten Sie davon?«

Sie setzte sich neben eine Kiste auf den Fußboden, als wäre sie plötzlich erschöpft. »Der kann nichts mit Mr. Gilchrists Ermordung zu tun haben.«

»Nun, Mr. Sutherland wohnte über der Praxis und hatte mir eine Nachricht auf Band gesprochen, dass er etwas über Kylie Fraser herausgefunden hatte.«

Ihre Züge verhärteten sich. »Diese kleine Nutte!«

»Haben Sie gewusst, dass Mr. Gilchrist versucht hat, mit ihr zu schlafen?«

»Das ist ihre Geschichte. Mir hat er erzählt, dass sie

sich ihm an den Hals geworfen hat und zickig wurde, als er sie abgewiesen hat.«

»Nichts von einem versprochenen Auto, wenn sie den Mund hält?«

»Blödsinn.« Maggies Augen blitzten. »Ich sage Ihnen, was ich Ihren Kollegen in Strathbane auch schon erzählt habe, nämlich dass Kylie Fraser die größte Lügnerin in den Highlands ist. Sie hat geglaubt, sie könnte jeden Mann kriegen, den sie will, und um diese Legende zu untermauern, hat sie sich wilde Geschichten ausgedacht.« Sie stand auf und begann, Bücher in eine Kiste zu packen. Hamish entging nicht, dass ihre Arme sehr kräftig und muskulös waren.

»Verzeihen Sie die Bemerkung, Miss Bane, aber Sie sehen sehr fit aus. Treiben Sie viel Sport?«

»Ich spiele regelmäßig Squash.«

»Squash?«

»Ja, es ist das Einzige, was mir an Braikie fehlen wird. Hier gibt es einen sehr guten Squash-Club. Haben Sie das nicht gewusst? Drei Abende die Woche. Mr. Dempster, dem das größte Haus im Ort gehört – er hat eine Fabrik in Inverness –, hat sich einen Court an sein Haus anbauen lassen und den Club gegründet.«

»Wann genau ziehen Sie aus?«, erkundigte sich Hamish.

»In einer Woche.«

Hamish stand auf. »Ich melde mich wieder.«

»Hoffentlich nicht«, antwortete sie ätzend. »Ich will nie wieder einen Polizisten sehen.«

An der Tür zögerte Hamish. »Was haben Sie jetzt vor?«

»Ich habe heute Morgen einen Brief von einem meiner alten Dozenten bekommen. Der einzige Mensch, der mir einen netten Brief schreibt, darf ich hinzufügen. Er hat vorgeschlagen, dass ich ihn besuche und er versucht, einen Job für mich zu finden. Er meint, eine gute Art, über solch ein entsetzliches Erlebnis hinwegzukommen, wäre die, erfolgreich zu sein.«

Wenigstens habe ich etwas Gutes bewirkt, dachte Hamish, indem ich den Dozenten besucht habe. Hoffen wir, dass die einzige Person, der ich helfen konnte, sich nicht als Mörderin entpuppt.

Er fuhr wieder nach Braikie. Als er die Treppe zu Fred Sutherlands Wohnung hinaufging, kamen ihm die Spurensicherer in ihren weißen Overalls entgegen. »Irgendwas gefunden?«, fragte er hoffnungsvoll.

Der Teamleiter schüttelte den Kopf. »Kein einziger Fingerabdruck irgendwo, außer denen des alten Mannes.«

Hamish wandte sich bereits ab, als er einen dunkleren Flecken auf dem Gang zur Treppe bemerkte. »Was ist das?«, wollte er wissen. »Reste von Blut?«

Der Mann grinste. »Träumen Sie weiter. Wir wissen, was das ist.«

»Und was?«

»Hundepisse, Sherlock.«

»Oh.« Hamish stand unschlüssig da. Und die Spurensicherer sahen ihn ungeduldig an. Also riss er sich zusammen und trat zur Seite, um sie vorbeizulassen.

Er ging wieder hinaus auf die Straße, nahm die Mütze ab und kratzte sich fest am Kopf. Da war ein Gedanke, den er nicht recht packen konnte.

Ein kleiner Junge, der einem Ball nachjagte, rempelte Hamish an, fing sich ab und rief: »Was stehen Sie hier rum wie ein langer, nichtsnutziger Lulatsch?« Dann rannte er weiter.

Würde ich diesem kleinen Bengel was auf die Ohren geben, dachte Hamish, wäre ich morgen auf allen Titelseiten und vom Dienst suspendiert. Vielleicht war es das, was mit Kylie und deren Freunden nicht stimmte. Sie waren in einer Welt lascher Lehrer, lascher Moral, mit Junkfood für den Körper und den Geist aufgewachsen. Die allgemeine Überzeugung nicht zu vergessen, dass Kinder unschuldige und kostbare Geschöpfe waren.

Hamish erinnerte sich an seine eigene Kindheit, an die Freunde, mit denen er sich herumgetrieben hatte. Sie alle waren Barbaren gewesen, aber zur Disziplin erzogen worden durch Polizei, Kirche und Schule. Heutzutage wurden Morde, die von Kindern begangen wurden, beängstigend normal. Vielleicht hatten die alten Zeiten, in denen alle Kinder als schuldig gegolten hatten, bis ihre Unschuld bewiesen war, doch etwas für sich. Hamish stellte fest, dass ihm kalt wurde, und er riss sich aus seinen Gedanken.

Auf einmal dachte er an Sarah und hatte das starke Verlangen, sie wiederzusehen. Niemand konnte erwarten, dass er heute noch mehr tat, und ein angenehmer Abend und – man durfte schließlich hoffen – eine schöne Nacht mit Sarah waren genau das, was er brauchte.

Er fuhr zum *Tommel Castle Hotel* und ging an die Rezeption.

»Hallo, Hamish«, begrüßte Mr. Johnson ihn. »Eine üble Sache, dieser Mord an dem alten Mann.«

»Ja, ich komme gerade aus Braikie. Ist Miss Hudson da?«

»Wissen Sie es nicht? Sie ist abgereist.«

»Abgereist?«

»Ja, sie war bei dem alten Angus, und als sie wiedergekommen ist, war sie ganz ernst und angespannt und hat um die Rechnung gebeten. Dann hat sie von hier aus telefoniert. Ich habe natürlich mitgehört.«

»Natürlich«, wiederholte Hamish matt.

»Sie hat gesagt: ›Ich bin es, Sarah. Oh, Schatz, du fehlst mir so sehr. Tut mir leid, dass ich weggelaufen bin. Es war ein schrecklicher Fehler. Ich versuche, den Abendflug von Inverness zu erwischen. Kannst du mich in Heathrow abholen?‹ Was er geantwortet hat, weiß ich nicht, weil ich nur sie gehört habe. Dann hat sie gefragt: ›Tust du? Oh, danke, Schatz. Ich rufe dich von Inverness an und gebe dir Bescheid, ob ich den Flug bekomme. Ich liebe dich auch.‹«

»War es ihr Mann?«

»Den Eindruck hatte ich, ja.«

»Seltsam, Priscilla hat nicht erwähnt, dass Sarah verheiratet ist. Und«, fügte Hamish, der wütend wurde, hinzu, »noch seltsamer ist, dass sie es mir mit keiner Silbe verraten hat.«

»Tja, so sind die Frauen.«

Hamish schlurfte zurück zum Wagen. Er fühlte sich richtig elend und zurückgewiesen. Vielleicht hatte sie ihm eine Nachricht in der Wache hinterlassen. Doch als er dort ankam, lag drinnen lediglich die Stromrechnung auf der Fußmatte.

Er setzte sich an den Schreibtisch im Büro und vergrub das Gesicht in den Händen. Im Grunde sollte er sich nicht so furchtbar fühlen. Es war nur eine Nacht gewesen, und danach hatte Sarah sich von ihm zurückgezogen.

Plötzlich wusste er, dass er nicht allein auf der Polizeiwache hocken konnte. Er schloss ab und fuhr zurück nach Braikie. Er würde ermitteln – irgendetwas tun, um sich von Sarah abzulenken. Wo soll ich anfangen?, fragte er sich, als die orangefarbenen Straßenlaternen des Ortes den nächtlichen Highland-Himmel befleckten.

Wie wäre es mit dem Squash-Club? Dort könnte er eventuell etwas über Maggie Bane erfahren, was er noch nicht wusste.

Er erzählte dem Besitzer, Mr. Dempster, er wolle sich die Spiele bloß ansehen, und wurde nach oben auf eine lange Galerie über den Courts geführt. Maggie Bane spielte in einem, donnerte die Bälle mit großer Kraft gegen die Wand, dass ihr schwarzes Haar nur so flog. Ihre Squash-Partnerin war eine dünne, muskulöse grauhaarige

Frau. In dem Court daneben spielte ein kleiner rundlicher Mann gegen einen großen, gut gebauten.

Hamish wollte sich bereits abwenden, da drehte er sich noch einmal um und konzentrierte sich auf den kleinen rundlichen Mann. Es war der Apotheker, Mr. Charles Cody. Hamish staunte, welches Tempo und welche Kraft er an den Tag legte.

Langsam ging er die Treppe wieder hinunter und nach draußen. Ein kalter Wind aus dem Westen war aufgekommen, der den Geruch von Salzwasser herbeitrug.

Hier hätten wir einen Mann, dachte Hamish, der wissen dürfte, wie man Nikotingift herstellte, und genug Kraft hatte, um eine männliche Leiche auf einen Stuhl zu hieven.

Aber warum? Was war der Grund?

Fred Sutherland hatte etwas über Kylie Fraser herausgefunden. Wie alle anderen auch hatte Hamish angenommen, dass es um Kylie und Gilchrist ging. Aber angenommen, es hatte mit Kylie und ihrem Chef zu tun gehabt?

Was für ein Mann war Cody? Er hatte Kraft. Und er spielte eindeutig sehr aggressiv Squash.

Moment mal. Er hatte gesagt, dass er mit dem Hund spazieren gewesen war, was seine Frau bestätigt hatte.

Doch jetzt, da Hamish darüber nachdachte, war der Hund sehr ängstlich gewesen. Und an der Treppe, die von der Praxis hinauf zu Freds Wohnung führte, war Hundeurin gewesen. Konnte die Forensik feststellen, von welchem Hund er stammte? Müsste sie.

Aber warum? Warum sollte Charles Cody erst Gilchrist und dann Fred umbringen?

Gewiss bedeutete es, dass Cody eine Affäre mit Kylie gehabt hatte. Der Zahnarzt war aus Rache ermordet worden, und der arme Fred, weil er erwähnt hatte, dass er erzählen würde, was er wusste.

Hamish könnte zurück in den Squash-Club gehen und Charles Cody befragen. Doch er wollte das richtige Szenario, den richtigen Rahmen, um den Mann dazu zu bringen einzuknicken.

Und dann fiel ihm Mrs. Cody ein. Er würde zu Cody nach Hause fahren und dort auf ihn warten.

Kapitel 10

Leben ist die Kunst, hinreichende Schlüsse aus unzureichenden Vorgaben zu ziehen.

Samuel Butler

Als er vor Codys Haus hielt, zögerte Hamish, bevor er aus dem Land Rover stieg. Er sollte wirklich Strathbane kontaktieren und ihnen von seinem Verdacht und dem Hundeurin erzählen. Aber würden sie ihm zuhören? Es war alles so vage. Und wäre der Urin überhaupt noch zu analysieren? Inzwischen müsste er getrocknet sein. Lieber sah Hamish erst einmal nach, was er finden konnte.

Er klingelte. Wieder öffnete Mrs. Cody, doch ihre Züge wurden feindselig, als sie ihn erblickte. »Was gibt es, Officer? Wir haben heute schon bei Detectives unsere Aussage gemacht.«

»Ich möchte nur kurz mit Mr. Cody sprechen.«

»Der ist nicht zu Hause.«

»Wann kommt er zurück?«

Seufzend blinzelte sie auf ihre Uhr. »Jede Minute. Er ist beim Squash.«

»Darf ich reinkommen und auf ihn warten?«, fragte Hamish mit einem besonders freundlichen Lächeln.

»Nein«, antwortete sie und knallte ihm die Tür vor der Nase zu.

Oh ja, mein Charme ist unschlagbar, wenn es um die Damen geht, dachte Hamish verdrossen. Er stieg zurück in den Land Rover und wartete.

Die Haustür ging auf, und Mrs. Cody kam zu ihm.

Hamish öffnete das Seitenfenster.

»Dieser Polizeiwagen macht einen ganz schlechten Eindruck«, fauchte sie.

»Na, das dürfen wir nicht zulassen, was?«, antwortete er freundlich. »Ich könnte um die Ecke fahren, zu Fuß zurückkommen und drinnen auf Ihren Mann warten.«

Für einen Augenblick wirkte sie sprachlos, dann sagte sie: »Ach, na gut.«

Hamish parkte den Wagen außer Sicht des Hauses, allerdings weniger, um Mrs. Cody einen Gefallen zu tun, als um Mr. Cody nicht vorzuwarnen, dass er auf ihn wartete.

Dann ging er zurück, und sie führte ihn in das, was sie »Salon« nannte. Mrs. Cody schaute sich eine Quizsendung im Fernsehen an und beachtete Hamish nicht weiter. Suky, ihr kleiner Hund, kam zu ihm getapst und sprang ihm auf den Schoß. Hamish kraulte sein raues Fell.

Schließlich hörte er einen Wagen kommen. Der Hund

bellte einmal kurz, sprang von Hamishs Schoß und lief zur Haustür.

»Ich bin wieder da«, rief Mr. Cody. Seine Frau antwortete nicht. Jemand stand kurz davor, entweder ein Auto oder eine Schachtel Sicherheitsnadeln zu gewinnen, je nachdem, ob er Glück oder Pech hatte.

Hamish stand auf, als Mr. Cody das Zimmer betrat. »Was ist hier los?«, fragte Charles Cody verärgert.

»Ich würde gern kurz mit Ihnen unter vier Augen reden«, erklärte Hamish.

»Es gibt nichts, was Sie nicht auch vor meiner Frau sagen können.«

»Na schön.« Hamish beobachtete ihn aufmerksam. »An dem Abend, als Fred Sutherland ermordet wurde, waren Sie laut Ihrer Aussage mit dem Hund draußen. Da war Hundeurin auf der Treppe, die zu Fred Sutherlands Wohnung führt. Die Forensik wird bestimmen können, von welchem Hund der stammt.«

»Wollen Sie andeuten, dass ich diesen alten Mann umgebracht habe?«, fragte Mr. Cody.

»Sie hat die Sicherheitsnadeln gewonnen«, bemerkte Mrs. Cody. »Sie hat die falsche Kiste gewählt, hab ich's doch gewusst!«

»Falls Sie sich querstellen, warten wir das Laborergebnis ab«, erwiderte Hamish.

»Tun wir das«, antwortete Mr. Cody frostig. »Und verschwinden Sie aus meinem Haus, bevor ich meinen Anwalt rufe.«

Hamishs Überzeugung schwächelte ein wenig. Da war nichts in den kalten Augen des Schuldigen vor ihm zu erkennen. »Dann überprüfen wir es, und ich melde mich wieder«, sagte er.

Er ging hinaus zum Land Rover und wollte Strathbane funken, als ihm ein entsetzlicher Gedanke kam. Stattdessen fuhr er zurück nach Braikie und zu dem Treppenaufgang zu Fred Sutherlands Wohnung. Die Glühbirnen waren ersetzt worden. Hamish starrte auf die Stelle, an der sich der Hundeurin befunden hatte. Sie war weiß geschrubbt, ein blitzsauberer Fleck auf dem grauen Stein. Kein Wunder, dass Cody ausgesehen hatte, als hätte er nichts zu befürchten.

Hamish fluchte leise vor sich hin. Nun war er erst recht sicher, dass Cody der Mörder war. Warum hatte er daran nicht früher gedacht? Ein Apotheker war der offensichtliche Verdächtige. Hamish hätte nie auf all die Stimmen hören sollen, die ihm erzählt hatten, dass jeder Nikotingift herstellen könne.

Er fuhr zurück zur Polizeiwache und rief Jimmy Anderson an.

»Ja, Kylie ist wieder zu Hause«, antwortete Jimmy auf Hamishs Frage. »Worum geht es?«

»Haben Sie heute Abend Dienst?«

»Noch zwei Stunden. Warum?«

»Bleiben Sie da, Jimmy, und warten Sie auf meinen Anruf. Vielleicht habe ich einen Mörder für Sie.«

»Was?«

»Vertrauen Sie mir.« Hamish legte auf.

Er ging in sein Wohnzimmer und kramte in einem Karton unter dem Tisch, bis er sein kleines Aufnahmegerät gefunden hatte. Nachdem er sich vergewissert hatte, dass es funktionierte, steckte er es in die Tasche, sodass das winzige Mikrofon herauslugte.

Dann fuhr er zu Kylie Frasers Wohnung in Braikie.

Auf sein Klingeln hin ertönte der Summer. Kylie öffnete ihre Tür. »Nicht Sie schon wieder!«, stöhnte sie.

»Doch, ich«, gab Hamish zurück. »Zeit für die Wahrheit. Gehen wir rein.«

Sie saßen einander in Kylies chaotischem Wohnzimmer gegenüber. Überall waren Kleidung und leere Coladosen verteilt, und ein Teller mit Essensresten stand auf dem Tisch.

Kylie hatte kein Make-up aufgelegt, was sie sehr jung wirken ließ. Sie trug ein langes T-Shirt und sonst nichts, soweit Hamish es beurteilen konnte, und sie war barfuß.

»Dann mal raus damit, Bulle«, sagte sie. Sie sprach mit einem nasalen amerikanischen Akzent.

Hamish stellte heimlich das Aufnahmegerät an. »Ich weiß, wer die Morde begangen hat«, sagte er.

»Wer?«

»Ihr Chef, Charles Cody.«

Sie wurde sehr blass, doch dann lachte sie schrill. »Das ist Schwachsinn. Welchen Beweis haben Sie?«

»Ob Sie es glauben oder nicht, ein bisschen Hundepipi.«

Sie sah ihn verständnislos an und wartete.

»An dem Abend, an dem Fred Sutherland ermordet wurde, hat Ihr Chef angeblich seinen kleinen Hund ausgeführt, was seine Unschuld belegen soll. Aber da war Hundeurin in dem Treppenaufgang zu Fred Sutherlands Wohnung, und der stammte von Codys Hund. Ich habe Mitleid mit Ihnen, Kylie, und ich dachte, ich lasse Sie lieber wissen, dass das Spiel aus ist. Ich bin jetzt auf dem Weg, ihn zu verhaften.«

Kylie riss die Augen weit auf vor Angst. »Das hatte nichts mit mir zu tun!«

»Es hatte ausschließlich mit Ihnen zu tun. Er hatte eine Affäre mit Ihnen, oder nicht?«

»Ja«, murmelte sie.

»Lauter«, befahl Hamish.

»Ja, ja, ja!«

»Also waren Sie seine Komplizin bei den Morden.«

»Nein!«, kreischte Kylie. »Nein! Ich habe ihm von Gilchrist erzählt und davon, wie er mich behandelt hat, sonst nichts. Mehr sage ich nicht!«

»Sie werden im Fernsehen und in sämtlichen Zeitungen sein«, erwiderte Hamish. »Jeder wird mit dem Mädchen reden wollen, das Männer zum Morden treibt.«

Mit offenem Mund starrte sie ihn an und war zunächst stumm. Dann zuckte sie mit den Schultern. »Ich kann nichts dafür, wenn die Kerle verrückt nach mir sind.«

Hamish entspannte sich ein wenig. Kylie Frasers enorme Eitelkeit würde ein Übriges tun.

»Ich erzähle es Ihnen, aber wir sind hier allein, also werde ich hinterher alles leugnen.«

»Richtig. Reden Sie.«

»Also, Charlie – Mr. Cody – hat dauernd versucht, mich im Laden zu betatschen. Ich meine, gucken Sie ihn sich an. Er ist *alt!*« Über fünfzig war für Kylie richtig alt. »Und dann hat er eines Tages gesagt: ›Wenn Sie nett zu mir sind, Kylie, vererbe ich Ihnen diesen Laden. Und Sie bekommen an jedem Monatsende einen kleinen Bonus.‹

Der Laden läuft bombig, und ich kenne mich mit allem genauso gut aus wie er. Nicht mit dem Apothekenzeug, das nicht, doch wenn ich den Laden erst habe, kann ich einen Apotheker einstellen, einen netten jungen, keinen alten Perversling wie ihn.«

»Aber Mr. Cody ist sehr fit. Er könnte noch jahrelang leben.«

»Ich sage doch, er ist alt«, beharrte Kylie mit der geballten Arroganz der Jugend. »Was er alles von mir verlangt hat: Handschellen, Leder und all so was. Ich habe einen Fehler gemacht. Ich dachte, Gilchrist wäre der bessere Deal, und habe ihm von Cody erzählt. Und dann, als sich herausgestellt hat, dass Gilchrist eine Ratte ist, habe ich Charlie von ihm erzählt. Charlie hat mich gefragt, ob ich Gilchrist was von ihm gesagt habe, und ich habe geantwortet: ›Ja, habe ich, und Gilchrist ist ein Scheusal. Ich wollte nicht mit ihm ausgehen, aber er hat mich gezwungen.‹ Ich meine, ich hatte mich ja an Charlies Bonusse gewöhnt und wollte, dass er mir die weiter zahlt. Als ich von dem Mord hörte, konnte ich es nicht glauben. Ich wollte Charlie loswerden, doch er hat behauptet, er hat es für mich getan, und ich habe Angst vor ihm gehabt.«

»Sie wären ihn losgeworden, hätten Sie der Polizei erzählt, was Sie wissen«, erinnerte Hamish sie.

»Er hat gedroht, wenn ich jemals was sage, bringt er mich um«, antwortete Kylie. »Doch Sie wissen ja, wie das ist. Jemandem muss man es erzählen, also habe ich es Tootsie gesagt, nicht das von dem Mord, aber dass ich was mit Charlie habe und wie pervers er ist. Sie hat gemeint, wir sollen welche von den Jungs im Pub überreden, dass sie ihn sich mal vornehmen, doch da habe ich Panik gekriegt und gesagt, dass keiner es wissen darf. Trotzdem hat die blöde Kuh es ihrem Großvater erzählt, dem alten Joe Gibbon. Joe Gibbon geht in den Seniorenclub und muss es Fred Sutherland weitererzählt haben, denn Fred hat mir eine Nachricht unter der Tür durchgeschoben. Da stand, dass er das von meiner Affäre mit Charlie Cody herausbekommen hat und damit zur Polizei geht. Der alte Idiot hat gesagt, dass er Privatdetektiv ist und ich zu ihm kommen soll, dann begleitet er mich zur Polizei und macht es mir leichter.«

»Was Sie ebenfalls Mr. Cody erzählt haben.«

Sie nickte. »›Keine Sorge, ich kümmere mich darum‹, hat er mir versprochen.«

»Herrgott, Mädchen«, entgegnete Hamish erbost, »Sie

sind ja so schlimm wie Lady Macbeth. Ist Ihnen nicht aufgegangen, dass Sie den Mann zum Mord verleitet haben?«

Ihre Züge verhärteten sich. »Ich wollte den Laden. Der müsste mir gehören. Wissen Sie, was meine Mutter macht? Sie geht auf den Strich.«

»Sie mag eine Prostituierte sein«, erwiderte Hamish, »aber das tut sie für Geld. Sie bringt Männer nicht dazu, für sie zu morden.«

»Hatte ich dem alten Idioten Cody denn gesagt, dass er für mich morden soll?«, fuhr Kylie hysterisch auf.

»Was ich nicht verstehe«, gab Hamish zurück, »wie haben Sie es geschafft, die Geschichte in solch einem Ort geheim zu halten?«

»Zwei der Wohnungen hier stehen leer, und in den anderen wohnen alte Leute, die früh zu Bett gehen. Wegen den vielen Büschen und Bäumen kann man nicht richtig sehen, wer ins Haus geht. Charlie hat seiner Frau was in den Kakao getan, damit sie schläft, und dann ist er zu mir gekommen. Aber meistens war es nach Ladenschluss hinten im Geschäft. Hätte ich Tootsie nichts erzählt, er hätte den alten Fred in Ruhe gelassen.«

Hamish stand auf. »Ich komme mit den Kollegen wieder.«

»Ja, klar, ich werde alles abstreiten, was ich Ihnen gesagt habe.«

Hamish ging hinaus in den kalten Abend und atmete gierig die frische Luft ein. Dann fuhr er zur nächsten

Telefonzelle, anstatt den Funk zu benutzen, und erklärte Jimmy Anderson rasch alles, was er erfahren hatte. »Ich warte vor Codys Haus auf Sie.«

Geduldig wartete Hamish, bis er die Wagen kommen sah: Jimmy mit seinem Kollegen Harry MacNab in dem ersten Fahrzeug, vier Polizisten in dem zweiten. Hamish, der um die Ecke geparkt hatte, ging zu ihnen und fragte: »Kein Blair?«

Jimmy Anderson grinste. »Es wäre doch ein Jammer, seinen Schönheitsschlaf zu stören. Schleppen wir den Mistkerl direkt nach Strathbane?«

»Nein, dann ruft er diesen Anwalt, den er sicherlich für Kylie besorgt hatte, und es wird zäh. Wir nehmen diese Aufnahme mit rein und spielen sie ihm vor.«

»Tja, ist Ihre Show, Hamish. Gehen Sie vor.«

Sie alle drängten sich vor der Haustür, und Hamish läutete. An diesem Abend hatte Cody den Kakao seiner Frau offensichtlich nicht versetzt, denn sie öffnete in einem Morgenmantel über ihrem Nachthemd. »Was soll das werden?«, fragte sie ärgerlich.

»Holen Sie Ihren Mann – sofort«, befahl Hamish. Sie starrte ihn und die Detectives und Uniformierten hinter ihm an. Dann drehte sie sich um und ging nach oben. Alle traten in die enge Diele.

Charles Cody kam im Pyjama nach unten. »Mir reicht es allmählich!«, schimpfte er. »Was in aller Welt wollen Sie jetzt wieder?«

»Gehen wir ins Wohnzimmer«, antwortete Hamish. »Wir möchten, dass Sie sich etwas anhören.«

Er ging voraus. Zwei Detectives und Hamish folgten ihm. Die Uniformierten warteten in der Diele.

Hamish wies den Apotheker ernst auf seine Rechte hin und beschuldigte ihn des Mordes an Gilchrist und Sutherland. Dem Mann traten Schweißperlen auf die Stirn. Mrs. Cody war aus der Diele zu hören, wo sie zu wissen verlangte, warum sie nicht zu ihrem Mann durfte.

Hamish stellte das Aufnahmegerät auf den Tisch. Cody vergrub das Gesicht in den Händen, als Kylies Stimme erklang und laut und deutlich zu vernehmen war.

Als es fertig war, sagte er matt: »Sie haben sie reingelegt, Macbeth, Sie Mistkerl! Es gab keinen Beweis. Ich erinnerte mich, dass der Hund unten an der Treppe das Bein gehoben hatte, und bin hin, um sicherheitshalber alles sauber zu schrubben. Sie Schwein! Kylie nennt mich einen ›Perversling‹! Ich habe gedacht, sie liebt mich.« Seine Stimme brach, und er jammerte: »Sie hat mich geliebt! Sie hat gesagt, dass sie mich liebt!« Dann fing er an zu schluchzen.

Sie brachten ihn hinaus zum Wagen. In sämtlichen Nachbarshäusern brannte Licht. Die Leute standen vor ihren Türen und gafften zu der Polizei und dem kleinen Cody herüber, der abgeführt wurde.

Mrs. Cody fuhr mit ihrem Mann. Beim Einsteigen sagte sie: »Falls du aus irgendeinem Grund davonkommst,

Charles, bringe ich dich um. Wir waren immer so anständige Leute.«

»Ja, nicht wahr?«, höhnte er. »Du mit deinem hässlichen Körper und deinen hochanständigen Schlüpfern. Du machst mich krank.«

»Holen Sie Kylie her?«, erkundigte sich Hamish, als sie in Strathbane waren.

Jimmy nickte. »Und ihr blüht ein Schock, wenn sie die Aufnahme hört. Wir müssen noch auf diesen Anwalt warten. Darauf besteht Cody. Wollen Sie einen Tee, bevor er da ist? Sie mussten ihn aus dem Bett holen.«

»Ja, das wäre prima«, antwortete Hamish.

Sie gingen nach oben in die Kantine.

»Gute Arbeit, Hamish«, lobte Jimmy. »Sie haben das nicht schlecht gemacht, und das ganz ohne Cowboy-Methoden. Da wird eine Beförderung für Sie drin sein.«

Hamish blickte ihn nachdenklich an. »Es sei denn, Sie sagen, das Ganze war Ihre Idee.«

»Wie bitte?«

»Überlegen Sie mal, Jimmy. Ein dicker Pluspunkt für Sie. Für mich würde eine Beförderung einen Wechsel nach Strathbane bedeuten.«

»Ich will Ihnen ja nicht wie Blair kommen, aber tatsächlich wäre ich sehr froh, mir das auf die Fahne schreiben zu können. Was wollen Sie?«

Hamish grinste. »Ruhe und Frieden.«

»Na, dann auf Sie!«, sagte Jimmy und erhob die Teetasse.

Plötzlich erstarrte Hamish. »Sie lassen Cody all seine Taschen ausleeren, oder?«

»Ja, das ist Vorschrift. Woran denken Sie?«

»Ich denke an Gift. Hoffentlich haben sie ihm auch alle Pillen abgenommen!«

Jimmy starrte Hamish mit großen Augen an. »Es sei denn, der Mistkerl hat gesagt, es sind Herzmittel oder so, und als Apotheker wird er wissen, was in welchem Fläschchen ist.«

Beide rannten zur Tür.

»Natürlich haben wir ihn seine Taschen ausleeren lassen«, antwortete der Diensthabende empört. Cody war erlaubt worden, sich anzuziehen, bevor sie sein Haus verlassen hatten. »Er hat nichts bei sich außer einem Taschentuch, seinen Haus- und seinen Autoschlüsseln.«

»Keine Medikamente?«

»Nein, bis auf seine Asthma-Tabletten.«

»Aber die haben Sie an sich genommen?«

»Nein. Es schien mir in Ordnung zu sein, die …«

»In welcher Zelle ist er?«, rief Jimmy.

»Nummer fünf. Aber …«

»Sofort aufmachen!«

Der sichtlich beleidigte Diensthabende ging hin und schloss die Zelle Nummer fünf auf. Mr. Charles Cody lag tot auf dem Fußboden.

»Es ist also alles richtig blöd ausgegangen«, sagte Hamish am nächsten Tag am Telefon zu Priscilla. »Natürlich kam

Blair morgens an und versuchte, Jimmys Erfolg zu sabotieren, indem er behauptete, hätte man ihn gerufen, wäre Cody noch am Leben.«

»Und was passiert mit Kylie?«

»Sie wird wegen Komplizenschaft, Anstiftung zum Mord und Behinderung der Justiz angeklagt. Doch dieser teure Anwalt wird sie wahrscheinlich gratis verteidigen. Er mag Publicity. Beim Prozess wird er Hackfleisch aus mir machen, und Kylie wird gewiss freikommen, ihre Geschichte an das bestzahlende Revolverblatt verkaufen und glücklich bis an ihr Ende leben.« Es entstand eine Pause, bevor Hamish betont gelassen bemerkte: »Ich habe nicht gewusst, dass Sarah verheiratet ist.«

»Ja, und sie hatte einen Riesenkrach mit ihrem Mann. Hatte ich dir das nicht erzählt? Oh nein, ich erinnere mich. Wir hatten Sarah nicht erwähnt.«

»Sie hätte es mir sagen können.«

»Warum sollte sie?«, fragte Priscilla streng.

»Na ja, wir waren einige Male zusammen essen.«

»Wenn sie noch litt«, erwiderte Priscilla, die nun unmissverständlich misstrauisch klang, »hätte sie es wohl kaum einem Dorfpolizisten erzählt, den sie so gut wie gar nicht kennt.«

Hamish hielt es für klüger, das Thema zu wechseln. »Mich macht immer noch diese Stunde stutzig, die Maggie Bane an dem Morgen des Mordes an Gilchrist freigenommen hatte. Ich denke, ich frage sie noch mal, ehe sie wegzieht.«

»Ich muss zugeben, dass mich die grausamen Morde und all die Leidenschaft in einem Ort wie Braikie überraschen.«

»Und ich vermute, dass für dich Leidenschaft immer überraschend ist, Priscilla.«

»Auf Wiederhören, Hamish.«

Da war ein Klicken am anderen Ende. Hamish fluchte. Warum hatte er das gesagt? Es war ja nicht so, als wäre ihm Priscilla inzwischen gleichgültig. Oder?

Maggie Bane öffnete ihm die Tür und sah zum ersten Mal entspannt und heiter aus. »Kommen Sie rein«, sagte sie. »Ich wollte mir eben einen Kaffee aufbrühen. Möchten Sie auch einen?«

Hamish nickte.

»Sie müssen allerdings auf dem Fußboden hocken. Die Möbel sind schon eingelagert.«

Hamish setzte sich hin und blickte sich in dem leeren Zimmer um. Nach wenigen Minuten kam Maggie mit einem Tablett, auf dem zwei Kaffeebecher standen, und stellte es zwischen sie auf den Boden.

»Der Albtraum ist vorbei«, bemerkte sie.

»Hatten Sie Cody in Verdacht?«

»Nein, und das ist das Komische. Er war eine Woche vor dem Mord in die Praxis gekommen, und Mr. Gilchrist hatte aus seinem Sprechzimmer gesehen und gesagt, ich soll einen Spaziergang machen, weil sie etwas Privates zu besprechen hätten.«

»Warum haben Sie mir das nicht erzählt?«, fragte Hamish.

»Weil er der Apotheker war. Er hat uns unsere Medikamente geliefert. Ich hatte mir nichts dabei gedacht.«

»Erklären Sie mir bitte eines nach dem anderen«, erwiderte Hamish. »Diese Stunde, die Sie sich am Tattag freigenommen hatten, gab es zu der auch mehr, als Sie mir gesagt haben?«

Lange Zeit sah sie ihn schweigend an, dann zuckte sie mit den Schultern. »Tatsache ist, dass wir den Abend zuvor einen üblen Krach gehabt hatten. Ich bin morgens um zehn rein, um ihm seinen Kaffee zu bringen. Er ließ ihn gewöhnlich stehen, bis er fast kalt war. Ich schätze, das gab Cody die Möglichkeit, ihn zu vergiften. Ich habe Gilchrist gesagt, dass ich ihn verlasse und kündige, zog meinen Mantel an und ging. Sollte er sich eine andere Sprechstundenhilfe suchen! Ich bin in all den Läden gewesen, habe all das gemacht, was ich Ihnen bereits erzählt habe, und dann dachte ich, ich kann ebenso gut noch mal zurückgehen und die wenigen Sachen holen, die ich in der Praxis gelassen hatte.«

»Warum hatten Sie mir das verschwiegen?«

»Ich dachte, wenn ich es erzähle, verdächtigen Sie mich des Mordes. Auf jeden Fall ging Cody ein großes Risiko ein. Ich hätte jederzeit reinkommen oder jemand hätte ihn sehen können, wie er die Treppe hinauf zur Praxis gegangen ist.«

»Die Antwort hat uns Kylie Fraser letzte Nacht geliefert, als sie endlich einknickte. Er hatte ihr gesagt, dass er so außer sich vor Zorn und Leidenschaft war, dass ihm gleich war, ob jemand ihn beobachtete oder gar ertappte. Zuerst hatte er nur vor, den Zahnarzt zu vergiften und wegzugehen. Er war schon vorher in der Praxis gewesen und wusste, dass Gilchrist um zehn seinen Kaffee bekommt und den fast kalt werden lässt. Cody sagte, als Frederick Gilchrist endlich tot war, war er immer noch wütend und hat ihn deshalb in den Stuhl gehoben und seine Zähne angebohrt. Erst hinterher wurde ihm klar, welches Glück er gehabt hatte, und entspannte sich. Außerdem sagte Kylie Fraser, das alles hätte ihm noch ein Druckmittel gegen sie gegeben. Sie hatte Angst, wenn sie es jemandem erzählt, bringt er sie um. Und da er tot ist, kann nun keiner ihrer Geschichte widersprechen. Ihr Anwalt wird dafür sorgen, dass sie beim Prozess wie ein unschuldiges Schulmädchen angezogen ist, und sie wird schluchzen und sagen, er hätte sie bedroht, damit sie schwieg, was ihr jeder glauben wird. Sie wissen offensichtlich, dass Cody tot ist.«

»Ja, es kam heute Morgen im Radio.«

»Es gibt ein Leck in der Zentrale. Die Zeitungen erfahren alles in dem Moment, in dem es geschieht. Wobei mir einfällt, dass da etwas ist, was ich erledigen muss.« Hamish verabschiedete sich und fuhr zum Seniorenclub, wo er Tam antraf.

»Ich nenne Ihnen den Namen eines netten Reporters beim *Inverness Daily*«, sagte Hamish. »Haben Sie ein Foto von Fred?«

»Ja«, antwortete Tam.

»Geben Sie das dem Reporter, zusammen mit einer Geschichte über Fred Sutherland, Detektiv, wie er den Fall gelöst hat. Ich denke, das würde Fred gefallen.«

»Ja, und wie!«, rief Tam. »Er wäre im siebten Himmel.«

»Ich schreibe Ihnen auf, was Sie sagen sollen, und bringe es Ihnen vorbei.«

Dann ging Hamish wieder zu dem Textilgeschäft und stellte Mrs. Edwardson zur Rede. »Wissen Sie, dass Charles Cody der Mörder von Mr. Gilchrist und Fred Sutherland ist?«

»Ja, das habe ich in den Frühstücksnachrichten gehört. Wer hätte das gedacht? Solch eine Säule der Gemeinde und immerzu ein freundliches Wort für jeden. Ich meine, als ich ihn an dem Morgen gesehen habe, habe ich mir nichts dabei gedacht.«

Hamish platzte der Kragen. »An welchem Morgen?«, fuhr er sie an.

»Dieser Ton ist wirklich nicht nötig, Officer.« Ihr Gesicht bekam rote Flecken. »Falls Sie es unbedingt wissen müssen, er ist an dem Morgen des Mordes an Gilchrist an meinem Schaufenster vorbeigegangen, und ich habe gehört, wie er die Treppe rauf in die Praxis ist.«

»Sie dumme Pute!« Hamish konnte es nicht fassen. »Warum haben Sie mir das nicht erzählt?«

»Man denkt manchmal nicht nach. Ich meine, solch ein angesehener Mann. Ich meine …«

»Fred Sutherland wäre noch am Leben, wären Sie nicht

gewesen«, sagte Hamish matt. Er ging raus und knallte die Ladentür hinter sich zu.

Und das, dachte er beim Wegfahren, hatte diesen ganzen Fall so verwirrt – eine Mischung aus Snobismus, Amateurhaftigkeit und schierem Dusel. Cody musste gedacht haben, dass die Götter auf seiner Seite waren, als er nicht wegen des Mordes an Gilchrist verhaftet worden war. Aber welche Leidenschaft Kylie in dieser ehemals anständigen, mittelalten Brust entfacht hatte!

Lochdubh bereitete sich allmählich auf Weihnachten vor. Lichterketten wurden an den Cottages und den Straßenlaternen am Ufer befestigt. Weihnachtsbäume tauchten in den Fenstern der Häuser auf, künstliche natürlich. Echte Kiefern und Tannen gab es überall auf den umliegenden Hügeln, aber die Hausfrauen von Lochdubh wollten keine Nadeln auf ihren Teppichen, also stellten sie Plastikbäume in einem extrem unechten Silber, Gold oder Grün auf.

Archie Maclean hatte einen grellgrünen Plastikbaum in seinem Vorgarten und dekorierte ihn mit einer Lichterkette, als Hamish auf seiner Runde stehen blieb, um mit ihm zu plaudern.

»Dürfen Sie drinnen nichts aufstellen, Archie?«, fragte er mitfühlend.

»Nein, die Frau würde niemals einen Tannenbaum erlauben, aber dieses Jahr habe ich den hier. Ein Mann muss sich auch mal durchsetzen, Hamish.«

Grinsend ging Hamish Macbeth weiter. Vor dem Cottage der Currie-Schwestern beschleunigte er den Schritt, um nicht abgefangen zu werden. Die Schwestern hatten selbst keine Weihnachtsdekoration, weil sie der alten schottisch-calvinistischen Tradition treu blieben, der zufolge jeder Weihnachtsschmuck sündig war.

Dann betrat Hamish den Dorfladen von Patel, um zu sehen, ob er dort irgendetwas fand, was er seiner Familie in Rogart schenken konnte. Er hatte keine Lust, nach Strathbane zu fahren. Aber er entdeckte nicht Passendes und fand sich damit ab, doch nach Strathbane zu müssen.

Als er zurück zur Polizeiwache kam, wartete dort Jimmy Anderson auf ihn.

»Diesmal habe ich den Stoff mitgebracht«, sagte Jimmy, der zwei Plastiktüten in den Händen hielt. Hamish ließ ihn in die Küche. Dort packte Jimmy einen großen Truthahn nebst zwei Flaschen Whisky aus und stellte alles auf den Tisch. »Es ist das Mindeste, was ich tun kann, Hamish«, sagte er. »Blair hat versucht, mir wegen Codys Selbstmord alles zu versauen, aber der Super hat ihn darauf hingewiesen, dass meine Ermittlung sehr schlau gewesen ist und ich nicht für etwas verantwortlich sein kann, was der Diensthabende verbockt hat. Übrigens ist der Super ziemlich sicher, dass Sie das waren, der dahintergekommen ist, aber ich habe den Erfolg gutgeschrieben bekommen, und ich sage Ihnen, ich ziehe Blair seinen Job unter dem fetten Arsch weg, oder ich will nicht Jimmy Anderson heißen. Übrigens, Blair ist dieser

Tage trocken, und er benimmt sich wie ein Bär mit einem wunden Hintern.«

»Geht er zu den AA?«

»Meinen Sie die Automobil-Allianz oder die Anonymen Alkoholiker?«

»Letztere.«

»Nee, der Arzt hat es ihm empfohlen, doch Blair sagt, mit dem Haufen von Moralaposteln will er nichts zu tun haben.«

»Ein Glück für Sie«, erwiderte Hamish.

»Warum?«

»Ach, nur weil die Leute, die in Strathbane zu den Anonymen Alkoholikern gehen, um das Trinken zu lassen, anscheinend richtig gut von dem Zeug abkommen und sehr erfolgreich werden.«

»Mist, Sie haben recht. Archie Pattock, der stadtbekannte Säufer, der immerzu in Lumpen und vollgekotzt rumgelaufen ist, hatte dauernd rumerzählt, er wäre früher Elektroingenieur gewesen. Tja, die AAs bekamen ihn in die Finger, und jetzt arbeitet er für einen der großen Läden drüben in Tayside, und es hat sich herausgestellt, dass er tatsächlich Elektroingenieur ist. Fährt ein dickes Auto. Oh nein, ich bete lieber, dass Blair nie zu einem der verdammten Treffen der Anonymen Alkoholiker geht. Apropos Anonyme Alkoholiker, wie wäre es, wenn wir eine dieser Flaschen aufmachen?«

Als Jimmy weg war, ging Hamish wieder hinaus. Über den Hügeln und Bergen ging die Sonne glühend orange unter. Loch Lochdubh erstrahlte in Pink und Gold, und entlang des Ufers funkelten Lichterketten.

Hamish atmete die nach Tannen duftende Luft ein und fühlte sich mit der Welt im Reinen.

Und dann, als er zum Ufer blickte, sah er Priscilla dort stehen, die hinaus auf das Wasser blickte. Sie trug einen weihnachtlich roten Wollmantel und einen karierten Schal. Die Lichter spiegelten sich schimmernd in ihrem blonden Haar. Sie drehte sich um, als hätte sie gespürt, dass Hamish sie ansah.

Einen längeren Moment schauten sich Hamish Macbeth und Priscilla Halburton-Smythe an. Aus der Kirche waren Kinderstimmen zu hören, die *Come All Ye Faithful* sangen.

Dann wandte Priscilla sich ab, ging zu ihrem Wagen und fuhr davon.

Hamish Macbeth sollte nicht verziehen werden.